WAYNE DE

GOTHAM

Batman foi criado por Bob Kane

TRACY HICKMAN

WAYNE DE GOTHAM

Tradução **Alexandre Martins**

Publicado sob acordo com a Harper Collins Publishers www.dccomics.com

Direção editorial
Leila Name

Coordenador
Linha Fantasy

Editora
Fernanda Cardoso Zimmerhansl

Editora assistente
Beatriz Sarlo

Copidesque
Marluce Melo

Revisão
Raquel Maldonado

Capa
Rico Bacellar

Foto de capa
© WBDA/ DC Batman Comics: Urban Legend 6

Diagramação
Abreu's System

CIP-BRASIL. CATALOGAÇÃO NA FONTE
SINDICATO NACIONAL DOS EDITORES DE LIVROS, RJ

H536w

Hickman, Tracy, 1955-
Wayne de Gotham / Tracy Hickman ; tradução Alexandre Martins. – 1. ed. – São Paulo: LeYa, 2019.
272 p. ; 23 cm

ISBN 978-85-7734-416-1

1. Batman (Personagem fictício) - Ficção. 2. Segredos de família - Ficção. 3. Ficção americana. I. Barreiros, Edmundo, 1966 - II. Título.

13-04232

CDD: 813
CDU: 821.111(73)-3

CASA DOS MUNDOS
Rua Avanhandava, 133 - cj 21
Bela Vista - 01306-001
São Paulo - SP

Este livro é dedicado a Ryan Hickman
porque ele pediu

SUMÁRIO

PRÓLOGO

CRIANDO UM HOMEM

Mansão Wayne / Bristol / 16h24 / 21 de setembro de 1953

– Droga, garoto! Levante-se!

Thomas Wayne mais uma vez se encolheu ao ouvir a voz. Era um reflexo enraizado nele. Em todos os seus quinze anos de vida aquele recuo havia sido tão natural quanto respirar, tão automático quanto piscar.

– Não é assim que se segura uma arma!

Patrick Wayne era um grande homem em uma grande cidade, com mãos largas e fortes que, Thomas não tinha dúvida, haviam dobrado e dado forma ao próprio aço que estava nas fundações de Gotham City. Sua voz superava seu tamanho, rugindo na escuridão, ecoando nas paredes invisíveis em uma cascata de ecos que chegava às entranhas da terra. A lanterna de mão do velho lançava uma coluna de luz amarela que feria os olhos do garoto.

– Agarre a coronha com a mão direita na altura do gatilho para poder erguer o cano pelo guarda-mão! E que inferno, segure-a cruzada sobre o corpo com o cano para baixo.

Thomas reajustou devidamente a forma de segurar a escopeta. As mãos tremiam tanto que tinha medo de deixá-la cair. Suor se acumulava entre as omoplatas sob o suéter e a camisa com colarinho, a despeito do frio úmido da caverna. Alguma parte de sua mente registrou o fato de que os jeans novos ficariam destruídos. Era uma distração de sua mente. Ele sentiu o que viria a seguir.

A grande mão bateu nas costas de Thomas, empurrando-o para dentro da caverna. O jovem odiava o escuro. As paredes e o teto invisíveis da caverna o oprimiam. Ele curvou os ombros, se apertando enquanto tropeçava nas pedras de xisto soltas que eram esmagadas sob seus pés.

– Custe o que custar, garoto, vou fazer de você um homem – rugiu Patrick atrás dele.

Thomas conhecia aquela combinação melhor do que os coquetéis que sua mãe o fazia preparar para ela toda noite – e, ultimamente, toda tarde também. Seu pai conseguira desenvolver doses iguais de fúria e álcool com um toque de decepção. Nunca importava de onde vinha – quem ou o que irritara o velho era irrelevante, Thomas sabia. Tudo o que importava agora era que Thomas havia se tornado o centro da insatisfação do pai... Novamente. Sua própria masculinidade havia sido de alguma forma ameaçada, e agora a masculinidade seria injetada no filho a qualquer custo.

– Acha que aqueles quadrinhos irão mantê-lo vivo em Gotham City? Lá fora é matar ou morrer, não é como aquele mundo de quadrinhos em que você vive! E você hoje vai aprender a matar, filho. Você irá matar *alguma coisa!*

Ele podia ouvi-los.

Mesmo acima da voz tempestuosa do pai ele podia ouvir os morcegos acordando.

Era de tarde, e ele atrapalhara seu descanso. A luz fraca das Evereadys que se esgotavam na lanterna do pai refletia em mil pares de olhos cobrindo o teto acima deles.

Os morcegos estavam em casa sob a Mansão Wayne, e, ao entrar, Patrick e o filho haviam perturbado o silencioso equilíbrio na caverna entre o mundo acima e o mundo abaixo.

– Vamos com isso, garoto!

O temor se aprofundava. Ele não conseguia impedir que as mãos tremessem. Tentou erguer o cano da escopeta, mas aquela coisa pouco familiar parecia insuportavelmente pesada, e ele não conseguiu mover os braços. Lágrimas queimaram seus olhos, se acumulando e escorrendo pelas faces na escuridão.

Thomas tentou falar por entre lábios trêmulos.

– O que você disse, garoto?

Thomas podia sentir a presença massiva do pai crescendo acima dele enquanto a luz fraca balançava em suas mãos.

– Fale mais alto, garoto! – disse Patrick, a voz sacudindo a caverna.

Ele ficou paralisado, mas Thomas sabia que desobedecer só tornaria tudo pior. Ele deu sua resposta alto o suficiente para atravessar seus dentes trincados.

– Eu... Eu *não consigo*!

– Você NÃO CONSEGUE? – disse Patrick, enfurecido. – Você é descendente de cavaleiros que lutaram nas Cruzadas! Os Wayne participaram de todas as batalhas travadas nos Estados Unidos ou nos arredores, deram seu sangue por este país. Nós construímos as armas que tornaram este país forte e grandioso... E você me diz que *NÃO CONSEGUE*!

A mão grande. A mão forte. A mão que dobrara o aço de Gotham desceu sobre o rosto do garoto, derrubando-o no chão.

Thomas ficou caído de costas, soluçando. Podia sentir o gosto do próprio sangue no canto da boca onde o anel de Patrick raspara ao jogá-lo no chão. O lado do rosto iria arder algum tempo, mas a dor em sua alma nunca diminuiria, só iria aumentar.

A escopeta estava cruzada sobre o corpo enquanto ele chorava; os olhos fechados para a escuridão da caverna ao redor... A escuridão mais profunda de seu pai de pé acima dele. A escuridão vigilante dos atentos morcegos.

A mão grande. A mão forte.

Thomas sentiu seu colarinho se juntar atrás do pescoço. Com isso, o suéter se esticou, colocando-o de pé enquanto a arma caía com um estalo no chão de xisto.

A mão de Patrick Wayne segurou o filho em uma pegada firme, colocando os rostos a centímetros um do outro. A lanterna tremeluziu ao ser apontada para cima, lançando seus rostos em sombras pesadas e contrastantes. Thomas olhou nos olhos do pai.

– Você é um *Wayne*, garoto! – rosnou Patrick no rosto do filho. As palavras cheiravam a frutas podres caindo da língua encharcada de uísque do pai. – Só há dois tipos de pessoas neste mundo: os caçadores e os caçados, e é bom você decidir imediatamente que irá caçar! Não permitirei que o império que construí seja desmontado pelo governo e, pelos fogos do inferno, não o entregarei a um filho rato de biblioteca que tem a cabeça cheia de quadrinhos e nenhum estômago para sobrevivência.

Patrick pegou a escopeta. O cano polido refletiu a luz fraca enquanto o homem enfiava a arma nas mãos do jovem Thomas.

– Seja homem! *Me mostre* que é um homem! – rosnou Patrick no rosto do seu garoto. – Use isto! Mate alguma coisa!

Thomas parou de tremer, seus olhos de repente concentrados e firmes. Seus lábios se abriram, revelando dentes trincados. Suas mãos agarraram a coronha sem pensar.

– *Me mostre*! – berrou Patrick.

Thomas se virou, erguendo a escopeta em um movimento rápido, como havia visto o pai fazer várias vezes na área de tiro atrás da mansão.

O cano passou diante do rosto de Patrick em seu arco.

Thomas ficou paralisado – o cano tremendo no rosto do pai.

Eu poderia acabar com isto. Poderia apertar o gatilho e fazê-lo parar. Ele iria embora e pararia de me machucar... Machucar mamãe... Machucar qualquer um. Tudo seria melhor se eu pudesse fazê-lo parar... Fazê-lo parar...

Mas o dedo do garoto não se moveu.

Patrick contornou o filho, ficando atrás do jovem enquanto o cano se movia no ar, inseguro. Thomas quase podia sentir os pelos do bigode do pai em seu pescoço, cheirava o hálito azedo.

– O que está esperando? – provocou Patrick, a voz roncando nos ouvidos do filho. – Acha que eles irão esperar por você? Acha que eles hesitariam um só momento caso estivessem atrás de você? Vá em frente, filho. Mate-os... Mate-os antes que eles o matem.

As mãos de Thomas começaram a tremer mais uma vez.

– MATE-OS! – berrou Patrick.

A escopeta rugiu. O recuo do disparo lançou a coronha no ombro do garoto, empurrando-o para trás conforme tropeçava desajeitadamente sobre a massa do pai às suas costas. O céu explodiu em barulho e movimento, os morcegos encheram o ar com seus próprios sons e confusão.

As paredes da caverna desapareceram no fluxo de asas de couro e gritos de ultraje dos morcegos.

– Novamente, garoto! – berrou Patrick. – Atire novamente!

Thomas sentiu a mão em seu ombro. A mão que dobrava aço...

Ele não tinha escolha.

Lágrimas escorrendo pelo rosto, ele disparou novamente...

E novamente...

E novamente...

CAPÍTULO UM

ENFEITIÇADO

Aparo Park Docks / Gotham / 1h12 / Hoje

Você não pode correr... Não pode se esconder...

Batman se lançou no quadrado de cimento, pousando agachado, a capa assentando ao redor. Ela suavizava sua silhueta na escuridão. O punho direito pressionou o chão e ele ergueu a cabeça.

Saia, saia, de onde quer que esteja...

Era uma paisagem de pesadelo arrancada de um desenho de M. C. Escher. Escadas de ferro partindo do pequeno balcão de cimento, ligadas de formas absurdas a outras escadas. As escadas torturadas levavam a mais patamares e mais escadas impossíveis, uma cascata de peças metálicas se estendendo até o espaço infinito. Luzes de trabalho protegidas pendiam em ângulos retos uma das outras. Seus raios fracos mal iluminavam as figuras nas sombras abaixo. Algumas estavam nos lados opostos das mesmas escadas, como se a gravidade fosse uma questão de ponto de vista pessoal. Seus perfis sombreados balançavam nervosamente no escuro. Revólver, automática, escopeta, rifle – uma variedade de armas apontadas para o espaço em ângulos bizarros. Cada uma era diferente e cada uma era semelhante em aspectos importantes.

Mãos nervosas as seguravam.

Dedos nervosos se retorciam nos gatilhos.

Passou por sua cabeça uma imagem de outro tempo e lugar muito distantes, mas nunca distantes dele. *As mãos de Joe Chill não tremiam. Elas estavam firmes como granito. Seus olhos tão inflexíveis quanto uma geleira...*

Batman se agachou mais. A bat-roupa era nova, e ele estava satisfeito com a reação. Era essencialmente uma forma de armadura poderosa, embora sua capacidade de bloquear danos ainda não tivesse sido testada. O exterior da bat-roupa ainda usava uma variação leve da trama Nomex/Kevlar, mas felizmente muito do peso havia sido reduzido com o abandono da blindagem. Em seu lugar havia agora um conjunto complexo de exomusculatura sob a trama externa. Era sua bat-roupa "musculosa", que podia aumentar artificialmente seus movimentos naturais e sua força. O sistema bidirecional de neurofeedback mantinha uma estabilidade dinâmica imediatamente ligada às respostas neurais voluntárias e involuntárias de seu corpo. Que ele pudesse usar os *arrectores pilorum* de seus pelos corporais como uma fonte neural para controle era ainda mais conveniente. Os polímeros eletroativos eram PEAs líquidos de ligação iônica que mantinham a voltagem baixa em toda a bat-roupa e a geração de calor no mínimo. O kevlar era sempre passivo; esta bat-roupa tinha uma defesa ativa, uma carga iônica que reagia ao trauma. O ponto fraco era que a bat-roupa podia sangrar caso não reagisse suficientemente rápido.

A bat-roupa podia morrer em mim.

Eu podia morrer na bat-roupa.

Um sorriso passou por seus lábios com esse pensamento.

Que simetria maravilhosa.

A capa se moveu ao redor dele. Seu tecido era do mesmo polímero reativo, e também se movia como se tivesse vontade própria. Ela se deslocava ao redor dele como algo vivo. Seu objetivo original havia sido dissipar calor para a exomusculatura, mas a mente sempre inventiva e adaptadora de Bruce Wayne encontrara outros usos criativos para a capa.

É a caçada. Espreitar aquele que espreita. Predar aquele que preda.

Batman ergueu a cabeça, vasculhando o labirinto louco que se estendia ao infinito em todas as direções. Sua mente estava em disparada. O tempo desacelerava. Ele montava o jogo na cabeça.

Agora os pedaços estavam mais claros. Montou cada um na mente. Avaliar. Pensar em estratégia.

Jillian Masters. Âncora do noticiário das onze da WGXX. Roubou quatro bancos em três dias. Escapou todas as vezes. Todos acharam que estava cobrindo a matéria. No fim, ela era a matéria. Segura a automática de lado com firmeza. Quando ela move o cano, ele para, sólido como uma rocha. O canhão de 9 mm em seus braços parece ser um velho amigo.

Aaron Petrov. Chefe da bolsa de diamantes. Liderou a investigação dos roubos por todo o Diamond District. Ninguém pensou em olhar em suas bolsas. Fuzil de assalto com boa posição de disparo. Campo aberto cobrindo todas as plataformas independentemente de suas orientações. Mão insegura. Não é atirador de elite e não está familiarizado com a arma. Três ou quatro tiros antes de conseguir acertar um alvo parado.

Batman continuou a catalogar os obstáculos entre ele e seu oponente do outro lado do tabuleiro retorcido. Aquele que procurava era óbvio. Spellbinder – antes Fay Moffit – de alguma forma recebera alta do asilo Arkham seis semanas antes e imediatamente desaparecera. Fay não era a primeira a assumir os negócios de Spellbinder. Ela aprendera os poderes de hipnotismo com seu amante, o Spellbinder anterior – um criminoso de quinta categoria chamado Delbert Billings. Conquistou o título após aposentar Delbert com um tiro na cabeça. Agora ela usara seus talentos para convencer vários cidadãos respeitáveis de Gotham a cometer seus roubos para ela... Novamente.

Velha história... Nem mesmo interessante. Apenas um teste para a nova bat-roupa... Com uma caminhada pelo parque.

Ele continuou a relacionar os oponentes na cabeça.

Angel Jane-Montgomery, socialite com uma escopeta... William Raymond, bombeiro com uma automática... Diana Alexandria, celebridade da música pop com um lançador de granada... James Gordon...

Batman franziu o cenho sob o capuz.

Gordon iria exigir alguma sutileza.

Batman fechou os olhos.

O capuz na cabeça também era novo. Usá-lo exigira considerável treinamento, mas justificava o esforço. Os sensores na beirada das aberturas para os olhos liam seu fechamento de olho, ativando um sistema de imagem subsônico – como o sonar de um morcego – que se comunicava diretamente com um implante ligado ao seu nervo ótico. A imagem ainda não tinha detalhes claros, mas ele se adaptara a isso, e lhe dava um campo de visão que podia interpretar tridimensionalmente em todas as direções ao seu redor. Era como ter olhos nas costas, nas laterais e na frente da cabeça, uma consciência tática que se estendia para todos os lados.

A justiça é cega. Os lábios de Batman se separaram sobre os dentes.

O gerador de imagem do sonar tinha uma vantagem adicional. Era baseado em som, e as ilusões da Casa de Diversões de Spellbinder quanto à curvatura da luz iriam desaparecer.

Fácil demais...

Batman saltou, os músculos sintéticos da bat-roupa fortalecendo suas pernas poderosas. Disparou pelo espaço aberto, girando pela luz distorcida dos espelhos presos ao longo do saguão.

Vieram tiros de todas as direções. O fuzil de assalto cuspiu balas pelo cano, produzindo altos sons graves de "chuff" a cada rajada. Vários gritos de fúria e medo penetraram a cascata de tiros – pois de repente Batman parecia estar em toda parte ao mesmo tempo, sua forma escura voando pelo espaço espelhado de ilusões e de repente multiplicado mil vezes.

Espelhos de vidro de segurança foram perfurados pela chuva de chumbo. Vários estilhaçaram com um ruído alto, o vidro arredondado de seus restos caindo como neve cintilante entre as luzes de trabalho que agora balançavam.

É um lugar para começar.

Jillian Masters girou sua automática 9 mm no momento em que Batman baixou o ombro para a plataforma de cimento. O músculo do ombro contraído se transmitiu para o traje, que também contraiu, amortecendo o impacto enquanto ele rolava. A 9 mm só disparou uma vez antes que o impulso de Batman o colocasse de pé, atingindo a mão que segurava a arma com as costas do antebraço. A musculatura fortalecida do traje acertou a automática com tal força que ela abriu um comprido corte na mão da apresentadora.

Chuff... Ping! O projétil do fuzil de assalto ricocheteou em um dos degraus de metal.

Foi um, Aaron.

Os outros cidadãos hipnotizados continuaram a disparar, mas o labirinto ainda estava no caminho, desviando a pontaria. Os espelhos continuaram a sofrer o pior da carnificina aleatória. Outros mais estilhaçavam a cada momento que passava.

Não há mais tempo.

Batman agarrou o pulso da apresentadora furiosa, girou seu corpo e a jogou no chão perto de uma das escadas metálicas. Ela logo rolou de barriga, se levantando com as mãos. Batman rapidamente ajoelhou em suas costas enquanto levava a mão ao cinto de utilidades.

Chuff... Clang! O disparo foi na escada, a pouca distância.

Foram dois, Aaron... Talvez você seja melhor do que eu pensei.

O Cavaleiro das Trevas tirou uma comprida fita de plástico preto do cinto. Agarrando as mãos de Jillian, enrolou a fita em seus pulsos e no suporte metálico do degrau. Com um puxão rápido e um som rascante, Jillian foi presa ao suporte.

Braçadeiras plásticas. Às vezes o simples é o melhor.

Chuff... Crack!

Mas Batman não estava mais ajoelhado no ponto em que o cimento foi lascado pelo terceiro tiro de Aaron.

Sua forma negra correu novamente, pulando de plataforma em plataforma... Montgomery, Raymond, Alexandria...

Gordon. Onde está Gordon?

Aaron Petrov suava de pé na plataforma. Restava apenas uma luz de trabalho, brilhando sobre sua reluzente cabeça sem pelos.

– Você não pode ficar com eles! Eles são meus, e você não pode tirá-los de mim! Você não pode... Você... Você não pode – ele gritou para a escuridão.

Aaron ergueu os olhos.

A luz desapareceu quando a escuridão o engolfou.

Batman se levantou. Aaron Petrov estava com mãos e pés amarrados abaixo dele, gemendo e soluçando como uma criança.

– PARADO!

Ele estava esperando por mim. Está atrás de mim. Automática oficial. Gordon sempre foi um ótimo atirador. De alguma forma eu sempre soube em minha alma que ele estaria lá quando eu morresse. Mas não hoje...

Batman começou a se virar lentamente.

– Eu disse PARADO!

Batman parou.

– Calma, Gordon. Você está sendo manipulado pelo Spellbinder.

– O inferno que estou! – respondeu Gordon. Havia um tremor em sua voz. – Spellbinder está trancada em Arkham... Eu mesmo a vi lá ontem antes... antes que você...

Ele está com raiva. Sente dor. O que está vendo? O que Moffit o convenceu a ver?

As palavras de Gordon cortavam como os cacos de vidro espalhados ao redor deles.

– Como você pôde? Seu desgraçado, você a matou!

– Quem? Quem eu matei, Gordon?

– Você sequer lembra o nome dela? – disse Gordon, a voz gelada. – Bárbara. Minha pequena Bárbara... Você a colocou naquela cadeira de rodas, e agora terminou o serviço!

– Gordon, pense! O Coringa a colocou ali... Lembra? Ela ainda está viva, Jim.

– Eu devia acabar com você agora mesmo! – berrou Gordon.

– Mas não vai. Você irá me prender.

– Não! Vou poupar muito trabalho e dinheiro a essa cidade... Eu vou...

– Você é um bom policial, Gordon – disse Batman, se movendo muito lentamente, erguendo as duas mãos. – Você vai me prender. Vai garantir que seja feita justiça.

Batman colocou as duas mãos atrás da cabeça. Fechou os olhos.

A justiça é cega.

Gordon ergueu a arma, avançando. O cano da arma de serviço enfiado na base do pescoço de Batman, sob seus dedos.

Na base do crânio.

Nenhuma blindagem – ativa ou não – o protegeria a essa distância.

– Isso mesmo, Batman! – espumou Gordon. – Eu *vou* garantir que a justiça seja feita! Eu *sou* a justiça, seu filho da...

A capa voou, subitamente cobrindo o rosto de Gordon.

Já não serve apenas para exibição.

Gordon atirou no instante em que a cabeça de Batman se deslocou para o lado.

O disparo explodiu no ouvido de Batman enquanto ele se virava para Gordon. A interface neurobiônica foi danificada, e por um momento Batman ficou realmente cego ao abrir os olhos. A capa ainda estava enrolada no pulso do comissário de polícia, puxando-o para frente, até o alcance de Batman.

O chute giratório custou a Gordon seus óculos, mas o comissário estava alimentado por raiva, vingança e desespero. Conseguiu disparar sua arma mais duas vezes em uma louca fúria antes de Batman arrancá-la de sua mão. Ela caiu no vazio ao redor deles, enquanto lutavam. Gordon não tinha nada a perder com a morte de seu oponente. Batman tinha tudo a perder.

Gordon finalmente caiu, estremecendo sob os golpes cuidadosos de seu velho amigo. Batman o prendeu como havia feito com os outros, embora talvez sem a mesma firmeza.

Ele se ergueu e fechou os olhos.

O capuz estava novamente respondendo.

O jogo terminara.

Era hora de buscar seu prêmio.

– Eu fiz o que exigiu, mestre – ela murmurou. – Tudo exatamente como pediu. Você ficou satisfeito, mestre? Eu o deixei satisfeito?

Batman a encontrou em uma pequena sala com uma única poltrona de espaldar alto. Estava sentada diante de um santuário.

No santuário, um boneco de ventríloquo olhava para o intruso com olhos mortos e vazios enquanto ele se aproximava.

Batman apertou os maxilares. Conhecia o boneco de madeira bem demais para dar as costas a ele.

Recebeu o nome de Woody quando foi esculpido na penitenciária de Blackgate. O patíbulo havia sido desmontado após uma execução frustrada em 1962, e um "perpétuo" chamado Donnegan resgatara um pouco da madeira para manter as mãos ocupadas. Donnegan era um grande fã de filmes *noir* e de gângster, e conseguiu vestir seu boneco com um terno de gângster em miniatura, com listras largas e lapelas combinando. Quando Blackgate ficou mais cheia, Donnegan e Woody ganharam em sua cela a companhia de um assassino bastante improvável, um homem normalmente tímido de nome Arnold Wesker. Ele tentou se enforcar, mas, segundo os relatórios psiquiátricos da prisão da época, foi "convencido a desistir" pelo boneco, que Wesker alegou ter começado a falar com ele. Woody persuadiu Wesker a tentar fugir com ele usando um túnel que Donnegan começara a cavar no ano anterior, mas que abandonara antes da conclusão. Donnegan concordou em ajudar, dizendo que terminaria o túnel para a escapada de Wesker. Mas ficou chateado ao descobrir que o homem planejava levar Woody. Ele estava feliz e seguro em sua cela com Woody e não o deixaria partir. Wesker, sob a ilusão de que o boneco mudo realmente o instigava, atacou Donnegan na cela com um saca-rolhas. Seu golpe inicial não acertou Donnegan, mas cortou o rosto de Woody, deixando uma feia cicatriz comprida. Wesker matou Donnegan e fugiu com o boneco. O lunático foragido e sua marionete logo assumiram novas personas: Wesker se tornou o Ventríloquo, enquanto Woody era anunciado como "Scarface" por causa do talho irreparável deixado pelo saca-rolhas. O Ventríloquo se revelou um péssimo artista – pronunciando errado todos os Bs e Gs – mas sempre alegou que os conselhos de Scarface fizeram dele um gênio do crime. Ambos desapareceram nos subterrâneos de Gotham. Wesker acabou morto por sua própria gangue, mas Scarface seguiu em frente como um estranho ícone entre a sociedade oculta de Gotham. Dizia-se que o boneco havia sido amaldiçoado ou possuído, e alguns no submundo criminoso juravam que também falava com eles.

Os olhos do boneco pareciam seguir Batman enquanto contornava a poltrona.

Fay Moffit olhava sem expressão para o boneco enquanto murmurava um monólogo.

– Você realmente é muito gentil, Scarboy! Obrigada. Obrigada...

Ela ficou em silêncio, os olhos desfocados e a respiração fraca. A cabeça caiu de lado na poltrona.

Spellbinder... Está enfeitiçada? Quem hipnotiza um hipnotizador?

Batman prendeu seus pulsos. Ela quase não se moveu, muito menos resistiu. Jogou o corpo flácido sobre o ombro e se virou para partir.

– Solucionou mais uma, hein, tira?

Batman se virou imediatamente.

Scarface falava com ele.

– Você errou o alvo, meganha – disse o boneco, a boca se movendo enquanto falava, os olhos mortos fixos em Batman. – Deixando o chefão escapar. Eu sou o cérebro desta operação e você só está catando as migalhas. Mas é isso, você nunca viu bem as coisas.

É um aparelho. Um reprodutor de áudio ligado a sensores. Mas dirigido a mim. Isso tudo foi para transmitir uma mensagem... Mas qual é a mensagem, e de quem vem?

– Veja o seu pessoal, por exemplo! Sal da terra! Santos de Gotham! Que tristeza que um bandido louco tenha acabado com eles em Crime Alley – disse o boneco, a cabeça balançando para a frente e para trás. – Foi assim que contaram a você... Uma bela história de ninar para que pudesse dormir à noite em sua bela cama quente em Bristol.

Batman ficou paralisado.

Quem quer esteja por trás disto sabe quem eu sou.

Scarface balançou a cabeça de madeira violentamente de um lado para o outro.

– Mas agora você está crescidinho, não é? Tem novos brinquedos para brincar e não precisa mais de contos de fadas. Talvez possa acordar e saber que todos os santos pagam um preço e que suas almas nem sempre são limpas. Eu vou fazer uma festa, só para você. Acha que tem idade para ir?

O boneco de repente parou de se mover.

Só então Batman percebeu o cartão na mão do boneco. Ele levaria o boneco com ele, juntamente com todo o equipamento de áudio. Não seria bom ter aquelas palavras sendo tocadas durante qualquer investigação policial posterior.

Mas primeiro ele esticou a mão enluvada e pegou o cartão estendido. Aparentemente era de tamanho padrão, em branco atrás com uma única linha de texto na frente.

"*Você está convidado.*"

CAPÍTULO DOIS

CASO ARQUIVADO

Batcaverna / Mansão Wayne / Bristol / 5h51 / Hoje

Batman abriu a porta de asa de gaivota do batmóvel, agarrou a estrutura de titânio e tentou se levantar. As pernas tremeram, mas ele se ergueu dolorosamente do banco baixo. Esgotara os capacitores de energia da bat-roupa na Casa de Diversões de Spellbinder, que ficava em Amusement Mile, no limite norte de Newtown District. Ele normalmente teria recarregado a bat-roupa na volta usando a energia do carro, mas fora uma viagem muito curta de Newtown a Bristol passando pela Kane Memorial Bridge. Então agora a bat-roupa era um peso extra que seu corpo dolorido lutava para sustentar.

Colocou-se de pé lentamente ao lado do carro, apertando os pontos de liberação na base do capuz em sequência. O colarinho macio ajustado ao seu pescoço afrouxou e ele tirou o capuz com grande veemência. Seus cabelos escuros se projetaram em ângulos estranhos, o suor escorrendo da testa. A máscara havia sido tirada, e ele era Bruce novamente, respirando com um pouco mais de dificuldade do que gostaria e olhando para o capuz na mão como se fosse uma parte dele removida. Ergueu a mão, passando as costas da luva sobre a barba por fazer. A nova bat-roupa funcionava bem, mas podia ser melhorada.

Tudo precisa ser melhorado. Não está certa. Não ainda.

Bruce olhou de volta para o batmóvel.

Batmóvel... Que piada. Era o nome que a imprensa de Gotham dera ao seu veículo especializado quando aparecera pela primeira vez. Ele desafiava as classificações de sistemas de transporte padronizados, então lhe deram um nome que pudessem usar: o batmóvel. Na verdade, houve muitos batmóveis diferentes à sua disposição ao longo dos anos, alguns especializados e outros tornados obsoletos pela passagem do tempo e da tecnologia. Um de seus preferidos era um Lincoln Futura 1955 muito transformado. Havia sido originalmente o carro de seu pai, e Bruce conseguira resgatá-lo do ferro-velho bem a tempo. Passara anos trabalhando nele. Nunca o usara, mas gostava da aparência. A maioria dos veículos era mais prática, projetada para as necessidades específicas da época, e quase todos estavam sendo constantemente reconstruídos e melhorados. Muitos eram facilmente reconhecidos como um batmóvel – as carrocerias se espichando até as onipresentes caudas esculpidas e curvas que de algum modo sempre eram incorporadas aos projetos. Os modelos dos anos 1980 eram musculosos, construídos em torno de motores a jato ou enormes unidades de potência que berravam na noite. Na época, ele era mais jovem e gostava do poder sob suas mãos. À medida que os batmóveis evoluíam, se tornavam senão menos musculosos, mais sutis, com tecnologias de disfarce incorporadas à força bruta.

A atual versão era, como sempre, uma melhoria da anterior. Gotham era, em grande medida, uma ilha isolada do continente pelo rio Gotham. O que significava que só havia um punhado de pontes ligando os bairros da cidade propriamente dita ao mundo exterior, muitas delas um pesadelo para o motorista na hora do rush.

Bruce abriu um sorriso pesaroso. A imagem de um batmóvel – caudas negras, ângulos ameaçadores e motor roncando – se arrastando pela ponte Trigate em um engarrafamento era irrisório.

A justiça deve ser ágil... Garantida... E final.

Então aquela encarnação específica do batmóvel era uma modificação que conhecia como TS8c. Partira da estrutura de um veículo militar de reconhecimento. Ele o casara a um motor de avião modificado e câmbio e diferencial sob medida. Normalmente funcionava com querosene de aviação RP-1 – relativamente comum e fácil de conseguir. Abafar o som do motor de grande torque havia sido um grande problema, solucionado em parte com um sistema elétrico secundário quando as distâncias das fontes de energia eram curtas e era necessário ser furtivo. Também havia quatro conjuntos de motores modificados de foguete RCS montados em giroscópios – envolvidos pela carroceria do veículo e usando o mesmo combustível de foguete RP-1 do motor – que podiam dar a ele algum controle sobre o comportamento do veículo caso estivesse em voo. Também havia quatro impulsores de foguete PAM-D reduzidos e presos em grupo à traseira do chassi. Ele podia usar um de cada vez se precisasse de um impulso significativo. Os encaixes de armas disponíveis foram projetados especialmente para permitir cargas diferentes dependendo do que Batman considerasse necessário a cada missão. A cabine tinha sua própria camada de blindagem passiva, enquanto a cápsula do carro usava uma armadura ativa similar à da bat-roupa – protegendo não apenas controle, armas, direção e sistemas de sensores, além do próprio Cruzado Encapuzado, mas também permitindo que a forma externa do veículo mudasse. Ele podia adotar sua forma de melhor aerodinâmica em altas velocidades ou modificar sua aparência em velocidades reduzidas simplesmente para confundir sua presa no meio de uma perseguição. Não havia nenhuma janela no veículo, nem luzes – o motorista dependia inteiramente de uma gama de câmeras, radares e sensores de sonar para ter uma imagem do ambiente à sua volta. Contudo, como a superfície externa podia se tornar alternadamente brilhante ou fosca de um plano para o seguinte, podia criar a aparência do vidro escuro encontrado nos veículos mais comuns – se misturando temporariamente ao trânsito se necessário.

Ele conceitualmente parecia um "móvel", admitia Bruce, mas também isso era de certo modo uma ilusão, porque as rodas do veículo não eram projetadas apenas para operar nas ruas. Pontes eram locais de retenção bloqueados com demasiada facilidade pelo tráfego civil ou pela vigilância equivocada do Departamento de Polícia de Gotham City. Então, no último ano, a Gotham Power and Light estava melhorando – graças à influência de vários fornecedores das Indústrias Wayne – sistemas de energia, água e saneamento por toda a rede de Gotham. O objetivo real havia sido instalar locais de acesso rápido em pontos-chave espalhados pela cidade onde o

TS8c pudesse virar uma esquina e desaparecer da rua, a suspensão alterando a posição das rodas enquanto o veículo mergulhava em túneis de metrô abandonados, canais de acesso de serviços e mesmo linhas principais do metrô caso o tráfego permitisse. Seu sistema preferido envolvia um par de garras de trilho que podiam se projetar da frente e da traseira do veículo e se ligar aos trilhos de energia especialmente concebidos que percorriam todas as pontes de Gotham. A suspensão variável podia então se elevar em relação ao fundo da estrutura da ponte como se fosse uma estrada invertida, lhe permitindo cruzar o rio sob as pontes sem bloqueio, enquanto acima o tráfego confuso enfrentava eventuais obstáculos armados para apanhá-lo.

Bruce andou lentamente até a bancada de testes. Era instalada no caminho que parcialmente cercava a plataforma giratória na qual o carro estava. Pousou o capuz, se apoiou na bancada e respirou fundo, dolorosamente, várias vezes. Baixou os olhos para a superfície brilhante e viu seu reflexo o encarando.

Eu um dia fui jovem... Ou não? Não me lembro de ser jovem. O rosto ainda é forte, mas há mais linhas nele do que me lembro. Do crepúsculo à alvorada, do outono à primavera... A roda dos anos girou e eu nunca percebi? Não há estações na tumba desta caverna onde minha alma vive. Gotham existe em uma eterna noite de chuva ou eu apenas a vejo assim?

Bruce se virou, novamente se apoiando na bancada. O batmóvel estava no centro da plataforma. A entrada original da caverna agora era ladeada por seis túneis escuros – quatro bocas negras à esquerda e mais duas à direita – que levavam diretamente às veias esquecidas sob Gotham. Modelos mais antigos de seus veículos um dia saíram passando pela queda d'água além do acesso natural, sacudindo pelas florestas envoltas na escuridão até chegar às ruas secundárias do distrito de Bristol, com a silhueta ameaçadora da cidade logo além da margem do rio, chamando-o de volta para a Crime Alley. Chamando mais uma vez para a caçada. Ele gostava de dirigir através da água purificadora das quedas – um batismo ritual que santificava sua busca.

O tempo muda tudo. O tempo não muda nada.

Bruce escutou a queda da água ecoando até ele desde a saída natural da caverna. O verde suave da floresta de sua propriedade ficava além. Era um mundo diferente.

Os túneis são melhores que a água. Não perfeitos... Mas melhores.

– Jovem Bruce!

A voz irritantemente familiar ecoou pelas plataformas industriais, varas de suspensão e esticadores espalhados pela caverna. Bruce fechou os olhos, por um momento pensando em simplesmente não responder, mas mudou de ideia.

– Na plataforma de veículos, Alfred – gritou de volta. O barulho da sola dura do sapato de seu antigo mordomo na plataforma de metal soava como os golpes de uma picareta de gelo. – Esta versão do TS8 se saiu bem esta noite.

– E deveria, considerando o custo dos componentes – foi a resposta que ecoou. – O Sr. Fox queria que eu mencionasse que pode ter havido excesso de custos...

– Não se preocupe com a contabilidade, Alfred – disse Bruce, dando um risinho. – Não faz parte das suas obrigações.

– Minhas obrigações, como diz, sempre foram um tanto nebulosas – respondeu Alfred, descendo suavemente da escada de metal no canto oposto à plataforma de veículos.

Era um homem alto e magro com um bigode fino anacrônico e uma cabeleira branca esticada para trás. Com uma confiança ágil que disfarçava sua idade, Alfred Pennyworth se movia em seu terno risca de giz cinza-escuro Collezioni refinadamente cortado. Falava com um sotaque britânico da alta classe que tinha um toque londrino, ainda que tenha sido em grande medida criado na propriedade Wayne e apenas eventualmente visitado Londres. Seu pai, Jarvis Pennyworth, fora o criado da família, como esses homens eram tão curiosamente chamados na época do avô de Bruce. Aparentemente o sotaque era transmitido com a profissão da família. Para Bruce, os Pennyworth simplesmente tinham vindo com a casa, assim como o terreno ou a mobília. Sempre estiveram ali, embora, para Bruce, Alfred tivesse se tornado o único laço vivo com seu próprio passado... A única família que conhecia.

Relacionamentos familiares podem ser complicados.

– O que é, Alfred? – perguntou Bruce, suspirando. – Por que está me incomodando?

– Há questões que exigem sua atenção, jovem Bruce, e eu esperava...

– Não me chame assim – cortou Bruce.

– Mas senhor, eu sempre...

– Quantos anos eu pareço ter, inferno? – disse Bruce com raiva.

– Ambos sabemos muito bem sua idade, senhor, e ainda ficará um ano mais velho neste 19 de fevereiro – disse Alfred, com seus nervos subitamente gelados.

Há quanto tempo estou nesta corrida louca? Faz realmente tanto tempo?

Bruce ergueu a cabeça, as vértebras do pescoço estalando.

– Sou o presidente da maior empresa multinacional sediada nos Estados Unidos e você ainda fala comigo como se eu usasse calças curtas. Você nunca teria falado assim com o meu pai.

As palavras pairaram entre eles.

– O senhor não é o seu pai, jovem Bruce – disse Alfred.

– Como você nunca deixa de me lembrar – retrucou Bruce, balançando a cabeça enquanto se empertigava e esticava o corpo. – Imagino que não tenha descido tão longe apenas para polir os metais.

– Não, senhor – respondeu Alfred em seu melhor tom de empresário. – Como colocou de modo tão eloquente, o senhor *é* o comandante da maior empresa multinacional dos Estados Unidos... Embora talvez não por muito tempo.

Bruce contornou a plataforma, tirando o bico de combustível do encaixe, a mangueira deslizando atrás dele na direção do veículo. Bruce tocou a padronagem na superfície do carro e a abertura do tanque de combustível surgiu onde antes a superfície parecia lisa.

– É o conselho de diretores novamente? Eles estão com a mesma conversa de me colocar para fora?

– Não, senhor... Bem, sim, senhor, mas desta vez a pressão é da SEC, a comissão de valores mobiliários – prosseguiu Alfred. – Lembra-se do escândalo envolvendo a Tri-State Home and Hearth?

Bruce enfiou o bico de combustível na abertura e ligou a bomba. Apoiou-se na lateral do veículo, sentindo a superfície maleável ceder levemente sob seu peso enquanto cruzava os braços.

– Seria de imaginar que com todo este poder *e* um mordomo à disposição eu não teria de colocar minha própria gasolina, não é mesmo?

– Senhor, se pudesse se concentrar por alguns poucos...

Bruce soltou os fechos das luvas e começou a tirá-las.

– Sim, me lembro da Tri-State... Era a divisão de hipotecas do nosso setor financeiro. Foram eles que concederam todos aqueles empréstimos *sub-prime*. Carl Rising era o CEO e, junto com seu CFO, Ward Oliver, eles aprovaram essa política contra nossas orientações empresariais.

Alfred ergueu uma sobrancelha.

– Eu *não* apenas uso esta capa, Alfred – disse Bruce, esfregando os olhos. O bico clicou e ele o tirou do carro, fechando novamente a abertura. – Nós arrumamos a Tri-State e mantivemos as portas abertas. Eu demiti Rising e Olivier e, se me lembro, ambos tiveram indiciamentos federais.

– Sim, mas a SEC não está satisfeita com eles – disse Alfred, ajeitando nervosamente os punhos de suas camisas de alfaiate, as abotoaduras de ônix brilhando mesmo à luz fraca da caverna. – Ela procurou o Federal Trade e o Departamento de Justiça para investigar a Wayne Enterprises sob a Lei Sherman.

– Antitruste? – reagiu Bruce com um risinho. – Mesmo?

– Também estão falando sobre a Lei RICO, senhor – disse Alfred, engolindo em seco após soltar as palavras.

– Extorsão? – disse Bruce, balançando a cabeça. – Não podem estar falando sério.

– Senhor, eles estão procurando uma desculpa... QUALQUER desculpa... para desmembrar a Wayne Enterprises – disse Alfred, erguendo a mão e ajeitando o colarinho. – E com a opinião pública contra as grandes empresas e toda a publicidade negativa que tivemos com a Tri-State...

– Alfred, esse *é* o seu trabalho – disse Bruce, se inclinando para dentro do veículo. Ele tirou o boneco Scarface, que ainda segurava o convite. – Todos temos um trabalho a fazer. O seu é ser meu diretor de relações públicas e assistente pessoal. Foram os títulos que lhe dei com o aumento. Na época você pareceu bastante contente, lembra?

– Sim, senhor, me lembro bem – respondeu Alfred, fungando. – Embora eu pareça continuar preparando suas refeições e espanando a balaustrada.

– Exatamente – disse Bruce, erguendo o horrendo boneco de gângster com o cartão na mão enquanto passava rapidamente por Alfred rumo à principal plataforma de investigação. – Eu, por outro lado, tenho de fazer *meu* trabalho e descobrir por que Spellbinder foi ela mesma enfeitiçada pelo boneco Scarface do Ventríloquo, e o significado deste estranho convite.

– Mas eu já tenho um, senhor – disse Alfred, dando de ombros.

– Do que você está falando? – perguntou Bruce, colocando o boneco na bancada de testes.

– Este convite – retrucou Alfred, tirando do bolso do paletó um cartão idêntico.

Bruce franziu o cenho.

– Onde você conseguiu isso?

– Onde *qualquer um* conseguiu? – disse Alfred dando de ombros, virando o cartão na mão. – Todos em Gotham e municípios próximos receberam um hoje. Está nos noticiários.

– Todos?

Bruce foi até o armário da bat-roupa enquanto Alfred falava, apertando os pontos de liberação pelo caminho. A exomusculatura dos braços se soltou dos pontos de encaixe nos ombros, foi liberada e desceu pelos braços. Então o segmento do ombro se soltou no tronco, levando com ele a capa por sobre a cabeça. Ele rapidamente colocou cada peça em sua posição de apoio.

– Dizem que houve um erro de computação nos escritórios da Gotham Powerball Lottery que gerou o envio desses cartões defeituosos para todos na cidade. Também há um em seu nome na mesa de correspondência do saguão.

– Não é um erro de computação – retrucou Bruce, se sentando no banco junto ao armário, soltando suas botas e depois as tirando. O cinto de utilidades – fonte de energia para a bat-roupa – foi colocado na tomada de carregamento dentro do armário. – É um disfarce, e inventado com pressa, aliás.

Bruce se levantou. Ainda vestindo o comprido traje de microtubos que o mantinha fresco sob a armadura elétrica, ele recuou para avaliar sua última encarnação da bat-roupa.

É um bom modelo. Não perfeito. Ficará melhor da próxima vez.

– Jovem Bruce?

Bruce esticou a mão e arrancou o convite da mão de Alfred.

– Tenho trabalho a fazer, Alfred. Isso é tudo.

A sobrancelha de Alfred pareceu erguer seu nariz no ar enquanto começava a subir a escada. Havia um elevador protegido que o levaria até a mansão, mas não antes de mais dois andares subindo na escuridão da caverna.

– Claro, senhor. Gostaria do café da manhã?

Bruce se sentou à bancada do laboratório e acendeu a luz de sua grande lente de aumento. Ele virou o cartão várias vezes sob ela. O cartão parecia comum, a não ser pela impressão. Havia alguma coisa estranha na tinta...

Bruce ergueu os olhos.

– Alfred, você disse algo?

– Apenas perguntei se queria seu café da manhã.

Havia na voz de Alfred um tom triste que Bruce não se lembrava de ter ouvido antes.

– Sim, eu quero. Obrigado, Alfred.

Alfred anuiu e começou a subir as escadas.

Bruce tentou examinar o cartão mais de perto, mas de repente foi distraído por um cheiro que despertou algo em sua memória. Era um cheiro quente e embolorado de folhas de outono e grama verde. Lembrou a ele risadas.

– Alfred?

O velho parou na escada.

– Sim, senhor?

– Como está lá fora?

Um segundo silêncio tomado de reflexão se prolongou entre eles.

– Está a promessa de um belo dia, jovem Br... Está um belo dia, senhor – respondeu Alfred, baixando os olhos para o círculo de luz fraca que iluminava apenas Bruce no meio da caverna. – Um veranico, acredito ser como o chamem. A tempestade sumiu a leste e esperamos temperaturas ligeiramente mais altas sob céu claro. Fresco, com vento, mas agradável.

– Agradável.

Ele rolou a palavra na boca como se fosse uma coisa estranha, desconhecida. Um dia ensolarado em Gotham. Não, ele pensou, não havia tal coisa. Gotham era uma noite que não tinha fim. Gotham era uma chuva que nunca limpava, nunca sarava. Gotham era sujeira, decadência e apodrecimento crescentes, uma doença para a qual apenas ele era a cura; apenas ele estava entre o grande abismo e a justiça para aqueles que chamavam as trevas de lar.

As trevas são Gotham. Trevas são meu mundo.

– Mais alguma coisa, senhor?

Bruce ergueu os olhos.

O cheiro de folhas.

O som de risadas.

– Pode me chamar de jovem Bruce, Alfred – disse em voz baixa. – Está tudo bem, se você gosta.

– Obrigado, jovem Bruce – disse Alfred, sorrindo enquanto se virava e voltava a subir as escadas.

Bruce Wayne continuou a segurar o cartão na mão, mas seus olhos estavam fixos na saída da caverna, o som da água caindo... E o cheiro de um radiante dia de outono.

CAPÍTULO TRÊS

AMANDA

Bruce Wayne, playboy de Gotham, com inesgotável riqueza, se tornara o Howard Hughes do novo século.

Durante mais de uma década, ele desapareceu da vida pública. Comentaristas de noticiários nacionais recebiam cachês para preencher as lacunas sobre o significado de sua ausência remontando seu desaparecimento a 11 de setembro de 2001. Apresentadores locais, por outro lado, anualmente e a intervalos regulares, gastavam um pouco mais de tempo no ar mostrando o material de arquivo sobre a morte violenta de seus pais – posteriormente com reconstituições computadorizadas dos assassinatos – e relacionando a peculiar reclusão a essas compreensíveis raízes. Artigos nas páginas de economia do *Gotham Globe* vendiam jornais com a alegação de que as aberrações mentais do herdeiro dos Wayne tinham origem em meados dos anos 1990 e na ascensão do neoliberalismo. Seu concorrente, o *Gotham Gazette*, adotava um ponto de vista inteiramente diferente, insistindo em que as causas subjacentes do seu abalo seriam encontradas na inflamabilidade econômica de um mercado dos anos 1980 libertado dos limites da ética ou da consciência social. Várias biografias – todas não autorizadas e sempre alvo de um processo rotineiro – insistiam em que havia sido um antigo amor, feminino ou masculino, que abandonara o desequilibrado Wayne. Duas delas chegaram um pouco perto demais da realidade. *Princesa Maculada: Como Julie Madison tornou-se Portia Storme sem fazer esforço* fora um livro best-seller centrado tanto em Bruce quanto na vida estranha e meteórica de sua antiga namorada de faculdade. A outra, a muito mais sensacionalista *Slain Manor: o estranho caso de Vesper Fairchild*, revivera o interesse pelo chocante assassinato da popular repórter de televisão e celebridade, que Bruce namorara rapidamente até decidir esfriar as coisas... Apenas para ser preso quando o corpo dela foi encontrado em sua casa. Esses livros foram a exceção, pois em sua maioria os participantes dessas fantasias eram sombras. Aparentemente, o público estava ansioso por qualquer notícia escandalosa referente ao Príncipe de Gotham e se dispunha a pagar preços de tabloide e brochura para ler isso. Cada uma prometia destacar uma nova dama em apuros ou prostituta com coração de ouro. Suas identidades sempre eram conhecidas apenas pelo autor, que só estava disposto a revelar o segredo a alguém disposto a comprar seu livro, inflar seus royalties e chapinhar pelos surpreendentes detalhes ficcionais.

Eles não sabiam absolutamente nada sobre Bruce, mas isso não era admissível para a bocarra da mídia que tinha de ser alimentada, então preenchiam o silêncio com sua própria imaginação selvagem e, nesse processo, vendiam ainda mais tempo no ar, jornais, livros e blogs.

Contudo, todos ficariam ultrajados se soubessem a verdade: que Bruce se deliciava com aquilo.

Tudo aumentava o mistério e nunca chegava perto da verdade – um disfarce ainda melhor do que o de antes. A ligação com Hughes era evidente e só precisara de um pequeno empurrão. Alfred foi promovido de "cavalheiro de um cavalheiro" a assessor de imprensa e gerente de relações públicas praticamente na mesma época. Alfred Pennyworth se tornou o rosto que a imprensa associava a Bruce Wayne sempre que alguém telefonava ou precisava de uma declaração. Bruce até mesmo se divertia com o jogo, de tempos em tempos aparecendo com uma máscara de látex que fizera para si mesmo, curvado em uma cadeira de rodas e usando grandes óculos escuros, um chapéu panamá de abas largas e um xale sobre os ombros. Obrigara Alfred a empurrá-lo pelo jardim do leste nesses trajes em intervalos aleatórios até um dos paparazzi aparecer no terreno e conseguir uma ou duas imagens levemente desfocadas dos dois dando um passeio. Os sensores de segurança espalhados por todo o terreno da mansão Wayne haviam alertado Bruce da presença do intruso muito antes que o paparazzo os visse. Ainda assim, a foto se tornara uma imagem icônica de Bruce Wayne, o recluso: um homem inacreditavelmente rico, mas arrasado. Bruce e Alfred eventualmente eram obrigados a repetir versões da farsa quando outros fotógrafos se arriscavam no terreno, mas aquela primeira fotografia se tornara um ícone.

Agora talvez eles me deixem trabalhar.

Havia sido um sonho maravilhoso, mas Bruce descobrira que não existe nada tão público quanto ser privado demais. Porém, com o tempo, Bruce Wayne parou de despertar interesse, se tornando uma figura mítica cuja imagem real havia sido tão recriada que ninguém sabia mais como o verdadeiro Bruce Wayne fora um dia.

Terreno da propriedade Wayne / Bristol / 6h32 / Hoje

O multibilionário Bruce Wayne saiu da ravina vestindo o paletó de brim e um boné na cabeça. O rosto estava coberto com barba por fazer. Os olhos apertados na manhã clara e resplandecente enquanto passava de sombra em sombra em meio à floresta. Permitiu que os passos de suas botas de caça esmagassem os arbustos... Um luxo incomum.

O grande gramado fica do outro lado da encosta. Meu pai costumava fazer enormes reuniões naquele gramado atrás da mansão.

Os gramados sempre foram impecavelmente cuidados, mas agora seu silêncio era quebrado apenas pelo ocasional canto de uma cotovia. A vista magnífica para o braço norte do rio Gotham e, do outro lado da água, para o perfil único da própria Gotham não era apreciada. Não haveria música. Nenhum riso iria perturbar uma única folha de relva.

Daria um belo cemitério.

Ele precisava pensar. Estava estudando o convite quando, de repente, na escuridão das cavernas, sua memória o levara de volta a um tempo distinto.

Minha mãe gostava de planejar as festas de jardim mais que todos os outros eventos; dizia que o resultado desejado era inevitável se o evento fosse devidamente organizado. Nunca conseguia pensar dentro de casa... Sempre tinha de ir para algum lugar onde pudesse limpar a mente... Limpar a alma...

Bruce desceu a encosta, se afastando do gramado que podia ser visto entre as árvores. Não pensava no jardim da mãe há mais de uma década. Folhas mortas apodrecendo após inúmeras estações cobriam a velha trilha.

Bruce parou, inclinando a cabeça para o lado.

A parede era quase totalmente encoberta por arbustos altos e trepadeiras, ainda cheias de folhas apesar do adiantado do ano. Poderia ter passado despercebida não fosse pelo fato de que a passagem havia sido totalmente despida de arbustos. A porta estava gasta e só revelava vestígios mínimos da tinta esmeralda que sua mãe escolhera para ela havia tanto tempo, mas estava livre de obstáculos.

Pensara vagamente se a sucessão de jardineiros ao longo dos muitos anos tinha se esquecido de sua existência, assim como ele. No final, parecia que o jardim havia sido cuidado.

"Se você precisa pensar atentamente em algo, Bruce, é melhor encontrar algum lugar agradável", dissera Martha Wayne.

Bruce enfiou a mão no paletó, tirando uma grande chave de cadeado suja, e foi até a porta.

O cadeado estava destrancado... A porta ligeiramente aberta.

Bruce ficou imóvel, os sentidos atentos.

– Ting-a-ling-a-ling-tum, ting-tum, ting-tum…

Um canto. Alguém está cantando no jardim de minha mãe.

– Ting-a-ling-tum, ting-tum-tae...

Eu conheço essa música... Eu me lembro dessa música.

Bruce lentamente recolocou a chave no bolso do paletó. Esticou a mão esquerda, colocando-a suavemente sobre a porta e testando sua resistência. Ela se moveu com surpreendente facilidade, as dobradiças estalando apenas duas vezes enquanto a porta se abria diante dele.

O jardim estava morto. As rosas haviam se tornado selvagens e morrido durante a sequência de invernos sem cuidado. Seus galhos retorcidos se erguiam como garras das laterais dos passeios, cobertos de folhas mortas que se decompunham em terra. Os lilases premiados dos quais sua mãe tanto se orgulhara subiam ameaçadoramente sobre as paredes. O jardim se tornara silvestre, ervas daninhas sufocando e obscurecendo o cuidadoso planejamento que, agora, estava soterrado e mal podia ser reconhecido.

O gazebo ainda estava lá. A madeira apodrecia e um lado do teto desabara, aparentemente calcinado por um relâmpago ou um galho em chamas caído de uma das árvores ao redor, que poderia ter sido atingida durante uma tempestade. Os bancos de pedra no perímetro interno do gazebo permaneciam de pé.

Uma mulher estava sentada de costas para a porta.

Bruce trincou os dentes.

Os cabelos da mulher eram louro platinado.

Seus cabelos eram louro platinado. Ela sempre adorara Kim Novak, pintando seus próprios cabelos escuros para imitar a aparência de Novak.

Usava um casaco de pele de camelo com colarinho alto levantado às costas.

Ele ainda podia ouvir a própria voz quando disse: "Martha, esse casaco fica fantástico em você!" Ela nunca mais usou outro casaco depois disso...

– Ting-a-ling-a-ling-tum, ting-tum, ting-tum...

Dê um bebê a minha mãe e ela começará essa música. Ela cantava isso para mim desde que eu consigo...

A mulher balançava para frente e para trás no banco, sua voz preguiçosamente murmurando a letra.

– Ting-a-ling-tum, ting-tum-tae...

Minha mãe no jardim... Minha mãe no jardim para pensar...

Bruce se lançou para frente. Cruzou o jardim morto em cinco passadas rápidas, estendendo a mão na direção da mulher mesmo enquanto passava entre os postes rachados do gazebo. Ele a agarrou pelo casaco, colocando-a de pé diante dele.

– Quem é você? – gritou na cara dela. – Que diabos está fazendo aqui?

Inicialmente sua pele assustou Bruce. O rosto era um alabastro cremoso que se fixou em sua mente como sendo quase fantasmagórico em sua palidez. Ela poderia estar na casa dos trinta anos, mas seu rosto tinha uma beleza atemporal que tornava difícil lhe atribuir uma idade. Os olhos eram grandes e cinzentos, mas, enquanto olhava para eles, eram desfocados e ligeiramente dilatados. Seu nariz era levemente arrebitado, com uma covinha quase imperceptível na ponta, e suas sobrancelhas haviam sido cuidadosamente depiladas. Os cabelos eram compridos, mas presos em um coque apertado. Era bonita e elegante, mas de uma forma completamente fora de época.

– Por favor – ela disse. – Me ajude. Me ajude a encontrar Bruce.

– O quê?

– Você está me machucando...

– Sim, estou. Quem é você?

– Eu não... Por favor, me ajude a encontrá-lo.

– Ajudá-la a encontrar quem?

Seus olhos de repente se concentraram nele com brilhante intensidade.

– Bruce!

Ela me conhece? Eu nunca encontrei essa mulher antes.

– Eu lhe disse, tenho de encontrar Bruce – ela continuou, olhando ao redor. – Por favor, ele está perdido... Ele está perdido e assustado e tenho de trazê-lo para casa. Seja você quem for, pode me ajudar?

Mais do que imagina... Espero.

Bruce relaxou levemente o aperto em seus ombros.

– Não sabe quem eu sou?

– Bem, como poderia? – retrucou, indignada. – Acabamos de nos conhecer!

Uma identidade... Um pseudônimo... Quem devo ser hoje?

– Sou Gerald Grayson... Sou o guarda-florestal daqui.

Ela olhou ao redor como se pela primeira vez.

– Aqui... Onde estou?

– Não sabe?

Ela corou levemente.

– Não. Eu... Eu realmente não sei como cheguei aqui.

– Bem, aqui é um lugar onde você não deveria estar... Está invadindo uma propriedade – disse Bruce, soltando os ombros dela e enfiando os polegares nos passadores do jeans. – O velho "Wayne Eremita" não gostaria que aparecesse sem avisar.

– Bruce, você quer dizer – falou, como se a palavra tivesse um gosto estranho em sua língua. – Eu... Eu preciso encontrá-lo. Alertá-lo.

– Eu o vejo de vez em quando – disse Bruce, dando de ombros. – Poderia dar seu recado a ele.

O sorriso dela foi levemente sardônico.

– Obrigada, mas... Poderia simplesmente me mostrar a saída?

Bruce pensou por um momento em como ela poderia ter entrado. O número de sistemas de alarme e vigilância instalados, não apenas no perímetro, mas dentro do terreno, incluindo sensores sísmicos, deveria tornar impossível que qualquer um circulasse pela propriedade sem ser notado. De fato, embora o próprio Bruce tivesse projetado o sistema, mais recentemente passara a se sentir prisioneiro em sua própria gaiola. A ideia antes reconfortante de ser capaz de rastrear qualquer um no terreno desmanchara com o tempo, até Bruce sentir que era constantemente observado por Alfred.

As coisas tinham mudado lentamente entre eles nos últimos anos. A promoção de Alfred em título e posição na empresa havia sido necessária, mas abalara o delicado equilíbrio de sua relação. Bruce começara a se sentir vagamente desconfortável em sua presença, como os pelos na nuca que se arrepiam sem nenhuma razão identificável. Alfred era deferente e eficiente como sempre, mas agora havia algo irritante na sobrenatural perfeição dos serviços prestados a ele por seu ex-mordomo. Por isso, Bruce queria algum espaço em sua vida que Alfred não pudesse alcançar – algo que a segurança da mansão, do terreno e mesmo das cavernas abaixo não podiam lhe dar.

Mas o paletó de Bruce tinha em seu revestimento algo que facilitava a solução: um transmissor de baixo retorno costurado ali exatamente para tais ocasiões. Se quisesse caminhar pelo terreno sem que Alfred soubesse onde estava, teria de ser um fantasma para seus próprios sistemas de vigilância. Desde que aquela mulher permanecesse a um metro e meio dele, conseguiria tirá-la do terreno sem disparar nenhum dos múltiplos alarmes.

E talvez então pudesse descobrir como ela conseguira *entrar* ali, para começar.

– Se puder escoltá-la – disse Bruce, oferecendo o braço dobrado.

Ela sorriu enquanto passava sua elegante mão comprida pelo braço.

– Meu cavaleiro em armadura reluzente.

Dificilmente reluzente, madame.

– Então você é guarda-florestal? – perguntou, enquanto saíam do jardim murado e desciam a encosta. Ela arqueou a sobrancelha direita ainda mais. – Eles ainda têm isso, Sr. Grayson?

Com a mão esquerda no bolso, ele brincou com o convite.

O mistério do cartão... Agora o mistério da mulher. Eu queria vir ao jardim para... Por que eu vim ao jardim? Por que não fiquei na caverna, onde era seguro e escuro? Por que tive de sair para a luz?

– *Eles* têm – respondeu. – Aqui eles têm. E você ainda não me disse seu nome.

– Richter – ela disse, virando a cabeça ligeiramente ao falar. – Amanda Richter.

Não significa nada. Novidade para mim. Guardar e usar mais tarde como referência.

– Bem, Sra. Richter, eu a levarei até a guarita dos empregados – disse Bruce. – Fica no sopé da colina, e podemos chamar um táxi da sala da guarda.

– O guarda não se incomodará de o perturbarmos? – ela perguntou.

– Não há guarda – sorriu. Eles já haviam passado por mais de cem diferentes sistemas de alarme e reação a invasores. – Ainda assim, não recomendaria que voltasse a pular a cerca.

– Foi *assim* que entrei? – Amanda perguntou. – Escalei a cerca com meu casaco de marca e terno de alfaiate?

– Bem, se o fez lamento não estar lá para ver – disse Bruce, anuindo. – Eis a guarita.

Eles estavam no sopé da enorme encosta do gramado de trás. O muro de pedra tinha três metros e meio e emergia da floresta à esquerda, se estendendo pelos fundos da propriedade até a floresta no extremo oposto do gramado. A linha só era interrompida pela guarita e o largo portão de ferro junto a ela, bloqueando a estrada que subia pelo limite da floresta até a mansão, que estava a cerca de três quilômetros de distância, no topo da elevação ao norte.

Se Amanda ouviu a porta destrancar com sua aproximação, não demonstrou.

Bruce a conduziu para dentro da guarita e pela saída do outro lado. Ele deu o telefonema pedindo o táxi e depois saiu para onde ela estava, de pé junto à estrada.

– Dizem que chegará em cerca de dez minutos – disse Bruce. – Deve haver uma reunião da elite em algum ponto de Bristol esta noite se os táxis estão tão perto.

Amanda assentiu, depois voltou os olhos cinzentos para ele.

– Eu realmente preciso ver Bruce, Sr. Grayson.

– Chame-me de Gerry – Bruce corrigiu.

– Gerry, então. Não há nenhuma forma de eu...

– Bem, você pode pedir – disse Bruce.

Lembre-se de dar seu sorriso encantador. Já faz muito tempo.

Bruce se apoiou na guarita, cruzou os braços e apontou com a cabeça para o interfone junto ao portão.

Amanda deu a ele um sorriso de "obrigado por nada" e foi até o interfone. Apertou o botão com um dedo comprido e elegante.

– Sim?

Alfred soa aborrecido. Provavelmente está se perguntando por que não recebeu qualquer alerta de proximidade com a chegada dela.

– Estou aqui para ver Bruce Wayne – disse Amanda.

Bruce ergueu as sobrancelhas e balançou a cabeça em gesto de aprovação.

– O Sr. Bruce não está recebendo chamadas – retrucou do aparelho a voz metálica de Alfred.

– Tenho uma mensagem para ele... Uma mensagem muito importante – disse Amanda.

– Ficarei encantado em transmitir a mensagem, madame – respondeu Alfred. – De quem devo dizer que é?

– É minha. Amanda Richter.

A caixa metálica ficou em silêncio por um momento.

Isso não é típico de Alfred. Repórteres e escritores tentando conseguir algo o abordam diariamente, e normalmente com muito mais criatividade que isso.

– Poderia repetir esse nome? – disse Alfred finalmente.

– Sim. Sou Amanda Richter.

Silêncio de novo? Estou ouvindo estresse na voz de Alfred?

– Sra. Richter, por favor, fique onde está – disse Alfred. – Descerei imediatamente.

Bruce continuou a sorrir, mas decididamente havia algo errado. Alfred tinha ordens estritas de nunca receber ninguém na propriedade, nem permitir que alguém entrasse sem ser autorizado pessoalmente por ele. Não havia exceções.

– Pelo visto você não irá precisar daquele táxi – disse Bruce.

– Suponho que não, Sr. Grayson – disse Amanda.

– Ah, e eu não deveria tê-la deixado passar pela guarita – acrescentou Bruce. – Se aquele mordomo me vir aqui será um inferno. Eu poderia perder meu emprego.

– Prometo não dizer nada – disse Amanda, anuindo.

– Obrigado – respondeu Bruce. – Foi um prazer, Amanda.

– Obrigada, Gerry.

Bruce deu as costas e entrou na guarita com estudada descontração. Voltou ao terreno do outro lado, registrando o som das trancas das portas se fechando atrás dele automaticamente. Amanda agora estava devidamente trancada fora de seus domínios, embora ele ainda não soubesse como ela havia conseguido *entrar* no terreno para começar.

Ademais, havia a questão de Alfred.

Alfred estava com ele desde o princípio. Toda relação tem seus problemas. Ele e Alfred haviam passado por tudo juntos desde que Bruce era capaz de recordar. Algumas vezes era fácil, e outras era duro. Recentemente, o relacionamento caloroso entre o criado e seu senhor havia esfriado um pouco, e os silêncios entre eles, se prolongado. Ainda assim, Bruce acreditava que Alfred Pennyworth havia sido absolutamente honesto a seu serviço.

Mas, agora, Alfred estava agindo contra ordens diretas de Bruce por causa de uma mulher que obviamente conhecia – uma que de alguma forma havia conseguido penetrar no terreno sem ser detectada.

"São apenas peças do quebra-cabeça, Bruce", minha mãe costumava dizer. "Apenas junte aquelas que fazem sentido, e o resto se seguirá com o tempo..."

Bruce voltou rapidamente para a ravina. Podia ouvir o motor do Bentley vindo da mansão, sem dúvida com Alfred ao volante, e queria estar fora de vista antes que chegasse.

Bruce se acomodou na enorme cadeira diante de seu console de pesquisa. O ar na batcaverna agora parecia opressivo em comparação com a manhã do lado de fora, mas também era familiar e um tanto reconfortante após o estranho encontro que tivera no terreno.

Não se permita ser distraído. Atenha-se ao quadro geral e deixe que as peças se coloquem na posição certa quando descobrir onde se encaixam.

Tirou o cartão do bolso do paletó e o colocou diante de si. Depois pegou as luvas da interface virtual. A gama de telas despertou e ele começou a pegar informações do ar com as mãos. Elas mudavam no espaço à sua frente enquanto as estudava. A primeira era o cartão em si. Abriu a análise química do cartão e do texto impresso, que surgiu em uma cascata à sua esquerda.

A cobertura laminada dos cartões era, na verdade, um complexo proteico, permeável e que liberava suas ligações sob ação do calor. Era uma substância incomum para um revestimento de cartão, e compreender suas propriedades demandaria análise adicional. Ele deixou o sequenciador continuar ruminando aquilo e avançou.

O papel em si era um derivado plástico, em vez de papel real. O grão era uma bela simulação do toque de papel, com uma camada superficial bem fina, e uma comparação entre o cartão que pegara no boneco Scarface com aquele que tomara de Alfred mostrou que os padrões de textura eram idênticos até o nível microscópico.

É um esforço incomum para um convite. Muitos detalhes...

Abriu as imagens óticas de alta resolução dos cartões para examinar a impressão lado a lado, buscando variações na tinta.

Não havia nenhuma. Sem sangramento, manchas ou variações borradas que seriam de esperar em uma impressão em massa. O texto impresso era idêntico até a maior ampliação da...

A maior ampliação...

Ele ampliou a imagem o máximo possível.

A tinta não era contígua. Era uma imagem em meio-tom na escala de microimpressão mais minúscula que ele já havia visto. Cada uma das letras era composta de uma série de pontos espaçados. Não havia apenas pontos distintos, mas eles pareciam ser do mesmo tamanho em todos os casos, embora suas posições e os espaços entre eles variassem.

Não... Eles não variam de modo algum. São uma distribuição totalmente uniforme de pontos pretos e espaços brancos. É um fluxo digital. É informação!

Ele colocou de lado a análise química e baixou um módulo de análise gráfica, ligando-o a um programa de criptografia. O analisador transformaria a microimagem em um fluxo de informações, e então o programa de criptografia o processaria buscando padrões identificáveis. A análise gráfica seria quase instantânea, mas a criptografia poderia levar dias ruminando as informações antes de apresentar possíveis padrões reconhecíveis. Bruce definiu os parâmetros, rodou o programa, tirou as luvas e girou na cadeira.

Ele mal havia começado a se levantar quando o console começou a zumbir.

Devo ter cometido um erro na sequência de comparação.

Sentou novamente e se virou para o console, calçando as luvas, irritado. O mostrador piscava SEQUÊNCIA CONCLUÍDA. Ele buscou a imagem, clicou nela e esperou que as informações inutilizáveis aparecessem para poder jogá-las fora.

– Que diabos...? – murmurou Bruce, olhando para a tela.

Era um arquivo PDF coerente.

– Não pode ser assim tão simples.

Apertando os olhos, Bruce se inclinou para frente e clicou no arquivo para abri-lo.

Ele abriu.

DEPARTAMENTO DE POLÍCIA DE GOTHAM CITY
NÚMERO DO CASO: VR/01/04/05/1689
INVESTIGADOR: DETETIVE J. GORDON
DIVISÃO DE COSTUMES E EXTORSÃO
28 DE JUNHO DE 1974

Dois dias após a morte de meus pais. Dois dias após eu morrer com eles.

Bruce se inclinou para frente, lendo a fonte indistinta na página digital que flutuava diante dele.

Dica telefônica recebida de certa Marion Richter / Rua Pearl 1426 / Upper West Side em referência a: morte dos Wayne. Eu e meu parceiro, o detetive T. Holloway, conduzimos a entrevista no apartamento de Richter às 10h36. Richter afirmou que a morte de Thomas e Martha Wayne foi um crime por encomenda motivado pelos supostos negócios de Thomas Wayne com seu pai, o Sr. Ernst Richter (falecido). Alegou ainda que Thomas Wayne tinha ligações com a máfia Moxon e conspirava com eles havia várias décadas. Ela apresentou como prova seis dos diários encadernados do pai, bem como vários contratos e papéis que parecem ter sido assinados por Wayne e seu pai. Também incluiu uma série de depósitos bancários e extratos indicando quando haviam sido feitos pagamentos a seu pai e, após sua morte, a ela e à irmã mais jovem, Amanda, por Thomas Wayne usando como intermediários os gerentes da casa Wayne, Jarvis Pennyworth e posteriormente seu filho, Alfred Pennyworth. Esses itens foram catalogados por Holloway e aceitos.

Bruce recostou na cadeira, franzindo ainda mais o cenho.

Então não espanta que Alfred tenha descido até a guarita para ver Amanda Richter pessoalmente. Mas nunca ouvi falar sobre esses Richter, e certamente não em relação à morte de meus pais. Por que Alfred não me falou sobre isso?

Continuou a ler.

A Srta. Richter afirmou ainda que, segundo os diários do pai, Thomas Wayne também mantinha diários detalhados que corroborariam seu depoimento. Concluímos a entrevista com Marion Richter às 11h46.

Seguimos, então, para a Mansão Wayne em Bristol com a intenção de ouvir Alfred Pennyworth sobre os pagamentos feitos aos Richter e os supostos diários. O Sr. Pennyworth concordou com a entrevista, que fizemos na biblioteca da Mansão Wayne. Alfred admite conhecer os Richter e dar assistência financeira aos Richter em nome de seu empregador,

Thomas Wayne. Negou a existência de diários de Thomas Wayne em qualquer forma, eletrônica ou outra. (Mandado de busca solicitado / aguardando.) Nega ainda qualquer ligação entre a máfia Moxon e o...

O texto datilografado terminava no pé da página.

Bruce esticou a mão, clicando no documento para passar à página seguinte.

Nada aconteceu.

Ele olhou para o canto inferior direito da página exibida. Dizia "1/14", significando que lera a primeira de catorze páginas. Verificou rapidamente o tamanho do arquivo. A única página era toda a informação existente na microimpressão do cartão.

Bruce cruzou o número do caso com a base de dados dos Arquivos de Provas da Polícia.

O arquivo citado no documento estava desaparecido dos arquivos.

Bruce apertou as mãos, os indicadores erguidos diante dos lábios apertados. Esticou a mão, apertando o botão do interfone no console.

– Alfred.

– Sim, jovem Wayne.

– Você mais cedo mencionou algo sobre um café da manhã... E acho que deveríamos conversar.

– Claro, senhor – disse Alfred, a voz suave como creme.

– Então logo estarei aí em cima.

– Ah, com seu perdão – respondeu Alfred imediatamente. – Eu me desculpo, mas sua refeição ficará pronta alguns minutos depois do que imaginava. Temo que precise correr ao mercado por um pouco de coentro fresco. Deverá demorar mais uma hora, senhor.

Coentro? Em uma hora?

– Ah, tudo bem, Alfred – disse Bruce em um tom equilibrado e treinado. – Eu mesmo sou mais de *brunch*. A propósito, havia alguém no portão agora há pouco?

Há uma pausa na resposta. Ele nunca faz pausa... Nunca hesita.

– Não, senhor – respondeu Alfred animado. – Não que eu saiba.

– Apenas achei ter ouvido o alarme de proximidade.

– Não, senhor. Talvez seja um defeito. Vou cuidar disso imediatamente.

– Claro – respondeu Bruce. – Avise quando o café estiver servido.

Bruce soltou o botão do interfone, uma sombra negra cobria seu rosto enquanto reclinava na cadeira para pensar.

O arquivo de provas está desaparecido. Treze páginas do relatório de Gordon estão desaparecidas. Alfred está mentindo para mim sobre Amanda Richter. As vidas de meus pais estão desaparecidas e, agora, o motivo por trás de suas mortes também está desaparecido.

Com relutância, Bruce esticou a mão e puxou um arquivo que fechara havia muito tempo.

BC001-0001
WAYNE, THOMAS E MARTHA

CAPÍTULO QUATRO

CADÁVER DE BOA APARÊNCIA

Quartel-general da DPGC / Gotham / 21h07 / Hoje

James Gordon estava no teto do quartel-general da polícia olhando para a caixa do disjuntor. O cadeado estava pendurado na porta aberta da caixa. Parara de balançar havia algum tempo. A noite estava gelada, sua respiração criando nuvens diante dele, e ele de pé na clara noite de outono.

Como diabos as coisas chegaram a esse ponto?

O comissário de polícia de Gotham City, James Gordon, conhecia a resposta melhor que qualquer um. Ele crescera em Chicago com o irmão Roger, os dois brincando de "polícia e ladrão" pelo quarteirão do Lincoln Park cercado de sobrados. Não importava muito para os garotos quem era "polícia" e quem era "ladrão", e eles muitas vezes tiravam cara ou coroa para decidir qual seria qual.

Apenas muito tempo depois, Gordon – um tenente da polícia recém-promovido que estava de mudança com esposa e filho para um novo emprego em Gotham – descobriu como aquele cara ou coroa era arbitrário no DPGC. Seu primeiro parceiro ali foi Arthur Flass – um policial absolutamente sujo. Gordon devidamente denunciou a rede de extorsão do parceiro ao então comissário Gillian Loeb. Logo teve sua ingenuidade arrancada com tacos de beisebol por vários de seus irmãos policiais; aparentemente, Loeb recebia uma parte de todos os policiais corruptos da cidade. A surra só conseguiu endurecer ainda mais o jovem tenente. Gordon se tornou conhecido como um policial "intocável", mas, com Loeb comandando a polícia e controlando a Divisão de Assuntos Internos, era óbvio que a carreira de James Gordon havia morrido na surra com tacos de beisebol, mesmo que seu corpo não tivesse.

Então a sorte de Gordon mudou pelas mãos de um morcego.

Batman havia sido louvado como um cidadão valoroso pelo comissário Loeb ao surgir. Loeb acreditava que aquele Batman poderia ser comprado e controlado quase como qualquer outra pessoa, e suas estripulias eram uma distração para os negócios mais obscuros do comissário. Loeb não contara com esse "maluco de capa" de olho em sua própria rede. Então, quando "o morcego" abriu a lata de vermes do comissário, Loeb reagiu classificando-o de criminoso, vingador, anarquista e terrorista. Batman se tornou o criminoso mais procurado de Gotham.

E quem melhor para derrotar tal ameaça à lei e à ordem do que o totalmente limpo, intocável tenente detetive James Gordon?

Fora como tentar apagar um incêndio com gasolina.

Foi o começo de uma amizade explosiva.

Eles eram homens diferentes com abordagens diferentes do problema, mas ambos concordavam quanto a qual era o problema. Gordon nunca poderia aceitar Batman agindo fora do processo legal. Batman com frequência ficava frustrado com a insistência de Gordon em um processo que, muitas vezes, prejudicava a justiça. Mas juntos eles conseguiram virar o jogo com Flass e, finalmente, Loeb, derrubando os dois.

Aparentemente, Batman era a salvação da carreira de Gordon, desde que Gordon pudesse justificar a si mesmo o fato de permitir que Batman existisse. Isso exigia distorcer seus princípios de modo a alcançá-los, uma dicotomia que todos os dias o fazia se questionar e às vezes se odiar. Ele passara a ver Batman como seu amigo, mas o odiava – o odiava pela violação que representava em sua vida e pelas coisas que Gordon precisava pedir que o fora da lei fizesse quando a justiça não podia ser obtida pelas próprias instituições que jurara honrar e proteger.

Batman fizera dele um sucesso ao custo de um pedaço de sua alma.

A sorte de Gordon melhorou na polícia, embora a um alto custo pessoal. A surra que ele recebera também fora o começo do fim da relação com a esposa, o estresse de ser um policial de princípios finamente se revelando como rachaduras no casamento. Seu irmão Roger e a esposa Thelma haviam morrido em um terrível acidente de carro, deixando a filha Bárbara sem lar. Os Gordon adotaram a garota de 13 anos em parte por dever e em parte pela esperança de que ajudasse a salvar seu casamento. Quando a esposa de Gordon por fim o abandonou, ele amara a garota e se dedicara a ela, transformando-a em uma bela jovem com um futuro brilhante.

Então Batman surgira na varanda de seu apartamento e atirara nela a sangue-frio... Ela morrera sozinha, sangrando no corredor.

Gordon ficou olhando para a alavanca que acenderia o bat-sinal no teto do quartel-general.

– Já se passaram quinze minutos, Gordon – disse a voz rouca acima dele. – Não consegue se decidir?

O comissário deu um pulo com o som, sua mão instintivamente procurando a arma de serviço. Uma delicada inibição que rondava sua mente se rompeu. Ele sabia que devia parar, mas já havia ultrapassado esse ponto, a arma sacada do coldre, sendo erguida na direção da silhueta que bloqueava as estrelas com sua forma odiada e excessivamente familiar.

Desta vez eu vou até o fim, pensou Gordon com distanciamento. *Eu realmente vou até o fim.*

Uma substância fria parecida com gel se projetou da sombra, envolvendo a arma e a mão de Gordon em uma massa terrível. O dedo de Gordon apertou o gatilho, mas o gel estava endurecendo rápido demais. O comissário puxou a arma, olhando através dos óculos para o cano abaixo, preso e envolvido pela massa dura e borrachenta.

Gordon gritou de fúria, tentando soltar a arma da massa densa que a prendia à mão direita.

– Seu maldito! Seu filho da puta!

– Você precisa se acalmar, Gordon – disse o Cavaleiro das Trevas rispidamente, sua capa se movendo levemente atrás dele. Batman estava encarapitado no alto da escadaria, olhando para o comissário. As grandes lentes do bat-sinal – o nome era outra afetação da imprensa – estavam escuras na beirada do teto, o olho invocador fechado. – Se você conseguir apertar o gatilho, a bala não terá para onde ir. A arma irá explodir e você poderá perder a mão... E acho melhor não envolver minha mãe nisto.

Emocionalmente exausto, James Gordon caiu de joelhos.

– O que está fazendo aqui?

– Vim porque você precisa de mim. – sussurrou o morcego. – Porque a caçada não terminou... Os monstros ainda estão lá fora.

– O monstro está bem aqui – retrucou Gordon. Ele odiava o homem--morcego mais do que tudo que já havia odiado na vida. E precisava dele tanto quanto. – Eu deveria ter matado você quando tive a chance.

– Estenda a mão com a arma – disse Batman, descendo silenciosamente de seu posto para ficar de pé no teto à frente de Gordon.

O comissário ergueu o braço. Batman tomou o pulso de Gordon com um firme aperto da mão direita, enquanto tirava uma pequena lata de aerossol no cinto de utilidades com a esquerda. Ele jogou o solvente sobre a mão presa do comissário. O gel cristalizou e a seguir esfarelou em um átimo. Batman estava esperando por isso, arrancando a arma de Gordon antes que ele tivesse tempo de reagir. O Cruzado Encapuzado recuou um passo para as sombras do teto, os olhos atentos fixos no velho amigo.

– Barbara ainda está viva, Gordon – encorajou Batman. – Está no norte do estado fazendo faculdade. Foi colocada em uma cadeira de rodas, mas ainda *está* viva, e eu não fiz isso. O Coringa fez.

– Não minta para mim – bufou Gordon.

– Nunca menti para você – retrucou Batman com a voz áspera como cascalho. – É uma lembrança falsa, Gordon. Um fantasma conjurado por Spellbinder para fazer com que você e os outros cometam crimes por toda a cidade.

– Não, você está errado, não foi Spellbinder – disse Gordon, sorrindo com satisfação presunçosa. – Aquela maníaca usa hipnose para controlar suas vítimas, e ambos sabemos que a hipnose se desgasta se não for reforçada. Ademais, estamos com Spellbinder, quero dizer, Fay Moffit, em Arkham, e ela está sofrendo de suas próprias alucinações.

– Ela é uma sociopata psicótica – resmungou Batman. – Alucinações seriam uma evolução para ela.

– Diz que você a seduziu para que roubasse o boneco Scarface – Gordon retrucou. – E também acredita nisso.

– Então não é hipnose – respondeu Batman. – Drogas psicotrópicas, talvez com um componente de modificação comportamental ou de memória. Alguém lançou um feitiço em Spellbinder, é? Então agora você tem uma bagunça generalizada e quer que eu a limpe. Por isso me queria?

– Eu não *queria* você, absolutamente – sibilou Gordon.

– Então vamos apenas dizer que é por isso que você está de pé no teto *não* usando o bat-sinal para me convocar – retrucou Batman.

Gordon piscou, tentando ver além de sua fúria.

– Há cerca de três meses, todos que estão cometendo esses crimes receberam um cartão pelo correio. Ele dizia: "Este cartão lhe dará sorte." Nada mais, e todos com um carimbo postal da Gotham Central.

– Deixe-me ver – exigiu Batman.

– Não tenho – respondeu o comissário. – Joguei fora há meses.

– Mostre sua carteira – exigiu Batman.

O comissário levou a mão às costas e sacou a carteira, abrindo as divisões com os dedos.

Batman esticou a mão e agilmente tirou o cartão.

– Ei – disse Gordon. – Eu jurava que não estava aí.

– Mas não foi para isso que você veio ao teto para *não* usar o bat-sinal – disse Batman, examinando o cartão cuidadosamente. – É o mesmo tipo de cartão que agora está espalhado pela cidade inteira.

– Isso mesmo – respondeu Gordon. – Conseguimos rastrear a produção até a Lunare Products, em sua unidade em Dixon Docks, saindo do Englehart Boulevard. É uma propriedade em nome de um certo Dr. Chandra Bulan. As duas palavras são pseudônimos para...

– Lua – disse Batman, cuspindo a palavra. – Ambas são palavras do sudeste da Ásia para Lua.

– Dr. Moon – concordou Gordon. – Ele era especialista em manipulação de memória, e isto parece seu *modus operandi.*

– *Era* especialista é o ponto – concordou Batman. – Moon está morto, e há anos.

– Então ele está muito ativo para um cadáver – retrucou Gordon. – Temos recebido relatórios de que há um culto oriental crescendo em Chinatown com o Dr. Moon na liderança.

– Não imagino que esteja se referindo a Sun Myung Moon e a Igreja da Unificação – disse Batman, sorrindo sob o capuz.

– Estaria perguntando a *você* caso estivesse? – resmungou Gordon.

– Você acha que o Dr. Moon se levantou do túmulo e está espalhando estes cartões por toda a cidade – afirmou Batman, colocando o cartão em um saco de provas em seu cinto de utilidades.

– *Alguém* está espalhando isso por toda a cidade e, se for verdade, este último surto de criminalidade que tivemos foi uma pequena amostra da tempestade que está se formando – afirmou Gordon.

Batman assentiu, depois devolveu a arma a Gordon pela coronha.

Gordon olhou para a arma por alguns instantes, depois balançou a cabeça.

– Melhor você ficar com ela.

– Isso nunca aconteceu, Gordon – insistiu Batman. – É uma lembrança que não passa de sonho.

Gordon respirou fundo.

– Não para mim. Eu me lembro de todos os detalhes... Vê-la cair na entrada do apartamento... O sangue se espalhando nos azulejos abaixo dela... Você de pé no umbral. Minha mente racional sabe que é tudo falso... Mas se eu pegar essa arma, também sei que irei usá-la contra você. Dói demais e parece certo demais.

Batman anuiu. Ejetou o pente e o jogou do outro lado do teto, depois soltou o ferrolho, tirando a haste de guia e a mola do chassi da arma. Espalhou as peças ao redor dele em arco.

– Avisarei quando estiver terminado.

– O que você vai fazer? – perguntou Gordon.

– Visitar um morto – respondeu Batman.

Gordon ia perguntar como... Mas Batman havia partido.

Dixon Foundation College / Gotham / 21h42 / Hoje

Batman suava. A bat-roupa estava esquentando demais, os níveis de energia do cinto de utilidades caindo perigosamente a despeito dos capacitores adicionais que instalara. O sistema de refrigeração da bat-roupa estava sendo forçado ao limite, mas, apesar de tudo, Bruce Wayne estava adorando o desafio e apreciando o esforço.

Oito jovens membros do culto tinham conseguido se lançar contra ele ao mesmo tempo na cabine de som do auditório que desmoronava. Seus golpes estavam começando a penetrar na enfraquecida armadura ativa da bat-roupa, chegando às costelas.

Batman sorria.

Era seu tipo de luta.

Os membros do Culto Lunar vinham em grande medida das gangues da vizinha Chinatown, e a guarda de Moon havia sido bem treinada em artes marciais. Seu entusiasmo pelo líder era fanático e absoluto, impelindo-os com o mesmo tipo de zelo que alimentava Batman. Ele tinha a vantagem da experiência, mas seu corpo estava envelhecendo. Eles tinham a vantagem do número, mas não eram treinados em combate em grupo. Nenhum dos dois lados iria recuar.

Era o equilíbrio que tornava aquilo interessante para ele.

Com um grito, Batman se projetou com toda a sua força. A bat-roupa reagiu, arrancando mais potência dos esmorecidos capacitores. Os membros do culto foram lançados para longe, dois atravessando o vidro da cabine e caindo flácidos entre os assentos quebrados abaixo.

Batman se colocou de pé imediatamente. Dois dos guardas remanescentes recuperaram suas posições, as cabeças raspadas brilhando com sangue, tchacos surgindo em suas mãos em um súbito borrão.

Filmes demais. Talvez não seja seu primeiro erro... Certamente será o último.

Batman avançou contra o primeiro, a ponta da arma de corrente zumbindo na direção de sua cabeça. Ele mudou de posição, e então bloqueou o tchaco com o antebraço no momento exato, fazendo com que ele voltasse sobre o rosto do atacante, cujo nariz se partiu com um barulho satisfatório. Batman girou, acrescentando ferimento a ferimento, enquanto seu cotovelo pegava o nariz partido de baixo para cima e empurrava os ossos para o rosto.

A virada o deixou diante do segundo adversário remanescente, cuja arma girava produzindo um borrão rumo ao Cavaleiro das Trevas ofegante. Batman cruzou os antebraços diante de si, segurando os bastões entre o punho das luvas. Os braços deslizaram para baixo pela madeira lisa, arrancando a arma das mãos do jovem e surpreso membro do culto.

– Nunca gire a arma – orientou Batman, enrolando os bastões em torno da corrente de metal até ficarem lado a lado em sua mão. – É melhor segurar com firmeza.

Batman enfiou o punho, ainda segurando os bois bastões, sobre o rosto do jovem, jogando-o de joelhos. O sorriso brotou em seu rosto enquanto dançou o punho com os bastões repetidamente, martelando o membro do culto.

Quando o rapaz parou de se mover, o punho parou.

Batman saltou pela janela estilhaçada, a capa se abrindo devidamente para desacelerar a descida enquanto ele pousava três metros abaixo sobre os corpos que o precederam.

O Dixon Foundation College havia sido um dia uma instituição particular, porém, quando o financiamento terminou, o mesmo aconteceu com os alunos. O auditório de aula estava em ruínas, mas panos vermelhos brilhantes haviam sido pendurados como bandeiras ao longo das placas de reboco que despencavam da parede. Havia um púlpito, ponto focal do auditório vazio.

O Dr. Moon estava no púlpito.

Tenho de admitir que ele está bastante bem... Considerando que está morto há dez anos.

A pele do rosto havia sido esticada para trás em uma máscara com aparência de couro, os lábios retesados em um sorriso hediondo. Moon olhou com órbitas vazias para o Batman, que se aproximava. Usava um chapéu de bobo da corte, colorido e com sinos na extremidade de cada uma das cinco pontas. O cabelo que aparecia sob ele estava despenteado e suas unhas eram compridas, mas isso era compreensível para alguém arrancado do túmulo. Vestia uma túnica de seda vermelha resplandecente. Não parecia nem um pouco incomodado com o fato de que ele e sua túnica fossem sustentados por um cano de ferro preso verticalmente ao piso, enfiado na base de suas costas e chegando à cavidade torácica. As mãos de Moon estavam apoiadas no púlpito, os dedos ossudos enrolados sobre uma pilha de papéis.

O rosto de Batman ganhou expressão raivosa.

Os papéis no púlpito estavam amarelados pela idade, ressecados e frágeis, mas o cabeçalho antiquado era facilmente reconhecível.

WAYNE ENTERPRISES
DA MESA DO DR. THOMAS WAYNE

Batman sentiu o suor se acumular na base da coluna, um arrepio correndo a despeito do calor residual da bat-roupa. Empurrou o corpo de Moon, deslocando a clavícula de seu encaixe e fazendo com que o cadáver escorregasse pelo cano até formar uma pilha a seus pés.

Batman e todas as camadas da bat-roupa não poderiam proteger Bruce Wayne das palavras nas páginas que ele tomou nas mãos.

Ao Dr. Ernst Richter

Caro Ernst,

Posso compreender sua reticência em prosseguir com este projeto, e lhe escrevo hoje na esperança de lançar alguma luz sobre minha aparente obsessão por seu trabalho. Ordenei que esta carta lhe fosse entregue pessoalmente por meu empregado, em quem tenho total confiança, para ficar certo de que chegará unicamente às suas mãos.

Talvez para que você entenda plenamente, tenho de explicar como Martha me apresentou a Denholm Sinclair em primeiro lugar e como isso levou à minha amizade com Lewis Moxon...

CAPÍTULO CINCO

ENCONTRO ÀS CEGAS

The Bowery / Gotham / 23h15 / 4 de outubro de 1957

– Bem-vindo ao Koffee Klatch, Sr. Wayne.

Ele quase se virou e saiu.

Thomas Wayne estava impecavelmente vestido para qualquer lugar menos aquele. Seu corpo saudável sustentava perfeitamente o paletó branco e a gravata-borboleta preta, e ele tomara um cuidado extra com o Brylcreem para garantir que seus cabelos escuros se esticassem para trás desde a testa e ficassem lisos. Suas calças sociais afinavam de forma elegante, cortadas para terminar exatamente acima do brilho de seus sapatos sociais de couro envernizado. Um cravo vermelho na lapela dava cor ao traje afora isso monótono, e seu rosto estava rapidamente ganhando o mesmo tom.

Ele teria se encaixado bem em qualquer um dos mais refinados restaurantes e boates da cidade – só que não estava em nenhum desses lugares.

Ele estava à beira da anarquia.

Pelo menos estava caso a anarquia fosse definida como o nível superior daquele café de porão em Bowery. O Koffee Klatch ficava em uma área arruinada de Uptown ao sul do bairro dos teatros Park Row, mas não suficientemente ao sul para ser elegantemente próximo ao Riverfront Park. O bairro dos teatros estava cheio de luzes brilhantes, exibindo produções de primeira categoria como *My Fair Lady*, *Auntie Mame* e *Bells Are Ringing* – montagens que refletiam o verniz de otimismo que envolvia o país como um todo. Mas o que alimentava aqueles sonhos noturnos era um exército de atores, músicos, coreógrafos e dramaturgos que preferiam o *On the Road* de Jack Kerouac e o "Uivo" de Allen Ginsberg a Rodgers e Hammerstein. O Bowery se tornara o centro da contracultura da geração *beat* em Gotham: ponto de encontro de intelectuais, artistas e livres-pensadores que festejavam o inconformismo e a criatividade espontânea. Essas palavras elevadas eram elas mesmas uma camada superficial sobre excesso hedonista, vidas boêmias e experiências com drogas recreativas. A geração *beat* não era tanto a *favor* de algo específico quanto era *contra* tudo que remotamente pudesse ser definido como limite. Eles viam fraturas de estresse na ordem em concreto e aço dos Estados Unidos pós-guerra e estavam determinados a derrubá-la e se libertar.

Então, a partir do balcão do porão que se debruçava sobre o retângulo do andar inferior, aquilo parecia muito anarquia para o formando de medicina de Harvard em seus trajes noturnos formais. O lugar estava lotado, e não havia ventilação. O cheiro dos sujos na sala era esmagador. A noite de julho estivera fresca do lado de fora, mas, naquele momento, no aperto do Klatch, o calor era opressivo e o cheiro de álcool e perfume barato, nauseante.

– Tommy!

Wayne inclinou a cabeça, apertando os olhos. Ouvira seu nome ser chamado de algum lugar, mas estava quase afogado em um mar de vozes e bongôs.

– Tommy! Aqui embaixo!

Thomas olhou por sobre a balaustrada para um emaranhado de camisetas de malha, jeans e cabelos escuros. Demorou um tempo até vê-la, olhando para ele com um sorriso radiante enquanto acenava para chamar sua atenção.

Martha Kane havia sido literalmente a garota da casa ao lado desde que ele se lembrava, embora, no seu caso, a casa ao lado ficasse a quatrocentos metros através de uma reserva florestal. Seu pai era Roderick "Roddy" Kane, que criara sua empresa, a Kane Chemical, se valendo de duas guerras mundiais, ambição sem limites e um impressionante talento para saber exatamente o quanto ceder para fechar o negócio. Dizia-se que ele tinha uma personalidade, mas que apenas a esposa, a antiga Maureen Vandergrift, dos Vandergrift de aço da Pensilvânia, e sua filha sabiam onde encontrar o interruptor para ligá-la. Segundo as brincadeiras feitas nas melhores festas, as propriedades dos Kane consistiam "daquela metade de Gotham que já não é dos Wayne". Na verdade era um grande exagero, mas a realidade parecia ter saído de moda no momento. O que era verdade era que Martha, dos dois lados da linhagem, era herdeira de dinheiro acumulado por antigas gerações e pela atual. Como seus pais com frequência lhe apresentavam, era uma enorme responsabilidade, à qual Martha tipicamente não dava qualquer importância. Seus cabelos escuros e olhos castanhos líquidos eram onipresentes na imprensa de Gotham, embora igualmente prováveis no tabloide *Daily Inquirer* e nas páginas de sociedade do *Gotham Globe* ou do *Gazette*. Mas, para Thomas, ela era simplesmente Martha, a vizinha de personalidade forte que podia convencer e já o convencera a entrar em todos os planos loucos que conseguia conceber desde que ele tinha oito anos de idade.

Thomas desceu cuidadosamente a escada metálica. O corrimão de ferro fundido parecia coberto de algo desagradavelmente viscoso, que, refletiu, não era diferente da própria multidão. Abriu caminho entre os corpos em movimento na pista da boate, um floco branco à deriva em ondas escuras. Contornou com sucesso apenas relativo as pequenas mesas agrupadas próximas demais e finalmente conseguiu chegar ao canto que Martha estabelecera como seu reino e no qual fazia as honras.

– Você está impecável!– cumprimentou Martha.

Olhou para ele erguendo uma sobrancelha cuidadosamente delineada. Vestia um cardigã escuro e jeans apertados que exibiam seu corpo generosamente.

– Você disse que iríamos à cidade – Thomas deu de ombros, tentando dosar o gesto com um sorriso constrangido.

– E *estamos* nela, querido! – disse Martha com um largo sorriso, tirando os cabelos do rosto enquanto dava o braço a ele. – Apenas não é a cidade a qual você está acostumado; já estava na hora de isso acontecer. Vamos, tenho amigos que você *precisa* conhecer!

Thomas se inclinou junto ao ouvido de Martha.

– Achei que esta noite seríamos só nós dois.

– Ah, que absurdo, Tommy – disse Martha rindo e dando um tapa no braço dele com a mão direita. – Duas pessoas sozinhas são sérias demais. Estamos aqui para festejar. Deixe-me apresentar Denholm Sinclair.

O homem estava de pé no canto oposto à mesinha. Era aproximadamente da mesma altura que Thomas, mas com ombros ligeiramente mais largos e um corpo mais musculoso. Tinha cabelos negros ondulados cuidadosamente penteados e um cavanhaque de artista aparado profissionalmente. Usava um paletó esportivo sobre uma camisa de colarinho aberto e calças cinza de pregas com mocassins. Estendeu a mão para Thomas, o rosto se abrindo em um sorriso brilhante.

– Prazer em conhecê-lo, companheiro... Pode me chamar de Denny.

Thomas apertou a mão oferecida e se arrependeu. Denholm tinha o aperto de um gorila. Antes que pudesse dizer algo, Martha respondeu por ele:

– E você pode chamá-lo de Tommy; eu sempre chamei. E esta é Celia, minha melhor amiga!

Thomas conseguiu retirar a mão e se virou para acompanhar o gesto de Martha.

– Como vai, Sr. Wayne? – disse Celia de sua cadeira, estendendo a mão com o braço branco e ágil.

Ela tinha uma expressão triste e distante, os grandes olhos castanhos não exatamente concentrados em Thomas enquanto apertava sua mão. Os cabelos eram curtos, os cachos colados à cabeça. Tinha lábios cheios projetados sob um nariz proeminente, e embora os cílios fossem obviamente falsos, ficavam bem nela.

– Bem, obrigado, Srta... – perguntou Thomas, a voz morrendo em tom de pergunta.

– Kazantzakis – interrompeu Martha. – Celia Kazantzakis.

– Ah – disse Thomas, hesitando por um momento.

– Por favor, apenas Celia está bem – disse Kazantzakis, anuindo de leve.

– E, por favor, me chame de Thomas – disse Wayne.

Denholm já puxara uma cadeira para Martha, que se sentou rapidamente, deslizando mais para perto de Sinclair. Seus braços se enroscaram na manga do paletó esporte de Denholm, e ela se apoiou nele.

– Não é quase perfeito? No instante em que conheci Celia eu soube que vocês tinham de ficar juntos.

Thomas assentiu com o sorriso mais simpático que conseguiu produzir. Martha fizera novamente, e agora ele estava num encontro às cegas em outro dos projetos de Martha. Para ela, Gotham era seu parque de diversões, tudo ali ou lhe pertencia, ou pertenceria caso se desse o trabalho de comprar. Havia no seu parque de diversões lugares maravilhosos que irritavam seus pais, com cujo desconforto tinha um prazer particular, porque significava que pelo menos estavam prestando atenção nela.

– Então, como você conheceu Martha? – perguntou Thomas, se virando para a jovem ao seu lado.

– No orfanato. Orfanato Rua Cooper. Já ouviu falar dele?

– Certamente, acho que é um de nossos projetos – anuiu Thomas, os olhos ardendo com a fumaça. – Em Burnley, perto do jardim botânico, não?

– Isso mesmo – disse Celia anuindo, pegando seu coquetel e tomando um gole desanimado. – Fui criada ali.

– Ah, lamento – disse Thomas.

– Não lamente – disse Celia dando de ombros. – Eu não conheci nada diferente daquilo. De qualquer forma, agora sou secretária lá, tento manter o lugar de pé. Martha apareceu certo dia com um cheque que nos deixou bastante bem e com a promessa de mais quando precisássemos. Uma coisa levou a outra, e começamos a nos encontrar nos mesmos lugares acidentalmente de propósito.

Thomas deu uma espiada em Martha, que estava se enrolando mais em Sinclair e murmurando algo no ombro dele. Celia parou de falar, deixando a conversa estagnar na mesa entre eles e morrer.

Thomas tentou ressuscitá-la.

– E gosta do seu trabalho?

– Ahn?

– Na verdade nada... Apenas perguntei...

– Escute, lamento...

– Thomas – ele ajudou.

– Lamento, Thomas. Estou um pouco distraída hoje – respondeu Celia, fazendo um gesto de mão no ar denso. A fumaça na sala estava assentando mais densa que um fog londrino. – Um amigo meu desapareceu, e não sei o que fazer em relação a isso.

– Desapareceu? – disse Thomas, erguendo as sobrancelhas. – Quem desapareceu?

– Lorenzo – disse Celia, mordendo o lábio inferior. – É só um cara que eu conheço chamado Lorenzo Rossetti. Desapareceu há uns dez dias. Sem telefonema. Sem cartão-postal... Nada.

– Isso parece sério. Você notificou as autoridades?

– Na verdade, acho que seria melhor deixarmos as autoridades fora disso – disse Denholm do outro lado da mesa.

– Por quê? – perguntou Thomas. Ele não tivera consciência de que Sinclair estava escutando a conversa.

– Bem, porque nos negócios dele isso provavelmente não seria lucrativo a longo prazo – disse Denholm, arqueando levemente as sobrancelhas. – Acho que apenas viajou a trabalho e voltará quando tiver terminado.

– Quer dizer... Quer dizer que ele pode estar envolvido em atividades nefandas? – perguntou Thomas, incrédulo.

– Ah, sinceramente, Thomas! Você é muito *quadrado*! – disse Martha rindo, o martíni sacudindo um pouco em sua mão enquanto acenava com ele. – Relaxe um pouco, tá? Estamos festejando!

– E obrigado por vir à minha casa para festejar – cumprimentou uma voz nasalada. Thomas notou a expressão de desprezo no rosto de Sinclair antes de se virar.

Ele media um pouco menos de 1,65 metro, peito largo, com mãos grandes e fortes. A cabeça tinha forma de um bloco, e ele parecia não ter pescoço. Vestia um paletó formal, mas o colarinho da camisa estava aberto e a gravata-borboleta pendia dele desfeita. Os cabelos escuros eram cortados curtos, e deles se projetavam levemente as orelhas. Parecia um jogador de futebol americano ligeiramente encolhido, e era jovem. Thomas imaginou que deveria ter no máximo vinte e tantos.

– Oi, Lew! –Martha abriu um largo sorriso, erguendo a taça.

– Srta. Kane, um prazer vê-la novamente.

– Conhece meu amigo Tommy?

Cabelos curtos fez um gesto para que Thomas permanecesse sentado.

– Está tudo bem, Sr. Wayne. Não tenha esse trabalho. Fico contente que esteja aqui. O nome é Moxon. Lew Moxon.

– Obrigado, ah... Lew – disse Thomas, enquanto Moxon apertava sua mão. – Nós nos conhecemos?

– Não, mas um cara precisaria ser cego para não reconhecer um Wayne nesta cidade – disse o homem. – Fico feliz que tenha vindo dar classe à espelunca. Se precisar de qualquer coisa, é só chamar Lew.

– Generosidade sua, Moxon – disse Sinclair com um sorriso apertado. – Não sabia que você se dava com a sociedade.

O sorriso de Lew esfriou ligeiramente.

– Ah, não o tinha visto aí, Sinclair... Mas Srta. Kane tem o hábito de cuidar dos necessitados.

– Todos temos amigos – respondeu Sinclair. – Alguns amigos são maiores que outros, e todos precisamos de uma ajudinha aqui e ali. E quanto a você, Moxon? Você comprou este lugar sozinho ou seus amigos o ajudaram?

– Está latindo para a árvore errada, meu amigo – retrucou Lew, um frio no ar a despeito do calor no salão. – Trabalho à noite desde que tenho 12 anos. Este lugar é cem por cento meu.

– E quanto seu velho *pagou* a você pelos trabalhos quando tinha 12 anos? – bufou Sinclair. – Quero dizer, certamente o grande Julius Moxon, com tanto dinheiro escorrendo para ele de locais obscuros, tem o suficiente para financiar um lugar chique como este para seu garotinho.

– Isso não é legal, cara – disse Moxon, abrindo e fechando os punhos ao lado do corpo. – Minhas mãos estão limpas, e meu lugar vai bem. Por falar nisso, como estão indo as coisas entre você e o velho Rossetti? Não vejo o garoto de Cesare por aqui há algum tempo. Você o colocou de férias?

Celia prendeu a respiração, o lábio inferior tremendo.

Sinclair começou a se levantar lentamente, afastando Martha.

– Minha casa – disse Moxon com um sorriso. – Você realmente quer fazer isso aqui?

– Desculpem – disse Thomas, se levantando de repente, as pernas metálicas de sua cadeira guinchando acima do som dos bongôs.

As cabeças de Sinclair e Lew se viraram na sua direção.

Thomas ergueu as duas mãos enquanto falava.

– Quero fazer apenas uma observação, se puder.

Sinclair ficou paralisado com uma das mãos no bolso do casaco. A mão direita de Moxon pairou dentro da lapela do paletó.

– Gostaria de chamar atenção para o fato de que estamos festejando minha formatura na faculdade de medicina de Harvard, o que, como provavelmente sabem, é algo realmente importante para mim... E obrigado por seus parabéns, mas a questão é que só começarei minha residência amanhã de manhã, de modo que tecnicamente não devo *usar* nada daquelas coisas médicas que despejaram na minha cabeça nos últimos, ahn, oito anos, mais ou menos. Talvez vocês achassem que isso serviria para algo, mas aparentemente preciso de mais alguma coisa no treinamento profissional.

Moxon lançou a Thomas um olhar atônito. Sinclair piscou.

– Então o resumo é o seguinte: eu coloquei este paletó branco realmente elegante, e sim, sei que provavelmente deveria estar com algo de couro ou gasto, mas foi o que me coube para a noite. E seria realmente difícil tirar manchas de sangue disto, e não devo salvar a vida de ninguém por pelo menos mais algumas semanas. Então, Lew... Que tal me conseguir um drinque para que possamos brindar ao meu futuro em vez de arrasar com meu paletó?

Lew encarou Thomas por um momento.

– Por favor? – insistiu Thomas. – Café serve. Posso brindar a mim mesmo com café... Vocês servem café aqui?

Surgiu um largo sorriso no rosto de Lew Moxon.

– Certamente, Sr. Wayne, o que quiser. Você está absolutamente certo. Se um dia precisar de um favor, sou o seu cara.

Sinclair se sentou, dando um risinho.

– Bela jogada, Tommy.

– Chame-me Thomas – disse, enquanto se jogava em sua própria cadeira. Wayne esticou a mão, pegando da mesa o martíni pela metade de Martha e o virando em um só gole.

Denholm assentiu.

– Acho que estou começando a gostar de você, Thomas. Que tal lhe mostrar alguns lugares que conheço?

– Ótimo – respondeu Thomas, pousando a taça de martíni de Martha, a mão tremendo levemente. – Mas antes vamos pedir outro drinque para Martha.

Martha olhou para sua taça vazia e começou a rir.

CAPÍTULO SEIS

INTOCADO

Propriedade Kane / Bristol / 6h22 / 5 de outubro de 1957

O dia nascia enquanto Thomas dirigia o Lincoln Futura pela Kane Memorial Bridge. O bairro dos teatros de Gotham e Sheldon Point ficava para trás rapidamente no trânsito leve. O Futura era um carro-conceito – o carro do futuro –, e seu pai financiara uma segunda versão dele feita pela fábrica da Ghia em Turim, na Itália, quando estava sendo construído dois anos antes. Tinha o acabamento perolado opalescente que só podia ser realmente apreciado em contato direto; a comprida traseira e as nadadeiras dianteiras e traseiras eram dramáticas, mas era o teto de acrílico em forma de gota dupla que sempre virava as cabeças quando ele o dirigia. Era ao mesmo tempo um ícone de sua época e de seus problemas: o teto de acrílico funcionava como uma estufa sob o sol. Pior, era projetado para lacrar o compartimento de passageiros com tal firmeza que foi necessário instalar um microfone na traseira, mais precisamente no centro de sua "futurista" antena de rádio circular, para que o motorista pudesse ouvir os sons que vinham do exterior através de um alto-falante colocado atrás e entre os bancos em concha. Uma trava de segurança determinava que o teto em bolha não fosse aberto a não ser que a alavanca de câmbio estivesse na posição "estacionar", significando que praticamente não havia ventilação no carro. O ar condicionado falhava sempre e nunca dava conta do interior, deixando-o como se estivesse pegando fogo. Pior, o exterior elegante reduzia o fluxo de ar ao redor do motor, fazendo com que superaquecesse constantemente. Ainda assim, essas questões práticas não tiveram impacto no raciocínio de Patrick Wayne; qualquer um podia comprar um Lincoln de série, mas gastar 250 mil dólares em um de apenas dois carros do futuro feitos à mão? Para o Wayne sênior não era apenas um meio de transporte; era uma demonstração de poder e riqueza que não podia ser ignorada. Dá-lo ao filho forneceu à imprensa mais de uma oportunidade para fotos; era o modo de Patrick de investir o filho com as responsabilidades de ser um Wayne e forçar o garoto a reconhecer a autoridade superior e inquestionável do pai.

Thomas reagira ao presente nada prático do pai usando uma chave de fenda e uma chave inglesa no carro-conceito único e removendo a seção automática do teto. Isso melhorou consideravelmente o fluxo de ar; ele gostava do aspecto conversível que dava ao carro – afora isso enorme –, e ao mesmo tempo isso representava, do modo pequeno de Thomas, um ato de desafio.

Mas, no começo da manhã, com o sol começando a nascer sobre o oceano a leste, o comprido veículo estava um pouco frio para Thomas. Ele levou a mão ao lado esquerdo da coluna de direção – com seu velocímetro único instalado no centro do volante – e empurrou para trás a cobertura dos controles de calor. Eles deslizaram para dentro do console como uma escrivaninha de correr da era dos jatos. Ajustou os controles para jogar calor sobre o piso e olhou para além do console central, entre os bancos, na direção da forma que roncava suavemente à sua direita.

Thomas esticou a mão, aumentando o volume do rádio. O dueto masculino harmônico cantou mais alto sobre a reputação problemática de dois adolescentes adormecendo durante um filme no drive-in.

Thomas olhou novamente para o voluptuoso e esparramado volume de maquiagem borrada que era Martha Kane.

Os cabelos escuros estavam amontoados sobre o rosto. O batom estava borrado e a máscara fazia com que os olhos lembrassem um guaxinim. Estava na mesma posição em que a colocara no carro, Thomas tendo feito o máximo para que sua forma tivesse o semblante de um passageiro, mas fracassando totalmente. Ela tinha o sono agitado, e ele encontrara dificuldade em manter seu braço do lado de dentro do carro enquanto fechava a porta.

Thomas esticou a mão relaxadamente, tentando afastar os cabelos do rosto dela enquanto dirigia. Mas o vento que varria a parte de cima do carro impediu qualquer sucesso nisso. Então desistiu. Martha teria de continuar selvagem... Como sempre a conhecera.

Da ponte ele virou à direita na saída norte e seguiu pela rodovia litorânea por algum tempo, contornando Breaker's Point antes de passar entre os pilares de tijolos que sustentavam o arco de ferro dourado, cuja única inscrição era um K no centro. Acelerou pela estrada particular, onde algumas folhas rebeldes haviam desafiado os desejos do jardineiro e caído ao chão apenas para ganhar vida quando o carro passou em velocidade. A copa de árvores forneceria sombra mais tarde, mas, naquele momento, o ângulo baixo do sol nascente lançava manchas alternadas de luz e escuridão sobre o carro enquanto passava pelos troncos e o tom laranja da manhã.

Sabia que a casa propriamente dita estava a cerca de um quilômetro e meio à frente. Thomas esticou a mão e desligou o rádio, deixando que o motor rompesse o silêncio da manhã.

Ele seguira por aquela estrada muitas vezes antes e, verdade seja dita, levara Martha para casa em estados similares anteriormente. Eles eram muito diferentes, mas unidos de formas estranhas. Ambos eram ricos e ambos carregavam essa riqueza nas costas como versões modernas de Héracles, obrigado pelo destino. Ambos reagiam a esse fardo com suas próprias maneiras de rebeldia. Thomas dando as costas aos negócios do pai para se tornar médico, e Martha gastando o máximo possível do dinheiro dos pais, fosse mergulhando em suas obras de caridade ou buscando o fundo de uma garrafa com amigos tão dispostos quanto ela a gastar seu dinheiro. Ela era famosa por ter tanta probabilidade de aparecer no relatório policial matinal quanto nas páginas sociais em algum baile de gala. Tendia a ser uma bêbada barulhenta e tinha o dom de atrair problemas. Ele sempre a achara bonita, embora nem tanto após um grande porre, e Thomas descobriu sua mente vagando para o que poderia ser encontrado sob as linhas sugestivas do suéter cardigã e o jeans apertado.

Thomas voltou a atenção para a estrada. O carro desviara para a direita, e dois pneus estavam raspando na grama além da trilha de cascalho. Agarrou o volante e recolocou o carro na estrada com a mão firme.

Martha podia falar com ele, pensou Thomas, mas nunca o veria como alguém além do garoto boquiaberto da casa ao lado que era um bom amigo para ter por perto quando todos os outros a tivessem abandonado, tal como vampiros ao nascer do sol, quando ela tivesse vomitado o jantar caro na parede do beco e nos sapatos e precisasse de alguém para levá-la em casa. Ele era Tommy, o garoto que sempre seria um amigo e nada mais.

Thomas franziu o cenho, pensando em por que diabos isso devia incomodá-lo.

O túnel de árvores terminava no limite do gramado da mansão. A Casa Kane se erguia como um monumento à arquitetura georgiana exagerada, tão opulenta que poderia fazer Carnegie enrubescer. Tinha duas enormes alas que se projetavam da casa principal, se estendendo como um Versalhes americano. Ele seguiu a curva da estrada na direção do pátio por algum tempo, mas saiu antes da casa, seguindo pela estrada de serviço que levava aos fundos. Estacionou perto do grande salão de baile, que se projetava da casa como uma catedral, suas altas janelas escuras refletindo o sol nascente. O enorme gramado dos fundos estava coberto por uma fina camada de névoa.

Thomas desligou o carro, deu um pulo para se erguer no banco e, com as duas mãos na beira das janelas de acrílico, na frente e atrás, passou os pés pela lateral e saltou no chão. O cascalho fez um leve chiado quando pousou.

– E um quatro do jurado russo – murmurou consigo mesmo enquanto se empertigava, ajeitava a gravata-borboleta e descia rapidamente a escada de serviço até a porta que levava ao porão. Thomas bateu com vigor cinco vezes rapidamente e esperou. O som distante da cotovia respondeu. Algumas batidas adicionais foram respondidas por um som de passos além da porta, a pancada e o guincho de uma mesa seguidos por um xingamento abafado. Thomas esperou. A porta foi entreaberta, parando no final da corrente.

– Sim?

– Bertie, sou eu... Thomas – disse, a voz soando alta na manhã parada.

– Senhor Wayne? – disse a voz, parecendo confusa por um momento. – Novamente?

– Temo que sim, Bertie – confessou Thomas. – Devo levá-la para dentro?

– Não é sempre assim? – retrucou Bertie.

A porta se fechou num instante e Thomas ouviu a tranca ser deslizada para fora do encaixe. A porta se abriu para revelar o rosto encovado e os cabelos brancos desgrenhados do velho criado, em pé, de roupão, pijamas listrados e chinelas, que na pressa calçara com os pés trocados.

– Leve-a para o quarto de Mary. Está fora cuidando da mãe, ninguém a incomodará lá.

– Ou me verá – acrescentou Thomas.

O velho mordomo deu um risinho.

– A equipe sabe manter silêncio, mas se o Sr. Kane o vir saindo do quarto da senhorita Martha não haverá muito que possamos fazer por você. Suspeito que há terreno suficiente ao redor da casa para esconder um Wayne morto tão facilmente quanto um pobre coitado morto.

– Alegre como sempre – disse Thomas, balançando a cabeça. Ele se virou e subiu os degraus de cimento rapidamente na direção do carro.

Thomas abriu a porta do carona, parte dele esperando que Martha escorresse por ali, mas ela permaneceu obedientemente no banco. Ele a arrumou o melhor que pôde, e então, se curvando, apoiou o ombro no estômago dela e jogou seus braços e sua cabeça às costas. Inclinou-se para trás cuidadosamente, recuperando o equilíbrio, e finalmente, com algum esforço e usando a carroceria do carro como apoio, conseguiu se levantar com Martha jogada sobre os ombros.

Estava bastante consciente do corpo dela tocando o seu, o leve cheiro de perfume misturado a vômito vindo do suéter, e de seus braços sobre as coxas dela.

Thomas respirou fundo e contornou o carro depressa. Ele conhecia bastante bem o caminho. Desceu a escada de serviço, passou pela cozinha e as salas dos empregados até os fundos, depois subiu a escada de serviço para o quarto andar e os quartos dos empregados. Era uma subida árdua por uma escadaria metálica em zigue-zague, e teve de parar duas vezes para tomar fôlego antes de chegar ao corredor superior. Os empregados ainda não haviam acordado, embora Thomas suspeitasse de que o cozinheiro logo chegaria. Felizmente o quarto de Mary era o mais perto da escada, ele abriu a porta rapidamente e, ajeitando Martha no ombro mais uma vez, entrou no aposento.

A cama era simples no quarto pouco mobiliado. Thomas se agachou ao lado da cama, tirou Martha do ombro com cuidado e a colocou no leito, que guinchou levemente. Colocou pernas e braços em posição mais confortável enquanto ela gemia um pouco. Ajoelhou junto à cama e tirou os cabelos do rosto dela.

Pensou em despi-la.

Levantou apressado.

– *Você é um médico, droga* – murmurou para si mesmo. Vira corpos nus antes, vivos ou não. Masculinos ou femininos, todos tendiam a parecer impressionantemente iguais deitados em uma mesa no laboratório. As roupas dela fediam, e teria sido uma gentileza sua levá-las a Bertie para que fossem lavadas antes que ela voltasse a si e tivesse de encarar a ressaca e seu próprio fedor. Todas essas racionalizações disparavam por sua mente, mas ele não conseguiu se mover para tocá-la.

Não conseguiu porque queria desesperadamente tocá-la, sentir a textura de seu pescoço, a firmeza redonda de seus seios, a curva de suas costas e o contorno de suas pernas. Ansiava por tomá-la nos braços, vestida ou não, sentir seu coração bater junto ao próprio peito e saber que nenhum deles, sofrendo em suas enormes vidas vazias, estava realmente só. Queria que os olhos dela se abrissem – realmente se abrissem – e o vissem como se pela primeira vez, não como o garoto desajeitado que ficava silencioso e distante diante da agressão sem sentido de um pai obcecado, mas como um homem que ansiava por uma intimidade que havia sido negada a ele a vida inteira.

Thomas olhou para Martha enquanto ela se esticava diante dele na cama, ignorando-o como homem, como sempre fizera. Como podia saber que mais que tudo ele queria ser visto, ter sua existência reconhecida – ter *importância* – e ser o ponto focal de um par de grandes e lânguidos olhos castanhos?

Ele se deu conta de que ali, no silêncio da manhã, com a casa adormecida, podia tocá-la. Estava ao alcance de seu braço. Podia esticar as duas mãos, deslizá-las sob o cardigã e encontrar o calor de sua pele. Ele havia sido o camarada dela, o garoto da casa ao lado que ela poderia deixar olhar, mas nunca, jamais tocá-la *dessa* forma. Ninguém saberia... Nem mesmo Martha se lembraria, considerando como estava apagada da bebedeira da noite anterior.

Um arrepio percorreu Thomas.

Martha não saberia... Ela sequer o veria.

Thomas saiu do quarto em disparada e desceu as escadas correndo. Passou por Bertie, que disse algo a ele, mas não ouviu as palavras por causa do zumbido em seus ouvidos. Saiu pela porta de serviço e subiu os degraus de dois em dois. A porta teimou para abrir e ele conseguiu, com alguma frustração, sentar no banco do motorista. Ligou o motor do carro.

Ele rugiu duas vezes e morreu.

Thomas socou o volante em fúria, bombeou o acelerador duas vezes para injetar gasolina e tentou novamente.

O motor gemeu uma vez... E então pegou, roncando para acordar. Os pneus levantaram cascalho enquanto ele dava a volta, contornando a casa e seguindo pela estrada margeada por árvores de volta para Beaker's Point.

Quando chegou à frente da Mansão Wayne as lágrimas haviam secado, mas o rosto ainda estava afogueado. Ele saltou, batendo a porta do carro enquanto Jarvis Pennyworth saía pela porta da frente.

– Jovem Tom – disse Jarvis, com um sotaque britânico que parecia transmitir serenidade e preocupação ao mesmo tempo. – Estávamos preocupados. Acredito que sua noite tenha sido boa, senhor.

– Tive uma bela noite, Jarvis – mentiu Thomas. – É sempre uma delícia estar na companhia da Srta. Martha Kane. Meu pai está em casa?

– Não, senhor, ele saiu há cerca de uma hora. Negócios urgentes no centro.

– Bom – retrucou Thomas, soltando o nó da gravata-borboleta. – Você sabe como ele adora negócios urgentes. Este pode ser um recorde para ele; não estou há nem um dia em casa e ele já descobriu algum negócio urgente para mantê-lo longe.

– Sim, jovem Tom – disse Jarvis, se curvando levemente enquanto Thomas seguia rumo à porta principal da mansão. – Mas ele deixou instruções de que você fosse ao escritório dele às 11h30, após seu encontro com o Dr. Horowitz no Hospital Universitário de Gotham.

– Horowitz? – disse Thomas, parando. – Ele é o chefe de pessoal. O que ele quer com um residente?

– Eu não saberia, senhor – respondeu Jarvis com relutância.

Thomas respirou fundo, cansado.

– Certo, Jarvis. Vou subir para tentar arrancar um futuro médico refrescado deste refugo de uma noite na cidade. Poderia cuidar para que o carro seja guardado? Irei para Gotham no Buick. Meu pai disse quando deveria me reunir com o Dr. Horowitz?

– Ele disse ter marcado o encontro com o Dr. Horowitz para 10 horas da manhã e que você não deve se atrasar.

– Certo – disse Thomas, tirando a gravata. – Mais alguma coisa?

– Sim, jovem Thomas – continuou Jarvis. – O escritório do Dr. Horowitz telefonou para confirmar o encontro e desejam que mantenha sua agenda limpa para esta tarde. O Dr. Horowitz quer que conheça um cavalheiro chamado Dr. Richter.

– Ernst Richter? – disse Thomas, franzindo o cenho enquanto pensava.

– Sim, senhor, acredito que tenha sido o nome que o cavalheiro deu – disse Jarvis em seu tom britânico neutro.

Thomas jogou as caudas do paletó para trás e enfiou as mãos na calça do smoking.

– Richter é um pesquisador de química trabalhando em projetos especiais. Tem fama de excêntrico, mas seu trabalho foi discutido em nosso último ano. Algo realmente incrível sobre mutação de vírus, se bem me lembro. Fico pensando em por que Horowitz iria querer que eu o conhecesse.

– Mais uma vez, senhor, eu não saberia.

Mansão Wayne / Bristol / 6h29 / Hoje

"...foi, claro, a primeira manhã em que nos conhecemos no Hospital Universitário de Gotham. Eu só havia conhecido Denholm Sinclair na noite anterior. Como poderia saber que com três meses de nosso..."

Bruce Wayne estava sentado à mesa da cozinha e virou a página. Havia chegado à última das páginas encontradas no púlpito. Obviamente faltavam mais. Esperou pacientemente, folheando os papéis mais uma vez enquanto o velho relógio de pêndulo tiquetaqueava na parede. Eram quase 16h.

Ele é uma criatura de hábitos. Estará aqui.

A porta da cozinha se abriu.

– Alfred?

O velho ficou visivelmente assustado, quase derrubando um saco de compras.

– Você sempre cozinha aos domingos – disse Bruce de onde estava sentado, ainda olhando para os papéis amarelados em suas mãos, mas sem vê-los. – Poderia mandar trazer o jantar de qualquer restaurante da cidade e ter contratado e demitido mais cozinheiros do que eu posso me lembrar, mas você sempre, sempre insistiu em preparar meu jantar aos domingos às 16h horas. Eu costumava ajustar meu relógio por isso.

– Velhos hábitos são os mais difíceis de romper, Sr. Wayne – disse Alfred, de pé no umbral, olhando para Bruce. – Sempre foi um prazer cozinhar para os Wayne.

– Os Pennyworth servem a esta casa por muito tempo – disse Bruce, ainda folheando os papéis ressecados e amarelados. – Não é mesmo, Alfred?

– Meu avô foi o primeiro a servir a esta casa, sim, senhor – respondeu Alfred, caminhando até o balcão e pousando o saco com cuidado.

– Mas seu pai serviu ao meu, não?

Alfred estava tirando legumes frescos do saco de papel, de costas para Bruce.

– Por algum tempo, senhor. Ele serviu à família de 1946 até eu assumir seu posto em 1967.

– Então você tinha dez anos de idade em 1957 – continuou Bruce, folheando os papéis de frente para trás, examinando cada página. – Lembra muito daquela época, Alfred? Você se lembra do meu pai?

Alfred interrompeu o trabalho, apoiando as duas mãos no balcão, as costas ainda para Bruce.

– Ele era um grande homem, jovem Wayne.

– Então agora estou de novo de calças curtas, hein? – disse Bruce, sem sorrir. – Bem, Alfred, diga-me se sabe algo sobre este Dr. Richter.

Bruce observou o homem mais velho com um olhar atento. Alfred não moveu um músculo por um instante, depois falou.

– Não me lembro do nome, senhor.

– Está aqui – disse Bruce, a voz seca. – Correspondência entre meu pai e este Dr. Richter. Parece ser sobre o começo da vida de meu pai. Estava pensando que se pudesse encontrar esse Richter...

– Ele está morto, jovem Bruce – disse Alfred abruptamente. – Lembro agora que ele fez algum trabalho com seu pai, mas morreu quando eu era novo. Isso foi há muito tempo, jovem Bruce, e se posso sugerir, não há nada a ganhar investigando isso.

– Acha que devo deixar para lá?

– O passado é o passado, e temos problemas suficientes em nossa própria época. Seu pai ficou aborrecido com o falecimento de um amigo, se a memória não me trai, e isso foi quase tudo.

– Ah, isso explica – disse Bruce, dobrando os papéis e os enfiando no bolso do paletó ao se levantar. – Obrigado, Alfred.

– Lamento, simplesmente não me lembro de muito mais do que isso – disse Alfred, se virando com um sorriso.

Bruce anuiu e saiu, sabendo que ambos haviam encerrado com uma mentira.

CAPÍTULO SETE

PECADOS DOS PAIS

Torre Wayne / Gotham / 22h49 / Hoje

A sombra perto do pico da Torre Wayne estava em pé, imóvel e com as pernas abertas acima da cabeça esculpida de uma águia, que se projetava da amurada da estrutura negra perfurando o céu noturno.

A sombra observava a cidade.

As ruas eram largos fios de luz bem abaixo, costurando o tecido de Gotham à noite. Os arranha-céus se destacavam com suas janelas iluminadas – não tantas acesas quanto fora mais cedo, mas o suficiente para sugerir os perfis de suas enormes formas escuras. A figura silhuetada escolhera a face norte para seu poleiro, permitindo a ele uma vista livre para os prédios menores do Diamond District e do Robinson Park, mais além. Cada uma das pontes que cruzava o rio Finger, ligando os bairros do centro com a Midtown, estava engarrafada com o trânsito noturno. Alguns seguiam rumo norte para o bairro dos teatros e dos restaurantes perto de Burnley, Uptown, enquanto o tráfego para o sul mais provavelmente se dirigia a alguns dos restaurantes mais elegantes em Chinatown ou nas áreas renovadas no litoral do distrito financeiro. Muitos podiam estar simplesmente fugindo de seus ambientes no centro de Gotham, buscando as diferentes pontes que levavam para fora da cidade propriamente dita. Além de Robinson Park, ficavam os prédios altos do Coventry District, escondendo a visão das torres escuras do asilo Arkham.

A cidade estava cheia de vida esta noite, agitada e movimentada abaixo dele, mas, para o homem-morcego, aquele era seu templo de paz, muito mais santuário do que a batcaverna ou sua casa reclusa. Ali, ou no alto de vários pontos de vista diferentes que estimava acima da cidade, ele podia descansar a alma, observar a cidade que valorizava e, em sua vigilância, saber que, pelo momento, equilíbrio havia sido conquistado. Em todos os outros lugares ele se sentia em constante movimento, ansioso e inquieto. Mas ali, completamente imóvel na noite, com a cidade se estendendo sob seu olhar atento, podia parar e se dar o luxo da contemplação e do descanso real.

Ali, pensou, havia equilíbrio na vigilância.

Mas esta noite o equilíbrio não chegaria.

Deixou seu olhar vagar sobre a cidade, e ele pousou pela primeira vez em muito tempo além do litoral de Gotham, sobre as colinas suaves de Bristol do outro lado do rio e sobre o brilho fraco de luz bruxuleante, obstruída por névoa e distância, da propriedade Wayne.

Os papéis que ele recuperara do cadáver do Dr. Moon – os papéis do seu pai – e suas palavras o levaram de volta mais de meio século para o grande escritório revestido de madeira agora seis andares abaixo de seu poleiro.

Torre Wayne / Gotham / 11h28 / 5 de outubro de 1957

Thomas estava de pé diante do familiar revestimento de madeira com nós que decorava as enormes portas *art decó*. Esticou a mão sem pensar para ajeitar a gravata novamente e então, percebendo o que estava fazendo, suspirou de frustração, cruzou as mãos às costas e tentou conscientemente desacelerar sua respiração superficial.

– O Sr. Wayne o verá agora, Thomas.

– Obrigado, Liz – disse Thomas à secretária atrás da mesa. Ela trabalhava com o pai desde que ele conseguia se lembrar, embora não recordasse seu sobrenome. Usava os cabelos castanho-claro em um coque apertado e óculos enormes de armação de chifre. Sempre vestia o mesmo terninho cinza no escritório. Thomas desistira de especular quantos trajes iguais teria no closet. Era uma virtuose no que dizia respeito à enorme e complexa caixa do interfone no canto de sua mesa, e suas habilidades de estenografia e datilografia eram lendárias. Ainda assim, pensou que ela poderia gostar de alguma interação humana. – Um prazer vê-la novamente.

– Melhor não deixá-lo esperando – ela disse em tom neutro.

Acho que não. Thomas deu de ombros, se virou na direção das portas duplas de três metros e meio e puxou a da esquerda. Ele sabia que o pai sempre deixava a da direita trancada com travas no alto e embaixo. Visitantes sempre escolhiam a porta errada ao entrar. Isso era mais que uma diversão para o pai, claro; era outra forma de deixar todo mundo desequilibrado.

O escritório se elevava por dois andares, um enorme espaço de extravagância *art decó*. Havia um grande globo em sua estrutura, posicionado no piso sob a estante embutida que cobria a parede direita da sala; ela dava para um bar que o Wayne mais velho achava conveniente para os clientes e para uso pessoal. Os livros eram uma seleção elegante, embora, pelo que Thomas sabia, seu pai jamais se dignara a tirar um de suas prateleiras perfeitamente organizadas. A parede oposta apresentava uma galeria de pinturas, uma coleção eclética de Matisse, Monet e Renoir originais que havia sido comprada mais como investimento que por qualquer apreciação da arte envolvida. No canto mais distante, em frente às portas, uma enorme escrivaninha de cerejeira, perfeitamente envernizada, repousava diante de uma janela de vidro que tomava toda a altura da sala. Duas cadeiras de couro vermelho demasiadamente estofadas estavam viradas para a escrivaninha como acólitos curvados em oração. O aparelho de som de alta definição estava desligado. O único barulho na sala era o estalar da fita de cotações perto da escrivaninha, atrás da qual havia uma cadeira giratória, o encosto com projeções laterais voltado para Thomas.

Era a catedral de Patrick Wayne, pensou Thomas, e ele sempre se sentia um infiel ao entrar ali.

A cadeira girou silenciosamente, seu ocupante por fim se dignando a reconhecer a presença do jovem.

– Você está atrasado.

Não suficientemente atrasado, pensou Thomas.

– O Dr. Horowitz me prendeu mais do que eu esperava... E boa tarde para o senhor também, pai.

– Então boa tarde – respondeu Patrick, com um único riso sem humor. Os ombros de Patrick Wayne ainda eram largos, mas tinham se tornado um tanto curvados com o tempo e o peso de carregar a Wayne Enterprises. Seus cabelos haviam embranquecido e estavam rareando perceptivelmente no alto da cabeça. As mãos grandes ficaram um pouco deformadas pela artrite, mas ainda pareciam suficientemente fortes para rasgar o catálogo telefônico de Gotham duas vezes. Seu tom era descontraído, até mesmo agradável. – Acredito que tenha se divertido noite passada?

– Sim, obrigado – disse Thomas, cruzando o comprido piso até ficar de pé diante da escrivaninha do pai. – Foi uma festa de Martha Kane.

– Pelo que ouvi, ela tem muitas – disse Patrick, e vendo a expressão do filho, ergueu a mão. – Não, não quero dizer nada com isso. Ela sempre foi uma garota animada, Thomas, e você sabe disso. Sente-se, acho que é hora de conversarmos, você e eu.

Thomas ergueu a sobrancelha e depois se sentou no braço de uma das poltronas de couro. Ele aprendera havia muito tempo que seu pai cortara dois centímetros e meio do assento dessas cadeiras para garantir que qualquer um que se sentasse ali ficasse ligeiramente abaixo do nível do seu olho.

– Sobre o que gostaria de conversar, senhor?

Patrick esticou a mão, tirando uma grande pasta de uma pilha e a abrindo diante de si.

– Bem, na verdade é sobre Martha Kane... E as suas companhias.

– Senhor, isso é passar dos limites.

– Que maldição, garoto, pare de falar e preste atenção uma vez que seja – rosnou Patrick, pegando a pilha de papéis diante dele. Várias fotografias em preto e branco caíram de entre as folhas. Algumas pareciam ainda não estar totalmente secas. – A família Kane é nossa vizinha. Diabos, Roddy Kane e eu jogamos golfe há mais de uma década, mas aquela garota parece atrair problemas. Ela não se junta às pessoas certas, garoto. Ignorou todas as senhoras da sociedade de Gotham, incluindo sua mãe, mas tem tempo para ficar no Bowery ou naquele apartamentinho que mantém em Otisburg para não se sabe quais propósitos! E agora começou a circular com esse Sinclair...

– Eu sei tudo sobre Denholm Sinclair, senhor – disse Thomas, se levantando.

– Sabe, garoto? – reagiu Patrick, folheando os papéis e rapidamente encontrando aquele que buscava. – Então suponho que saiba que ele está trabalhando para a máfia Rossetti. Está com eles pelo tipo de dinheiro que não pode conseguir.

– Denny e Martha são adultos, senhor – retrucou Thomas. – Eles sabem o que estão fazendo.

– Ah? E suponho que isso significa que você também sabe? – devolveu Patrick do outro lado da escrivaninha. – Você está em casa há menos de um dia, recém-saído da todo-poderosa faculdade de medicina de Harvard, e eu acordo com a notícia de que estava no pequeno café de Lewis Moxon. Que maldição, garoto, o homem é filho de Julius Moxon, o maior senhor do crime que esta cidade já viu.

– E daí? – gritou Thomas. – Então eles não são seu tipo de gente? Eles têm problemas, claro, mas quem não tem? O que há de errado com eles?

– Eles são criminosos, garoto! – rugiu Patrick, se levantando atrás da escrivaninha. – O que você pensa? Que com todo o conhecimento que enfiaram na sua cabeça lá e todo o seu vodu médico você vai dar a eles duas aspirinas e eles irão melhorar? Você não pode curá-los como um caso de rubéola. Eu conheci esse tipo de gente minha vida inteira; tive de trabalhar com eles, vigiá-los, proteger *você* deles, e posso lhe dizer, garoto, que eles *não* mudam! Estão lá para derrubar você, para usá-lo, drená-lo e depois cuspir fora.

Thomas estava olhando para as fotografias espalhadas na mesa. Fotografias dele na noite anterior no Koffee Klatch... De Denholm e Martha... Dela desmaiada na frente do carro de Thomas. Ele esticou a mão e tocou a fotografia enquanto falava.

– Muito legal, pai. Você mandou alguém me seguir?

– Ah, acorde, garoto! – resmungou Patrick. – Você é um Wayne! Você tem responsabilidade para com a empresa e o nome... E essas pessoas *nunca* irão merecer você. Os leopardos não podem mudar suas manchas, e esses parasitas também não podem. Eu o apoiei durante todo esse absurdo da faculdade de medicina e você conseguiu passar bem por isso, mas precisa despertar para suas responsabilidades. Há um império aqui que você precisa aprender a comandar. É melhor colocar ordem na vida, filho, parar de sonhar acordado e ter uma visão de seu futuro antes que essas pragas o destruam.

– Acha que não sei o que quero? – disse Thomas. – Há um modo de vida melhor do que este, senhor, e irei descobri-lo.

– Isto *é* a vida, garoto – disse Patrick, em um tom que desafiava contestação. – Há predadores e há presas, e quanto mais cedo você aprender isso, melhor.

– Senhor, não pode...

– O Dr. Horowitz lhe falou sobre administrar aquela verba? – perguntou Patrick.

– Sim, senhor – respondeu Thomas, sentindo o muro baixar novamente entre eles.

– Bom, prossiga e saia – disse Patrick, desviando o olhar enquanto voltava a se sentar. – Tenho trabalho a fazer. Talvez o veja no café da manhã.

A audiência estava encerrada.

– Sim, senhor – disse Thomas com um suspiro. – Talvez.

Thomas cruzou as portas da Torre Wayne para a Moench Row. Respirou fundo, embora ainda não conseguisse evitar a sensação de claustrofobia que tomara conta dele dentro do prédio.

O Buick estava estacionado junto ao meio-fio com um dos porteiros ao lado. Ao ver Thomas, o homem rapidamente abriu a porta do motorista e ficou em posição de sentido. Talvez tivesse sido soldado na Guerra da Coreia, talvez fosse um veterano... Ou talvez, igualmente provável, tivesse visto muitos filmes de guerra e fingisse ser o herói da porta do Buick. O jovem era um ladrão, um desertor ou um vigarista? Ele roubaria a carteira de Thomas ou morreria defendendo-o? O que faz de um homem quem ele é? E, se realmente houvesse algo errado com sua forma de pensar, por que não poderia ele ser curado como tudo mais?

Thomas contornou o Buick e sentou no banco do motorista. O porteiro já havia ligado o motor e fechou a porta com firmeza assim que Thomas entrou.

Thomas ficou sentado, pensando por um momento, e depois enfiou a mão no bolso do paletó.

DR. RICHTER – SALÃO DE PALESTRAS KANE / SEGUNDA-FEIRA, 14H.

Thomas pôs o bilhete no bolso e empurrou a alavanca para o modo "drive".

CAPÍTULO OITO

COINCIDÊNCIA

Curtis Point / Gotham / 10h16 / Hoje

Um casal passou rindo. Seus olhos estavam brilhantes e fixos um no outro, enquanto o ritmo da conversa continuava a representar todo seu mundo. O céu era claro em seu universo de um metro, sem espaço para a figura sem nome com os ombros levemente curvados usando jaqueta leve e um gorro a despeito do clima atipicamente quente.

Poderiam ter expandido seu universo consideravelmente caso tivessem consciência de que Bruce Wayne, o recluso mais festejado de Gotham, estava passando silencioso e determinado por eles. Mais tempo de TV, banda larga, posts na internet, conversas, fóruns e colunas de jornal haviam sido escritos, digitados, blogados, distribuídos e transmitidos sobre o que o mundo não sabia sobre Bruce Wayne do que sobre qualquer outro cidadão famoso de Gotham, com a exceção do homem-morcego. Os raros paparazzi acertariam na loteria da fama e atingiriam o objetivo desejado de tirar uma fotografia borrada usando lentes extremamente longas por entre os portões trancados ou as cercas imponentes da Mansão Wayne, suas imagens obscuras e desfocadas de um homem mais velho e frágil com cabelos desgrenhados compridos saindo de sob um chapéu de aba larga. Algumas vezes ele era descoberto envolto em cobertores em uma cadeira de jardim Nantucket de madeira, ou com

Alfred empurrando a figura frágil pelos jardins da mansão em uma cadeira de rodas. Cada uma dessas imagens recebia uma bela comissão dos vários órgãos de imprensa a despeito de sua legitimidade, e gerara uma espécie de indústria de imagens falsas de Bruce Wayne.

Bruce desfrutava dessas "exposições" intrincadas e cuidadosamente coreografadas de seu alter ego recluso. Havia desafios consideráveis em coreografar esses acontecimentos fotográficos de modo a que os fotógrafos escolhidos para tirar essas fotografias nunca suspeitassem de que estavam sendo usados. Agora a imagem que a cidade tinha do herdeiro da fortuna Wayne era algo como um cruzamento de Howard Hughes com Charles Foster Kane.

A única coisa que ninguém na cidade esperava era uma versão comum de meia-idade de Bruce Wayne em jaqueta de tecido e gorro se movendo com atlética agilidade pela calçada de cimento ao longo da margem do Sprang River Park, os ombros levemente encolhidos apesar do clima atipicamente quente. Alfred insistira em que houvesse um plano de contingência para quando Bruce decidisse dar esses passeios. A solução de Bruce havia sido um TLE em miniatura – um transmissor de localização de emergência semelhante aos usados em aeronaves –, que implantara sob a pele da orelha direita. Bruce criara o aparelho e fizera o implante no exterior, fingindo que era um aparelho de audição. O resultado era um transmissor e receptor subcutâneo que podia ligar simplesmente digitando a sequência na orelha direita. Sempre monitorando a frequência especial quando Bruce saía para caminhar pela cidade, Alfred estava pronto para chamar a cavalaria caso necessário. Podia até mesmo falar com Bruce pelo aparelho com total privacidade, sua voz transmitida por condução óssea diretamente para a cóclea no ouvido interno de Bruce, e portanto ouvido apenas por ele. Isso nunca fora usado, mas pelo menos fazia Alfred sentir que tinha a opção e impedia que se preocupasse com aquele aos seus cuidados quando estava fora.

O rio Sprang ficava à sua esquerda, separando o bairro Burnley de Uptown Gotham dos bairros do centro ao sul. As torres de apartamentos debruçadas sobre o rio da parte norte ficavam do outro lado da Riverside Parkway, os sons do trânsito vespertino sendo uma perturbação abafada à paz do próprio parque. Folhas de outono dos bordos grandiosos estavam espalhadas sobre os gramados verdes e o passeio sob seus pés. Pareceria bucólico, mas isso não estava no âmbito do mundo de Bruce.

Ele tinha ido ali com seu próprio objetivo, sua visão determinada e limitada por sua concentração. Sua intenção havia sido simplesmente observar a casa no endereço da mulher, mas ela saíra sozinha, descendo a rua de sobrados geminados e continuando até o parque junto ao rio mais além.

Ele chegou perto de Curtis Point, um pequeno trecho do parque que se projetava sob a alta extensão em arco duplo da ponte Schwartz Bypass quase diretamente acima. Curtis Point era o mirante perfeito para o centro de Gotham. A maioria dos bancos havia sido colocada voltada para o sul e para a grandiosidade e majestade dos arranha-céus do outro lado do rio, e vários dos folhetos de turismo da cidade tinham imagens tomadas desse ponto de vista.

Mas, em deferência ao projeto original do parque, um dos bancos era voltado para oeste e, em geral, era cuidadosamente ignorado pelos frequentadores das casas do outro lado, que levavam visitantes ou turistas ao parque por causa da vista. Ele dava para outra paisagem além do ponto em que o braço Falstaff do rio Gotham, afetado pela maré, convergia para o rio Sprang. Ali, a ilha conhecida como Narrows era formada por esses dois rios de maré e o rio Gotham, maior, a oeste.

Lá, no ponto mais oriental da ilha, se erguia o escuro conjunto de torres georgianas e góticas conhecido como asilo Arkham.

Lá, no banco normalmente desprezado, se sentava a figura solitária da mulher.

– Parece que sempre nos encontramos em parques – disse a ela.

Amanda Richter não se virou para encará-lo, mas sorriu ao responder.

– De todos os parques de todas as cidades do mundo, você entra no meu. Gerald... Grayson, não é isso?

– Sim – mentiu Bruce, se sentando no banco com um estudado relaxamento. – Você lembrou.

– Surpreso? – perguntou Amanda, ainda olhando para as torres de Arkham. – Eu me lembro de tudo... Coisas demais. O que o traz a mim, Gerald Grayson?

– Puro acaso, eu...

– Destino – cortou Amanda com convicção, seu sorriso murchando. – O destino o trouxe a mim.

– Na verdade, foi mais a Sra. Doppel – disse Bruce, se virando para ela e apoiando o braço no encosto do banco metálico. – Tentei encontrá-la em casa, mas em vez disso encontrei a Sra. Doppel, saindo para procurá-la. Disse a ela que a levaria para casa.

– Casa... Onde fica isso? – perguntou Amanda. Ela vestia um suéter cardigã ultrapassado, pérolas e saia comprida. Seus cabelos estavam puxados para trás e as sobrancelhas reduzidas a linhas finas. Parecia ter saído do passado. – Algumas pessoas chamam Arkham de casa. Para algumas, é a única casa que conhecem.

– É casa para você? – Bruce perguntou.

– Foi a casa de meu pai – respondeu, a voz melancólica e os olhos lentamente se concentrando em outro tempo. – A vida dele foi lá... Mesmo quando estava em casa. Arkham era onde seu coração tinha morada, recôndito e trancado. Onde ele realmente viveu... E lá ele morreu tão completamente, que mesmo sua lembrança foi enterrada com ele. Meu pai era onde meu coração vivia, e lá também eu morri.

– Seu pai, Ernst Richter?

Amanda se virou lentamente para ele.

– O que sabe sobre...

– Pessoas como os Wayne são muito cuidadosas com seus visitantes, mas nem sempre são tão atentas a seu guarda-florestal – disse Bruce, dando de ombros. – Depois que você visitou o terreno, eles montaram um dossiê completo sobre você, e a coisa mais curiosa sobre ele é a finura em comparação com a maioria.

– Você lê regularmente os relatórios de segurança dos Wayne, Sr. Grayson? – perguntou Amanda, com olhos apertados.

– Apenas quando me interessam pessoalmente – respondeu Bruce. – Sei que seu pai foi médico pesquisador do Hospital Universitário de Gotham e que trabalhou com Thomas Wayne...

– Lá – disse Amanda, olhando novamente para Narrows. – Eles trabalharam lá juntos.

– Em Arkham? – perguntou Bruce, erguendo uma sobrancelha. – Não, tenho certeza de que o Dr. Wayne nunca trabalhou em Arkham.

– Eu costumava sentar aqui e esperar por eles – disse Amanda, uma profunda tristeza tomando sua voz. – Minha mãe me trazia aqui porque papai nos encontrava à tarde. Atravessava a ponte Murdock para almoçar e nos encontrávamos com ele aqui. Ele sempre sorria quando me via, me chamava de Mari.

– Mari? – perguntou Bruce, olhando intrigado para ela.

– Então ele partiu e mamãe acabou em Arkham, e morreu lá, embora não como ele. Depois fui para Arkham esperando consertar tudo... E, no fim, isso também me matou.

Bruce acompanhou o olhar dela.

– Marion Richter morreu em 1997. Era psiquiatra comportamental em Arkham na época, tendo sido a principal responsável por sua mãe, Juliet Renoir Richter, que faleceu... Também em Arkham em 1983 sofrendo de colapso mental. Amanda Richter nasceu em 1947... O que a deixaria com cerca de 64 anos de idade. Você parece levar muito bem a idade.

– Eu invadi seu lugar e agora o senhor invadiu o meu, Sr. Grayson – disse Amanda, afastando o sonho. – Eu prefiro vagar sozinha.

– Talvez possamos vagar juntos por um tempo – sugeriu Bruce.

– Uma pessoa vaga, Sr. Grayson – retrucou Amanda. – Duas pessoas estão sempre indo para algum lugar.

– Acho que já ouvi isso em um filme antigo – disse Bruce com um risinho.

– Mesmo? Quando ele foi lançado?

– Ah, acho que em 1958 – respondeu Bruce.

– Ah, isso explica – ela disse. – Eu o verei quando for lançado. Suponho que a Srta. Doppel o mandou atrás de mim.

– Srta. Doppel?

– Minha enfermeira. A mulher que mora comigo – insistiu Amanda. – Ela o mandou atrás de mim, não?

– Eu já estava procurando você – disse Bruce, dando de ombros. – Então, posso levá-la para casa?

– Sim – respondeu Amanda com um suspiro, se levantando. – Podemos ir. Papai não virá hoje.

– Talvez eu possa encontrá-lo para você – disse Bruce, também se levantando. – É meu dia de folga, e sou bastante bom em encontrar pessoas perdidas.

– Sim, acredito que seja, Sr. Grayson – respondeu Amanda, os olhos sem foco voltados para as torres escuras de Arkham do outro lado do rio, a voz sussurrante como se murmurasse em um sonho. – Estou mais perdida que qualquer um e o senhor conseguiu me encontrar aqui. Quão longe teve de ir? Foram quilômetros ou anos? Quão longe acha que terei de ir antes que também possa ir para casa? Antes que possa encontrar meu caminho de volta para os vivos?

Bruce se levantou, os olhos fixos nela.

– Onde você está, Amanda?

Ela se virou de repente para ele, os olhos brilhantes e suplicantes.

– Não quero morrer... Quero viver! Por favor, preciso encontrar um caminho de volta. Você precisa me ajudar a encontrar meu caminho de volta.

– De volta de onde? – cobrou Bruce.

– De volta deste inferno – ela suplicou. Sua voz estava agitada e rápida, os olhos virando de um lado para outro. – De volta de onde eles me colocaram. De volta do túmulo, da escuridão e do frio, Sr. Grayson. Eu vejo as sombras quando eles passam, jovens e velhos ao mesmo tempo, e também vejo você, o eco de seu pai e o eco do meu me levando a fazer coisas que não quero fazer e dizer coisas que não quero dizer. Somos apenas ecos, tons, sombras de nossos pais, você e eu, mas os pecados deles ainda correm por nossas veias e agora o sangue está nos chamando de volta... De volta a um passado que é melhor quando esquecido. Você precisa deter os fantasmas. Eles estão vindo para nos pegar, nós dois, em nossos sonhos à noite, e irão devorar tudo o que somos ou um dia seremos!

Bruce levantou as mãos, agarrando-a firmemente pelos ombros.

– Eu a levarei para casa, Amanda. É só atravessar a alameda e...

– NÃO! – Amanda gritou, se afastando dele. Algumas das pessoas que apreciavam a vista olharam na sua direção. – Não acredito em você,

Thomas! Você disse que iria ajudar! Você disse que estaria lá! Você disse que era nosso sonho, mas o pesadelo começou e nunca terminou.

Bruce piscou. *Thomas*?

– Amanda – disse com voz firme e baixa. – Estou aqui para ajudá-la. Vou levá-la para casa...

– Pare de me chamar assim! – gritou. – Meu nome é Marion e você sabe muito bem disso! *Você* fez isso, Thomas! É *você* quem irá pagar por isso, não eu! Você... Você irá pagar por... Por...

De repente, Amanda jogou a cabeça para trás em um espasmo. Sacudiu com violência e então desmaiou tão rapidamente que Bruce mal conseguiu pegá-la antes que caísse no chão.

Bruce tomou Amanda nos braços, sentindo os músculos das costas protestando ao se empertigar. As outras pessoas no parque haviam tomado o cuidado de se afastar de onde ele estava ou olhavam intencionalmente em outras direções.

Bruce se virou com a mulher nos braços e atravessou depressa a alameda até as fileiras de sobrados no lado mais distante da Sprang River Drive e o bairro Burnley além.

De fato, era hora de levar Amanda para casa.

CAPÍTULO NOVE

DO QUE SÃO FEITAS AS GAROTINHAS?

Rua Murphy / Gotham / 10h46 / Hoje

Bruce apertou a campainha desajeitadamente com o indicador direito, o resto da mão ocupado em segurar o corpo flácido de Amanda Richter.

A alvorada ainda não começara sobre o Atlântico a leste. Todas as ruas à luz do começo de manhã estavam banhadas em um brilho rosado. Alguns poucos cidadãos circulavam e várias luzes apareciam através das janelas ao longo da rua, mas entre aqueles madrugadores nenhum prestou grande atenção no homem de camisa de flanela e jeans carregando a mulher pelos degraus da casa.

Ele havia escondido o batmóvel em um túnel lateral no sistema de transporte de massa de Gotham, projetado especialmente para manter o veículo – e sua bat-roupa – longe de olhos e mãos. Era o mais perto que ele podia chegar da avenida Elm e da rua Murphy com a certeza de que seu equipamento – especialmente sua bat-roupa – estaria em segurança. Caminhar até o parque havia sido uma distância relaxada. Contudo, o parque ficava a quatro quarteirões dos degraus da casa de Amanda Richter, e Bruce estava sentindo a exaustão pelo esforço de carregar a mulher tão longe. Agora, de pé no patamar com a mulher nos dois braços e sofrendo para apertar a campainha, ele desejou, não pela primeira vez, estar de volta à bat-roupa exomuscular e deixar que ela levasse embora os anos que, no momento, sentia em seus braços e pernas insatisfeitos.

Conseguiu mais uma vez encontrar a campainha e se apoiou nela.

A porta finalmente se abriu.

– O que em nome de...

– Entrega, Sra. Doppel – ele grunhiu.

– Quem é você? – cobrou imediatamente a enfermeira.

– Gerald Grayson – ele respondeu, suor brotando em sua testa. – Importa-se de entrarmos?

– O que você fez com ela?

A Sra. Ellen Doppel, enfermeira registrada, era uma mulher sem graça de meia-idade que tinha a aparência geral de quem acabou de ser sacudida em um grande saco de papel e depois despejada dele. Sua saia de algodão escura e sua blusa branca estavam amarrotadas, e havia um suéter rosa brilhante jogado sobre os ombros de maneira desigual. Os olhos também eram desiguais, um parecendo ligeiramente mais baixo que o outro e perceptivelmente caído. Seus cabelos cinza-chumbo se projetavam do coque frouxo em ângulos estranhos. A despeito de sua aparência desgastada, Bruce notou que ela se movia com surpreendente facilidade.

– Nada comparado ao que acontecerá com ela caso eu a deixe cair nestes degraus de pedra – respondeu Bruce por entre dentes trincados. – Quer sair do caminho?

A Sra. Doppel não queria sair do caminho, mas ainda assim o fez. Ela encostou na parede de entrada, agarrando o suéter o mais fechado possível.

– Siga o corredor, é a primeira porta à esquerda. Há um sofá no estúdio. Coloque-a lá.

Bruce obedeceu rapidamente, sem saber quanto tempo mais suas pernas resistiriam.

Houve um tempo em que não teria pensado duas vezes nisso. Já foi há muito tempo...

Passou de lado pelo corredor estreito e girou pela passagem aberta. O estúdio tinha painéis envernizados que chegavam aos lambris e, logo acima, uma tinta creme subia até sancas decoradas ao longo do teto. Uma escrivaninha pesada e envernizada para combinar com os painéis ficava quase no centro da sala, enquanto estantes altas tomavam uma das paredes. Havia uma janela que deixava entrar luz de um pequeno jardim aninhado entre as casas. Um colchão de couro almofadado ficava junto à parede dos fundos. Aquela havia sido a sala de um homem, mas Bruce decidiu que a sala não via a presença de um em talvez meio século.

– Onde a encontrou? – perguntou a Sr. Doppel. Ela os seguira até a sala e estava de pé no umbral.

– Ela estava em Curtis Point. Eu esperava uma entrega e resolvi passar o tempo – respondeu Bruce.

– Em Curtis Point – repetiu a Sr. Doppel, não acreditando.

– Isso.

A Sra. Doppel o avaliou por algum tempo antes de falar.

– Deve estar com frio, Sr. ahn...

– Grayson, madame. Gerry Grayson.

– Posso lhe oferecer um café antes que vá embora, Sr. Grayson?

Bruce deu seu sorriso mais sedutor.

– Gostaria muito, Sra. Doppel.

Ela recuou do umbral, voltando para a cozinha.

– Venha comigo, por favor.

Bruce a seguiu. A cozinha em si era decididamente velha, o piso coberto de azulejos brancos destacados por outros pretos menores. Os equipamentos haviam sido trocados cerca de dez anos antes, pela aparência. A enfermeira indicou um lugar para Bruce em uma pequena mesa com um tampo de fórmica rosa ridiculamente antiquado. As cadeiras pareciam ter saído de uma lanchonete antiga, e o plástico em um dos assentos estava rasgado.

– O que sabe sobre a Srta. Amanda, Sr. Grayson? – perguntou a Sra. Doppel sem preâmbulos enquanto colocava café de um bule de metal reluzente em duas grandes xícaras com pires combinando.

– Na verdade, não muito – Bruce respondeu. – Não estou certo de que ela tenha todos os parafusos no lugar, se entende o que quero dizer.

A Sra. Doppel quase sorriu.

– Isso é bastante verdade, Sr. Grayson.

Ela pegou xícaras e pires, atravessando a cozinha e os colocando na mesa.

– Já que estamos partilhando café, que tal me chamar apenas de Gerry?

– Prefiro manter as coisas formais, Sr. Grayson – disse a enfermeira, se sentando diante dele. – Permanecer impessoal tornará mais fácil a minha notícia.

– Mas você tem um prenome, não? – insistiu Bruce.

Ela o olhou do outro lado da mesa, sempre avaliando o que dizer antes de fazê-lo.

– Meu nome é Dra. Ellen Doppel, e sou, ou era, doutora em psicologia clínica. Tratava da Sra. Richter e de sua filha quando de sua morte infeliz, e agora estou proibida de clinicar devido a imprecisões em depoimentos no inquérito. Contudo, foi o desejo incontestado de mãe e filha em seus testamentos que eu herdasse sua casa e seus bens financeiros. Desde então sou prisioneira de sua generosidade nesta casa. Isso satisfaz sua curiosidade, Sr. Grayson?

– E agora está tratando da filha mais jovem por conta própria? – Bruce perguntou com estudada descontração.

– Não, ambos sabemos que isso é impossível, não é mesmo?

Bruce a encarou por sobre a beirada da xícara.

– Desculpe-me?

– A Srta. Amanda, como a conhece, não poderia ser Amanda Richter – continuou Ellen Doppel com forçada tranquilidade. – Ernst Richter morreu em um acidente em Arkham em 1958. Marion, a filha mais velha, tinha quinze anos à época. Sua irmã mais nova, Amanda, tinha onze. Se Amanda tivesse sobrevivido, teria mais de sessenta anos agora.

– Ela parece bastante bem para sessenta – disse Bruce com um risinho.

– Bem, as mulheres Richter eram conhecidas por resistir bem ao tempo – disse a enfermeira Doppel.

Bruce ergueu as sobrancelhas.

– Uma brincadeira – disse Doppel, dando de ombros. – Não, Sr. Grayson, essa não é Amanda Richter.

– Bem, eu carreguei alguém para dentro desta casa.

– Mas não Amanda Richter – disse a enfermeira secamente.

– Bem, ela certamente acredita ser Amanda – insistiu Bruce. – De onde ela veio?

– Não sei – respondeu a enfermeira, uma expressão perturbada vincando seu cenho pela primeira vez. – Ela apareceu na varanda dos fundos certo dia no meio de um temporal, encharcada e mal conseguindo falar.

– Ela disse de onde vinha?

– Desta casa.

– Mas acabou de dizer...

– Eu disse que ela não é Amanda Richter – interrompeu a enfermeira Doppel, cruzando os braços. – Fiz de tudo para ajudá-la, mas ela acredita fortemente que quem quer que tenha sido um dia, agora é Amanda Richter. Acredita estar possuída pelo fantasma de Amanda e que todos os poderes de seu pai de reorientar as mentes dos homens também são seus. Acredita que não ficará livre desse fantasma até Amanda ter a morte do pai vingada.

– Possuída? – reagiu Bruce, balançando a cabeça. – Isso é loucura.

– Sim – respondeu a enfermeira Doppel, tomando um gole do café. – Acredito que é.

Bruce observou Doppel por um momento. Havia uma tristeza resignada na mulher, como um animal que foi capturado na natureza e cuja disposição fora eliminada por anos demais em uma jaula.

– Ela chamou a si mesma de Marion – ofereceu Bruce no silêncio.

Doppel ergueu os olhos com interesse repentino.

– Chamou? Quando?

– Pouco antes de desmaiar – respondeu Bruce. – Quem é Marion?

– Era a mais velha das irmãs Richter – respondeu a enfermeira Doppel, balançando a cabeça melancolicamente. – Isso é muito ruim.

– Ruim? Achei que já tínhamos deixado o ruim para trás – falou Bruce.

– Quero dizer pior – corrigiu a enfermeira Doppel. – Ela adotou a persona de Amanda, mas agora parece estar se dividindo em múltiplas personalidades. Primeiro Amanda, e agora, aparentemente, Marion. Transtorno dissociativo de identidade é um revés para Amanda, um agravamento de seus problemas. Isso normalmente é causado por estresse demasiado, mas não consigo pensar em um estresse externo que tenha sofrido que pudesse ser causa para esse novo transtorno.

Um gemido vindo do escritório chegou à cozinha. A enfermeira Doppel pousou a xícara cuidadosamente no pires e se levantou, as pernas da cadeira guinchando nos azulejos.

– Desculpe-me, Sr. Grayson, voltarei logo.

A enfermeira Doppel passou por ele, tomando o cuidado de ficar o mais distante possível. Abriu a porta do escritório, fechando-a após passar. Bruce se esforçou para ouvir, mas as vozes através da porta eram abafadas.

Identidade dissociativa é extremo. Será que uma personalidade alternativa pode ser seu adversário sem a personalidade de Amanda saber disso? Dupla personalidade... Não é isso o que sou? Ou com Gerry Grayson conta como três?

A enfermeira Doppel passou de novo pela porta do escritório, fechando-a suavemente a seguir. Levava na mão livre um pacote, coberto com papel pardo liso e amarrado firmemente com barbante.

– Ela disse que eu deveria dar isso a você.

Bruce pegou o pacote e o girou nas mãos.

– O que é?

– Não tenho a menor ideia – respondeu a enfermeira Doppel, desviando os olhos e seguindo para a porta do saguão. Seus modos eram educados, mas havia uma sensação de despedida acelerada em seu tom.

– Bem, então diga a ela "obrigado" por mim – falou Bruce, erguendo o objeto ao passar por ela no umbral. Pelo peso e tamanho, parecia um livro embrulhado.

– Farei isso, Sr. Grayson – respondeu Doppel, usando a porta para empurrar Bruce pelo resto do caminho até o patamar. A porta que se fechava quase cortou suas palavras. – Volte quando quiser.

Ele desceu as escadas da casa na rua Murphy, girando nas mãos um livro embrulhado em papel pardo liso e amarrado com barbante.

Bruce se deslocou com passos rápidos para o cruzamento com a avenida Elm – pensando em por que toda cidade dos Estados Unidos parecia ter uma rua batizada com o nome dessa árvore específica – e desceu as escadas de uma estação do metrô. Ele desembrulhara o livro, descobrindo que tinha apenas um ano desbotado gravado na capa: 1957. Bruce abriu o velho diário e começou a ler. Uma câmera de vigilância no teto da entrada o gravou chegando à base das escadas, mas não à plataforma da estação. Para os olhos sempre vigilantes de Gotham, ele desaparecera.

Diário de Ernst Richter
(traduzido do original alemão)

SEXTA-FEIRA, 4 DE OUTUBRO DE 1957: Diretores são idiotas! Imbecis míopes. O Dr. Hemmingway me chamou de simpatizante comunista! Eu! E o professor Goldstein disse que eu estava abalando a reputação do hospital e da universidade. Isso vindo de ninguém menos que um judeu! Depois de todo o esforço que os americanos fizeram para trazer a mim e minha família para cá – para nos dar esta nova vida de modo a que pudessem lucrar com minha pesquisa –, agora eles não a querem? Não conseguem respeitá-la ou a mim? E como podem me acusar de ser stalinista – após ter fugido dos russos com os americanos oferecendo presentes de Prometeu! Quase trinta anos de pesquisa, grande parte dela prática, e agora não querem saber dela? O que estou fazendo aqui?

SÁBADO, 5 DE OUTUBRO DE 1957: Um novo bando de residentes hoje. Goldberg me obrigou a pegá-los, sem dúvida como punição por meu sotaque. Odeio deixar Juliet e Mari no fim de semana, mas não posso irritar ainda mais os chefes do hospital. Um era mais promissor que o resto do bando embotado e desajeitado que me mandaram: um jovem chamado Thomas Wayne. Ele é brilhante e promissor – e aparentemente também muito rico. Tem grande interesse em minha pesquisa. Talvez eu possa conhecer melhor esse jovem...

CAPÍTULO DEZ

DESTINO

Hospital Universitário de Gotham / Gotham / 13h56 / 5 de outubro de 1957

Thomas abriu caminho rumo à frente da sala de conferências. O cheiro da tinta nas paredes ainda estava fresco. A Fundação Kane – ostensivamente dirigida por Roddy Kane, mas em grande medida influenciada pelos projetos preferidos de sua filha Martha – havia recentemente financiado essa nova ala de pesquisa do hospital. Thomas sorriu levemente com o pensamento, porque embora o prédio tivesse sido financiado, o equipamento necessário para seu funcionamento não havia. Até aquele momento, a ala era um grande gesto público lutando para encontrar uso prático. As cadeiras eram de um novo plástico rígido. As mesas tinham um novo acabamento resistente com placas de madeira prensada e superfícies reluzentes. O chão de linóleo foi encerado até brilhar. Mas muitos dos estudantes usando as instalações tinham de conseguir suas próprias ferramentas de diagnóstico e reunir os próprios livros de medicina para encher as prateleiras vazias da biblioteca de pesquisa. Isso não era tanto culpa de Martha ou das instituições de caridade livres de impostos do pai quanto dos diretores da universidade, que podiam facilmente conseguir recursos para a construção de prédios – os símbolos literalmente concretos e muito visíveis da generosidade de Kane. Os presidentes da universidade tinham dificuldade de impressionar ex-alunos ricos ou possíveis grandes alunos percorrendo princípios, filosofias ou conceitos efêmeros.

Thomas prometeu a si mesmo fazer algo em relação a isso.

Ele desceu o corredor no sentido oposto dos outros residentes, que saíam do salão o mais rápido possível. Vários deles riam e pelo menos um chamou Thomas, mas sua atenção estava voltada para o púlpito no final da sala.

O médico que reunia suas anotações era um homem pequeno, quase inteiramente careca a não ser por uma faixa de cabelos brancos cortados bem curtos que se estendiam de uma orelha à outra. Tinha sobrancelhas que pareciam cerdas brancas e olhos verdes intensos. Mais marcante era a comprida cicatriz que começava logo acima do olho direito e descia até a bochecha, cortando a sobrancelha direita. Tinha malares altos e proeminentes acima de um maxilar estreito e pontudo que parecia transmitir um ar de constante desafio. Vestia um jaleco de médico que fora alvejado até um branco quase ofuscante. Havia vincos afiados como navalhas nas calças pretas e os sapatos refletiam como espelhos. Suas orientações aos novos residentes do hospital haviam sido dadas com um sotaque alemão forte e um tom de desprezo quase obrigatório.

– Dr. Richter! – chamou Thomas ao se aproximar do púlpito. – Senhor?

O médico ergueu os olhos, confuso ao ouvir seu nome saindo dos lábios de um residente desconhecido.

– Sim... Quem é você? O que quer?

– Senhor, meu nome é Thomas Wayne.

– É um novo residente, não?

– Sim, senhor, eu sou.

– E por que estou desperdiçando meu tempo valioso escutando o senhor, Dr. Wayne?

Thomas sabia que estava dando a Richter um sorriso idiota, mas continuou mesmo assim.

– Só queria lhe dizer que sou um grande admirador do seu trabalho, senhor. Assisti à sua palestra em Harvard ano passado. Suas ideias para utilizar um vírus fabricado como um transmissor positivo foram revolucionárias.

Richter deu um leve sorriso triste.

– Devo cumprimentá-lo, Dr. Wayne. Meus residentes normalmente não têm coragem de me bajular antes do segundo ano.

– Eles deveriam ter mais iniciativa – sugeriu Thomas. – Talvez um pouco mais de visão?

– Então o senhor é um homem com tal visão, Sr. Wayne? – perguntou Richter, pousando suas anotações no púlpito e o agarrando pelas laterais enquanto olhava para Wayne.

– Talvez eu seja um homem em busca de uma visão – respondeu Wayne, colocando as mãos nos bolsos de seu jaleco de laboratório.

Bowery / Gotham / 21h04 / 8 de outubro de 1957

– Bom vê-lo, Sr. Wayne – disse Lewis Moxon, esticando a mão, um sorriso sincero se abrindo em seu rosto. – Esperava vê-lo novamente. Bem-vindo de volta ao Klatch.

– O prazer é meu, Sr. Moxon – disse Thomas, correspondendo ao aperto firme e amigável.

– É Lew para os meus amigos – retrucou Moxon. – Pode me chamar de Lew.

– Então insisto em ser Thomas – respondeu Wayne. Ele não aprendera todo o código de vestuário da geração *beat*. Usava um suéter com padrão Argyle e mocassins, mas pelo menos estava de colarinho aberto e tirara a gravata-borboleta.

– Martha está aqui?

– Claro, claro – respondeu Moxon, o sorriso murchando um pouco. – Ela o espera na pista com Celia e aquele cretino do Sinclair. Thomas, talvez você devesse ter uma palavrinha com ela sobre ele. Ele é problema.

– Denholm? – disse Thomas, rindo. – Ele é um pouco grosseiro, mas é decente. O cara faz trabalho voluntário com Celia no orfanato. Está ajudando-a a acertar as contas de lá com o próprio dinheiro.

– É? – retrucou Moxon. – Não tenho dúvida de que ele está fazendo algo com as contas, mas não acho que é com o dinheiro *dele* que está preocupado. Veja, Sr. Wayne...

– Thomas – ele corrigiu. – Apenas Thomas, Lew.

– Certo, Thomas – disse Moxon, anuindo. – Veja, você parece um cara legal. Está fora da minha jurisdição, mas alguém precisa puxar as rédeas de sua amiga Martha. Ela tem um Chassi de classe, não me entenda mal, mas está conduzindo a vida um pouco rápido demais. Não me entenda mal, camarada. Não tenho nada contra ela, mas parece que os problemas a seguem, e ela nunca parece ver o trem se aproximando até ser tarde demais.

– Martha é uma boa pessoa, Lew – disse Thomas, tentando ficar na cola de Lew enquanto se deslocavam em meio à massa fluida ao redor. – Ela é como você e eu, Lew: tentando sobreviver ao mundo que nossos pais nos deixaram.

– Bem, eu ficaria muito mais feliz se ela desacelerasse um pouco, porque corre o risco de ter perda total na vida antes de ter a chance de pegar a carta de demissão – resmungou Lew. – Talvez todos nós.

– O que você disse, Lou? – perguntou Thomas, o barulho no café aumentando quando chegavam ao alto da escada metálica.

Moxon se virou de repente para encarar Thomas.

– Posso alugar seus ouvidos um minuto?

– Lou, eu realmente devia descer para...

Havia algo nos olhos de Moxon que o fez parar, algo que ao mesmo tempo o aquecia e o abalava profundamente.

Medo e esperança ao mesmo tempo.

– Claro, Lou... Posso lhe dar uns minutos.

Lou assentiu. Ele se virou do topo da escada para uma pesada porta preta na parede. Abriu rapidamente, acenando para que Thomas o seguisse.

Entraram em um corredor que ia até os fundos do prédio. Havia uma escada e um elevador à esquerda. O elevador se abriu e de dentro saiu uma das garçonetes de Lew, uma bandeja de drinques equilibrada em uma das mãos enquanto ajeitava o cabelo com a outra. Quase derrubou a bandeja ao ver Lew, que se virou para a direita, abrindo uma porta que tinha um painel de vidro fosco no alto e a palavra ESCRITÓRIO pintada.

Além dela, havia uma sala de espera com duas poltronas de couro muito estofadas e um sofá combinando. O sofá de couro estava manchado e gasto, mas em grande medida intacto.

Um homem muito grande, de ombros largos e um terno cinza que lhe caía mal, largou a revista *Life* que estava folheando e se levantou imediatamente, a mão se enfiando sem pensar sob a lapela do paletó.

– Relaxe, Donnegan – disse Lew ao gorila de terno. – Vá comer um sanduíche ou algo assim.

Donnegan tirou a mão do paletó e contornou Thomas, seus olhos de aço nunca o abandonando enquanto saía pela porta.

– Relações públicas? – perguntou Thomas quando a porta se fechou.

– Só mais um presente do meu pai – disse Lew rindo enquanto abria a porta interna, acenando para que Thomas passasse.

O escritório tinha mobília demais. A escrivaninha era de cerejeira envernizada, assim como o aparador combinando logo atrás. Mais duas grandes poltronas de couro estavam na frente da escrivaninha, que tinha atrás dela uma cadeira giratória de espaldar alto. Tudo isso era difícil de ver sob a camada grossa de papéis empilhados cuidadosamente por toda parte da escrivaninha, bem como do aparador. Aquilo surpreendeu Thomas; era o escritório de um homem trabalhando, não uma encenação. A parede da direita tinha um espelho que permitia ver do outro lado. Thomas olhou através dele para a boate abaixo, seus olhos se fixando em Martha aninhada em Denholm Sinclair.

– Ele deveria cair morto – disse Lew, se colocando junto a Thomas.

– Ela diz que está apaixonada por ele – disse Thomas com um treinado distanciamento na voz.

– Sinclair é um pilantra e a está enganando – disse Lew, balançando a cabeça.

– Ela é bem grandinha, Lew – disse Thomas em voz baixa. – Nunca consegui dizer a ela o que fazer. E agora está crescida.

– Isso ela está – disse Lew, assentindo.

– Mas você não me trouxe aqui apenas para observar Martha Kane – disse Thomas, desviando da janela e se instalando lentamente em uma das grandes cadeiras de couro.

– Certo – disse Lew, engolindo em seco e ajustando a gravata-borboleta como se de repente tivesse ficado apertada demais. Ele pigarreou e foi para trás da escrivaninha. A cadeira de espaldar alto guinchou levemente quando ele se assentou, e a seguir inclinou o corpo para a frente, de modo a afastar três pilhas de papéis que impediam uma visão clara de Thomas. Respirou fundo e começou uma cachoeira de palavras.

– Thomas, sabe quem é meu velho?

– Quem não ouviu falar em Julius Moxon? – disse Thomas com cuidado enquanto juntava as pontas dos dedos.

– Bem, ele não é exatamente *Papai sabe tudo*, se você entende o que quero dizer – falou Lew. – O que ele quer, ele tem... E o que não pode ter, ele toma.

– Soa bastante familiar – disse Thomas, cruzando as mãos no colo.

– É? – disse Lewis, se inclinando para frente, as próprias mãos cruzadas sobre a escrivaninha. – Acho você um cara legal, Thomas. Talvez tenhamos mais em comum do que a maioria das pessoas imaginaria. Ambos temos famílias ricas, e acho que o conheço suficientemente bem para dizer que somos muito parecidos, você e eu. Quero dizer, claro, nossos pais são ricos e poderosos, mas... Mas não temos de ser quem nossos pais são. Tudo bem, talvez você tenha tido uma ótima infância...

– Eu não contaria com isso – sussurrou Thomas.

– É? Bem, nem eu! E agora não consigo deixar de ter pela vida inteira os mesmos doze anos de idade – bufou Lewis. – Meu velho, Julie, é meu dono... Ainda. Eu não gosto de ser de alguém. Construí esta boate do nada, praticamente com minhas próprias mãos, Wayne, e é um negócio de sucesso. Estamos no azul, e todos ganhando um bom dinheiro, mas isso não é suficiente para o meu velho. Ainda não é dinheiro *suficiente*, ele diz! Acha que estou cuidando de um passatempo aqui; limpo o bastante para dar a ele algo respeitável para o que apontar quando a polícia ou a imprensa começam a xeretar, mas nada que considere uma *vida*. Então, estou procurando a saída; não da boate, entenda, porque adoro este lugar, mas do meu velho e da sua dita família. Só que ele é dono da papelada deste lugar, e não o daria a mim, porque ter o nome nos documentos faz bem para a aparência dele.

Thomas bufou suavemente uma vez.

– Estamos ambos buscando a saída, amigo.

– É – disse Lew, sorrindo, a cabeça raspada balançando para cima e para baixo enquanto o sorriso se alargava. – Então eu tenho uma proposta para você, Thomas... Um negócio totalmente legal. Você compra o Klatch, o que acha? Meu velho não vai perceber nada de errado. De repente ofereça em troca outra coisa respeitável.

– E depois? – disse Thomas, abrindo as mãos ao perguntar.

– E depois eu trabalho para você, pago cada centavo, mais juros pelo tempo – respondeu Lewis com intensidade.

– Por que ter todo esse trabalho? – perguntou Thomas. – Por que eu?

– Porque você é o único bom escoteiro que conheço e temos uma ligação, você e eu – disse Lewis. – Quero sair, Thomas. Sair de todo o caos fedorento de minha família. Estou cansado da extorsão e dos traficantes de drogas, dos subornos e do dinheiro sujo. Eles nunca deixam espirrar em mim porque supostamente sou o cara que colocam na frente da família, dizendo como sou um bom garoto à luz do sol enquanto sugam a cidade à noite. Minhas meias podem estar limpas, Thomas, mas estou de pé no sangue o tempo todo, e não há removedor suficiente no mundo para se livrar dele. Tenho de sair antes que mais alguém note a sujeira... E preciso de ajuda para isso. O que me diz, Thomas? Estou tentando fazer a coisa certa aqui; você também não vai me abandonar, vai?

Thomas olhou para Lewis por um momento, depois sorriu.

– A despeito do que você ouviu, eu não controlo a Wayne Enterprises ou seu dinheiro. Também dependo do meu pai para as minhas despesas.

O rosto de Lew ficou vermelho.

– Então é assim?

– Não, Lew, não é assim – disse Thomas, se levantando. – Ainda não sei como, mas vou ajudar você a encontrar essa saída.

Thomas esticou a mão direita.

Lew Moxon se levantou, olhando para a mão por um momento, então se adiantou, agarrando-a com tanta força que Thomas temeu que os ossos partissem.

– Eu não vou deixar você na mão – prometeu Lewis. – Em qualquer momento que precisar de um favor, qualquer coisa, é só me procurar.

Asilo Arkham / Gotham / 10h19 / 14 de novembro de 1957

– Bem-vindo a Arkham, doutor – disse Thomas no centro do laboratório sem janelas, enfiando as mãos no jaleco de trabalho sob as luzes fluorescentes recém-instaladas. – Isto serve?

– É perfeito, meu rapaz – respondeu o Dr. Richter, com o primeiro sinal de sorriso que Thomas se lembrava de ter visto em seu rosto.

Thomas não estava tão certo. O Dr. Richter tinha algumas necessidades muito peculiares para suas experiências, e, somando tudo, o asilo Arkham havia sido a melhor escolha, embora um tanto bizarra. Ele havia sido construído sob as ordens de Elizabeth Arkham, viúva do capitão Jeremiah C. Arkham. A família dele investira em muitos fabricantes de armas no século anterior, e a riqueza resultante os catapultara para a alta sociedade. Uma das propriedades de Jeremiah era a Winchester Arms, por intermédio da qual Elizabeth conhecera Sarah Winchester.

Quando Jeremiah morreu repentinamente em um acidente de caça, pouco antes do nascimento de seu primeiro filho, Elizabeth se voltou para o espiritismo e para Sarah, sua amiga da Costa Oeste, em busca de respostas. Sarah acreditava que ambas eram amaldiçoadas pelos pecados de suas famílias, e quando Elizabeth também se convenceu disso, iniciou a construção da casa Arkham, determinando que o prédio iria oferecer, para sempre, proteção contra os espíritos de todos que haviam morrido pelas balas com as quais sua família fizera fortuna. Ela escolheu o local para o prédio na Crane Island durante uma sessão espírita, e o trabalho começou imediatamente. O edifício se ergueu acima das margens baixas da terra, que se projetava como uma cunha no rio Sprang, com o bairro Burnley ao norte do outro lado do rio e os bairros de Coventry ao sul. Suas paredes, seus ângulos e decorações bizarros eram baseados em uma estrutura neogótica, mas se tornaram selvagens, expandindo-se sem nenhum objetivo arquitetônico claro. A determinação de continuar a construir criou um labirinto de salas, corredores, escadarias, alas, torreões e pináculos que estava sendo progressivamente expandido e nunca fazia sentido arquitetônico – de modo, segundo Elizabeth, a confundir os espíritos que visitavam. Dizia-se na época que vagar pelos salões da casa Arkham em crescimento constante era caminhar pela mente da própria louca Elizabeth. Operários regularmente se perdiam na trama labiríntica de salões bizarros, precisando ser resgatados e levados de volta para a luz. Havia o boato de que alguns nunca retornaram, com suas marteladas ainda sendo ouvidas nos cantos escuros das fundações aparentemente intermináveis da enorme estrutura.

Em 1921, Amadeus Arkham, filho de Elizabeth, transformou a casa Arkham no asilo Elizabeth Arkham, instituição que recebeu o nome da mãe falecida após seu suposto suicídio. Ao que parecia, a construção de Arkham não aplacara a maldição da família: a esposa de Amadeus, Constance, e sua filha, Harriet, foram brutalmente agredidas, assassinadas e mutiladas por um interno fugido do asilo Arkham, Martin "Mad Dog" Hawkins. Amadeus pareceu ter lidado bem com esses acontecimentos horrendos, até Mad Dog ser devolvido aos seus cuidados. Na época, não se sabia que anos antes Amadeus facilitara a morte da mãe e posteriormente bloqueara a lembrança. Preso à maca para terapia de eletrochoque, Mad Dog infelizmente fizera Amadeus recordar-se disso. No final, Mad Dog estava morto e Amadeus se tornou inquilino de seu próprio asilo, escutando os fantasmas que percorriam os salões tortos e circulares do prédio e de sua mente.

Sem herdeiros vivos, Gotham City assumiu a propriedade, e, embora uma sequência de administradores tenha cuidado da instituição sob diferentes nomes ao longo das décadas, a família Arkham sempre pareceu ser parte de suas esquisitas paredes.

Thomas nunca deu crédito às histórias de fantasmas. Arkham de fato era estranho, mas isso era compreensível quando se refletia sobre as estranhas distorções da mente humana. E, como suas investigações haviam revelado, o lugar apresentava grandes vantagens para o projeto proposto pelo Dr. Richter.

Primeiro, era seguro. Nenhum deles queria divulgar seu trabalho até que tivessem testado devidamente a metodologia de Richter e a preparado para a revisão dos pares. As ideias de Richter eram revolucionárias, mas muitos excelentes pesquisadores foram esquecidos pela história e pelo departamento de patentes, por terem publicado suas descobertas precipitadamente. Havia muitos corredores escondidos e escritórios abandonados que podiam ser transformados em espaço de laboratório. Thomas se valera do nome do pai na prefeitura para ter acesso à planta original da construção, bem como à da reforma. Encontrara exatamente o que precisava.

– É uma espécie de milagre, Dr. Wayne – disse Richter, balançando a cabeça e apreciando.

– Era originalmente um depósito de carvão da casa – explicou Thomas. – O conduto original de carvão foi transformado em rampa com portas de aço nas duas extremidades.

– A porta é enorme – comentou Richter. – Quase ocupa a parede dos fundos.

Thomas anuiu. Amadeus pretendera transformar o espaço em seu laboratório particular após a reforma, mas sua própria queda o impedira de usá-lo. O espaço foi esquecido durante toda a agitação do julgamento.

– A rampa é larga o bastante para um caminhão. Podemos trazer basicamente qualquer coisa de que precise por ali. As portas são eletronicamente ativadas e com alarmes. Garanto que são muito seguras.

– E quanto à energia?

– Isto estava sendo transformado em um laboratório muito antes que eu o descobrisse – continuou Thomas, entrando na grande sala. Sua voz ecoava levemente no espaço aberto. – Gotham está concluindo sua nova usina de energia do outro lado do rio. As principais linhas de eletricidade para toda a área de Uptown passam por um conduto sob Arkham. Esta sala recebeu instalação especial para carga alta, de modo que não precisa se preocupar com isso. Com o teto de três metros e meio, conseguirá instalar seu equipamento aqui sem qualquer problema.

Richter assentiu, aprovando.

– Trabalhou bem, Dr. Wayne.

– Obrigado – respondeu sorrindo. – Mas há mais.

– Mais? – reagiu Richter, as sobrancelhas brancas se erguendo de repente. – O que mais há aqui?

Thomas apontou para uma grande abertura escura no canto mais distante do laboratório. Esticou a mão, encontrou o interruptor, e acendeu.

– Celas? – perguntou Richter, franzindo o rosto.

– Sim, ou pelo menos é o que deveriam ser – explicou Thomas. Havia cinco celas dispostas em semicírculo no crescente da sala. Cada uma tinha espessas portas de metal que abriam para fora, cada uma com uma tranca eletrônica que só podia ser ativada da passagem oposta. – Achei que poderia usá-las para seus animais de laboratório.

– Sim... Sim, claro – disse o Dr. Richter, que estava pálido, suor brotando em sua testa.

– Está bem, doutor?

– Sim... Estou bem, meu rapaz – disse Richter, seu sotaque de alguma forma mais forte que o normal. – Tem mais alguma surpresa para mim?

– Sim – disse Thomas, radiante. – Mais uma.

* * *

Eles se sentaram no escritório. O novo tampo de fórmica reluzia sob as luminárias de mesa. Ainda podiam sentir o cheiro de tinta fresca na sala. Richter estava sentado à escrivaninha em uma exagerada cadeira de executivo em couro, com Thomas diante dele em sua própria cadeira de couro. Uma garrafa de champanhe aberta estava na mesa entre eles, enquanto erguiam as taças cheias.

– Aos nossos sonhos – disse Thomas.

– E que permaneçam nossos por enquanto – disse Richter, tocando sua taça na de Thomas. – O hospital não está assim tão animado com meu magistério. Se descobrirem nosso pequeno acerto antes que estejamos prontos para a publicação, isso poderá ser bastante ruim para nós dois.

– Então, por favor, não conte a ninguém – disse Thomas com um risinho. Recostou na cadeira bebendo champanhe por um momento antes de prosseguir. – Realmente acha que irá funcionar, doutor? Quero dizer, acho que compreendo a teoria, mas a aplicação prática...

– Funcionar? – bufou Richter. – Já funcionou. Precisa ser refinado, especialmente no que diz respeito às funções cerebrais mais elevadas, mas em termos de modificação comportamental já está provado. Foi a nova obra de Watson e Crick na área do DNA que realmente tornou tudo isto viável.

– Watson, Crick e Franklin, você quer dizer – falou Thomas atrás da taça.

– É, é... E Franklin – disse Richter, dando de ombros. – Pobre garota. Nem mesmo um obrigado quando deram o chapéu a ela, e agora ouvi dizer que está bastante doente. De qualquer forma, a pesquisa deles torna possível que modifiquemos o DNA e o usemos para transmitir informações através de um vírus. Usamos as técnicas de memória química que eu havia desenvolvido antes e as casamos com o DNA alterado, transmitido pelo hospedeiro viral.

– Dá todo um novo significado à ideia de um pensamento que contagia, não é mesmo? – disse Thomas com um risinho.

– É nosso sonho, Dr. Wayne – disse Richter em um tom de repente sério. – Significa que podemos alterar química e geneticamente a base moral subjacente do indivíduo. Se pensarmos em crime e corrupção como uma doença que infecta o corpo da humanidade, então podemos manipular criminosos para que se tornem o contravírus a essa mesma doença. É como criar uma vacina sociológica. Pense nisso, Thomas! Podemos virar os criminosos do mundo contra eles mesmos, destruindo suas organizações de dentro para fora.

– Chega de atormentadores – suspirou Thomas, tomando outro grande gole da taça. – Chega de medo!

– Um mundo onde não há mais crime. Não há mais guerra. Não há mais injustiça. Pela primeira vez, teríamos os meios para corrigir as motivações básicas de um ser humano; transformar criminosos em cidadãos respeitáveis, comunistas em capitalistas, caso queiramos. Não haverá mais prisões. Não haverá mais guerra – disse Richter, sorrindo e erguendo sua taça. – Beba, Dr. Wayne. Você está prestes a acabar com todos os males do mundo.

– E isso realmente me faria ser alguém – anuiu Thomas. – Não é mesmo?

– Você não é alguém agora? – Richter perguntou.

– Eu sou um zero, doutor – respondeu Thomas, girando a taça e examinando o redemoinho de bolhas em sua mão. – Sou o garotinho de Patrick Wayne. Ninguém percebe Thomas, ninguém vê Thomas, ninguém escuta Thomas, e isso, senhor, é um zero.

– Então você quer ser algo mais? – perguntou Richter.

– Ah, sim – respondeu Thomas, virando o conteúdo da taça. – Muito mais.

– Você ofereceu os meios – disse Richter, se curvando levemente na cadeira. – Então, como gostaria de batizar nosso pequeno projeto, Dr. Wayne?

Thomas olhou para o teto de pedra acima.

– Vamos chamá-lo de Elísio... Projeto Elísio.

CAPÍTULO ONZE

DESILUSÃO

Galeria subterrânea/ Gotham / 19h13 / Hoje

O homem-morcego deslizou sob a cidade sem ser visto. Um rato que eventualmente tivesse o azar de entrar no túnel subterrâneo naquela noite, caso sobrevivesse ao primeiro instante do encontro, teria ficado aterrorizado com a passagem repentina de um grande negrume invisível acima, o som lancinante de suas rodas girando sobre as paredes do corredor. O negrume teria desaparecido antes mesmo que a criatura pudesse registrar seu medo primal.

As telas holográficas na cabine davam a Batman uma visão perfeita do canal tronco da Gotham Power and Light 824LL, que passava por ele a uma velocidade tremenda. Era uma interpretação do túnel da GP&L a partir da visão noturna, totalmente clara aos olhos de Batman, embora o canal do lado de fora de seu veículo estivesse completamente escuro. Ele ergueu a mão esquerda, tocando uma tela virtual com uma sequência de saídas flutuando no ar diante dele.

Interseção no tronco GP&L M17... Acesso ao túnel BC418... Linha abandonada de Dilon após estação... Pista de serviço de Coventry para tronco auxiliar GP&L AUX25...

A análise do papel em que os convites haviam sido impressos fornecera uma pista adicional. Em todos os casos o papel viera da Gruidae

Paper Company, localizada no distrito industrial do Upper West Side. A propriedade da empresa era obscura, mas a palavra Gruidae se referia à classificação científica da família de pássaros que incluía os grous, ou *cranes*, em inglês.

Jonathan Crane, pensou Batman, *mais conhecido como o Espantalho*.

Esse crime se encaixava bem no *modus operandi* do criminoso, mas não perfeitamente. O Espantalho basicamente motivava e manipulava seus alvos por intermédio de seus medos mais profundos. Alteração de memória ou implantação de memória eram aparentemente similares, mas, embora isso pudesse ser apreciado pelo Mestre do Medo, também teria sido um desvio para o obcecado Crane.

Perguntarei a ele quando encontrá-lo.

O destino na tela dizia Gruidae Paper Company.

Batman estava satisfeito com o roteiro computado, e empurrou a janela gráfica para longe. Ele disse a senha para o acesso de voz do computador como se fosse o nome do carro.

– Kronos: Abra arquivo Dante um-seis-dois-cinco-um-sete – disse.

Uma janela se abriu na tela virtual à sua direita. O cabeçalho acima da tela dizia "Arquivo de caso Dante: Impressão de voz, Proximidade Segura".

O batmóvel desacelerou levemente ao chegar à interseção com o tronco principal da galeria subterrânea, passando pelos trilhos fixados nos túneis como uma montanha-russa de tubos de aço. A mudança no momento angular pressionou Batman contra os contornos moldados de seu assento. O programa de navegação estava funcionando perfeitamente, com os dutos de energia, canos de gás e de água e seus suportes na parede disparando por ele a um ritmo alucinante nas telas. Batman se concentrou na nova janela e seu conteúdo reluzente, esticando a mão direita e movendo o arquivo Dante até estar no centro do seu campo visual.

Franziu o cenho para o conteúdo que passava à sua frente.

Era uma coletânea de informações, peças de um quebra-cabeça ainda não colocadas nos devidos lugares.

Richter, Ernst (PhD, virologia, genética, eugenia)
Nascimento: 28 de outubro de 1909, Munique, Alemanha
Morte: 2 de abril de 1958, Gotham City

Casamento: Juliet Renoir (PhD, neuropsicologia), 16 de maio de 1943, Sacré-Coeur, Montmartre, Paris (morta: 20 de novembro de 1983 no asilo Arkham, Gotham City, por complicações de uma pneumonia quando sob tratamento de demência).
Imigração para os Estados Unidos: Secreta (OSS)

Batman parou por um momento enquanto o veículo se inclinava bruscamente, e depois subiu em disparada pelo túnel de acesso à linha de metrô abandonada logo acima. O pai de Alfred, Jarvis Pennyworth, havia sido membro do OSS, o escritório de serviços estratégicos, durante a Segunda Guerra Mundial. O velho Jarvis começara a trabalhar para a família Wayne pouco depois da guerra, levando a esposa e o filho recém-nascido. Que Ernst Richter estivera em Paris durante a ocupação nazista da França era evidente, considerando a data e o local do casamento. Sua imigração para os Estados Unidos foi facilitada por uma operação do OSS. O pedido de informação sobre os detalhes da operação propriamente dita ainda estava sendo processado por uma série de intermediários, e levaria alguns dias. O problema era a época da informação: a maioria dos arquivos ainda não havia sido convertida para a forma digital, de modo que a autorização e localização levavam tempo. Ainda assim, era obviamente outra peça do quebra-cabeça, uma ligação entre as famílias Pennyworth e Richter, mas não explicava por que Alfred mentiria sobre ter qualquer conhecimento da mulher atormentada que ele encontrara no terreno.

Quanto a Amanda Richter, era uma peça do quebra-cabeças que não se encaixava, não importava o que ele fizesse. Batman continuou a ler.

Filhos: 2
Marion Maria Richter (nascimento: 29 de fevereiro de 1944, Berlim, Alemanha / morte: 16 de maio de 1979 no asilo Arkham)
Amanda Dora Richter (nascimento: 14 de agosto de 1947, Fort Bliss, Texas / morte: 16 de maio de 1973 no asilo Arkham por complicações resultantes de overdose de drogas)

Batman franziu o cenho. Havia muito ele passara a acreditar que coincidência era apenas a desculpa do idiota para um padrão ainda não compreendido. Que todas as três mulheres Richter morressem dentro dos muros de Arkham era algo que o perturbava. As duas filhas morrendo no dia do aniversário de casamento dos pais? Era uma coincidência que ele ouvia em sua mente como um riso debochado, zombando de seu intelecto.

A Amanda que ele conhecera alegou ser filha de Richter, mas, de acordo com o registro, ela estava morta. Mesmo que estivesse viva, a data de nascimento indicava que estaria agora na casa dos sessenta. Mas Amanda parecia ter informações e percepções sobre o pai dela – o pai *dele* – que ninguém mais poderia ter.

Meu pai foi a base de tudo o que sou.

Eu faço o que faço por causa de meu pai.

Batman balançou a cabeça levemente para afastar da mente o devaneio negro que o envolvia. Franziu o cenho desgostoso consigo mesmo por perder a concentração. Várias telas de informações haviam passado por ele sem que fossem lidas e registradas conscientemente. Retomou a trilha das palavras.

...correu como boato, mas não foi provado. Pedidos de pesquisa de Richter foram negados em cinco ocasiões diferentes pelo Conselho de Diretores do Hospital Universitário de Gotham. Os pedidos foram intitulados (por ordem de apresentação):

a. Memória química e modificação comportamental: Aplicações práticas na reforma social
b. Sonhos genéticos: Falsas lembranças e influências ancestrais na ciência comportamental
c. Doença criminosa: Curando a predisposição comportamental através de inoculação e transmissão viral
d. Eugenia: Uma nova abordagem
e. Pensamento por contágio: Implementação genética de memória subliminar e falsa

Batman pensou na relação de temas sugeridos. Modificação comportamental e memória falsa certamente se encaixavam nos sintomas apresentados pelo comissário Gordon e vários cidadãos de destaque de Gotham. Memória química e o uso de um vírus para transmiti-la por intermédio dos convites apresentava uma série de problemas, mas também parecia se encaixar nos fatos. Que Fay Moffit, a Spellbinder, também estivesse agindo sob o mesmo tipo de ilusão significava que alguém mais alto na cadeia alimentar criminosa de Gotham estava manipulando todos. Quem estava por trás daquilo parecia ter tido acesso à pesquisa de Richter.

Pesquisa financiada por meu pai.

Batman franziu o cenho, sua voz se tornando um rosnado ao falar.

– Kronos: fechar arquivo. Abrir arquivo Alfa zero-zero-um-barra-zero-zero-zero-um.

O arquivo Richter sumiu, substituído imediatamente por uma nova janela brilhando diante dele. Dois rostos dolorosamente familiares o encaravam lado a lado na página.

Pai... Mãe...

O lábio superior de Batman se curvou levemente.

A dor está sempre ali, o fogo do demônio que aquece minha alma. Você tem de alimentar o ódio, alimentar a fúria, alimentá-los diariamente...

– Ir para: Histórico, Sinclair...

Uma frase pulsando em vermelho surgiu no canto superior esquerdo de sua visão, perguntando se ele queria abandonar a atual rota de navegação.

– Não! Ir para o *arquivo*: Histórico, Sinclair, Denholm.

O aviso de mudança de rota desapareceu e o arquivo rolou em um borrão, parando de repente em uma linha com fonte negrito e corpo grande.

Sinclair, Denholm
Nascimento: 18 de agosto de 1932, Upper East Side, Gotham
Morte: 16 de fevereiro de 1958 (REF: Gotham Globe)

Batman ergueu a mão enluvada, tocando na referência ao jornal que pairava no ar. A janela foi imediatamente substituída por uma moldura vertical e uma página escaneada do *Globe* datada de 16 de fevereiro de 1958.

INCÊNDIO FATAL EM ORFANATO É CONSIDERADO "SUSPEITO"

Homem detido para interrogatório

Cúmplice é procurada

GOTHAM CITY – O incêndio desastroso no orfanato da Fundação Kane, onde acredita-se que dezessete crianças morreram nas primeiras horas da manhã de quinta-feira, na rua Copper, foi classificado como "suspeito por natureza" pelos investigadores do Corpo de Bombeiros de Gotham. O incêndio, que destruiu totalmente o antigo sítio histórico de um hospital da Guerra Civil, engolfou o prédio nos trinta minutos que sucederam o primeiro relato. Fontes anônimas confirmaram que a investigação encontrou provas do uso de aceleradores em vários pontos de ignição simultâneos. O alarme de incêndio dentro do prédio parece ter sido acionado antes do princípio do fogo, e o sistema automático de sprinklers foi aparentemente danificado.

A maioria das mortes se deu no oitavo andar, ala das crianças surdas, onde os alarmes de incêndio não foram percebidos. Os funcionários que normalmente trabalham no andar estavam ausentes de forma suspeita.

Denholm Sinclair, um homem com supostas ligações com o submundo, está detido pela polícia para interrogatório por conexão com a tragédia. Segundo fontes da polícia, o Sr. Sinclair foi alvo de uma investigação em curso sobre fraude em recentes transferências de recursos, realizadas através das contas do orfanato. Uma funcionária do orfanato encarregada desses recursos e ligada ao Sr. Sinclair, Celia Kazantzakis, também está sendo procurada pelas autoridades...

A tela de navegação à sua esquerda apitou, o destino piscando em um mostrador digital fazendo contagem regressiva de três minutos para a chegada.

Subitamente, Batman voltou a franzir o cenho, esticando a mão enluvada e interrompendo a lenta exibição da matéria de jornal com o indicador. Ele o deslizou para baixo, as palavras da imagem do jornal arquivado ficando borradas pela velocidade. Ele deteve seu movimento com um gesto do dedo.

...onde acredita-se que dezessete crianças morreram nas primeiras horas da manhã de quinta-feira, na rua Copper...

Esticou a mão esquerda, arrastando a tela de navegação para junto da matéria.

Destino em 00h45 / Gruidae Paper Company / Rua Copper, 1628.

– Kronos: nova busca – disse Batman, mais alto do que pretendia. – Rua Cooper um-seis-dois-oito em Gotham City.

Uma terceira tela surgiu.

Busca: Rua Copper, 1628 / Gotham
1781: Criado endereço da rua
1781: Fazenda Erasmus Parkinson
1824: William Bros. Greater Gotham Development Fellowship
1827: Hospital St. Brigid
1850: Sampson's Liver Pill Establishment
1862: Hospital de Veteranos de Guerra de Gotham (local histórico)
1915: Swensen Storage
1932: Banco de Gotham (retomado)
1939: International Trade Building
1947: Orfanato da rua Copper
1954: Orfanato da Fundação Kane

A tela de navegação surgiu novamente: PILOTO AUTOMÁTICO DESLIGANDO EM 00H10.

Batman esticou a mão e pegou o manche, trincando os dentes.

Não existe coincidência...

Mansão Wayne / Bristol / 7h37 / 16 de fevereiro de 1958

– Jovem Wayne... A Srta. Kane está...

Martha passou por Jarvis Pennyworth, quase derrubando o mordomo idoso no solário. Vestia um cardigã rosa apertado com echarpe branca enrolada no pescoço e calças capri escuras. O cabelo estava preso em rabo de cavalo, e ela tinha uma aparência de frescor, a não ser pelos olhos, que estavam vermelhos, e as lágrimas correndo por suas bochechas macias.

– Tommy! Ah, Tommy, você precisa ajudá-lo!

Thomas se levantou imediatamente da mesa, quase derrubando seu café no prato de ovos Benedict do café da manhã. Pousou o jornal, tomando o cuidado de colocá-lo com a primeira página voltada para a mesa, escondendo a manchete que já havia desmoronado sobre ele. Sabia por que ela estava ali, e temia pelo motivo.

– Martha! O que houve?

Ela correu até ele, raspando nas plantas tropicais que floresciam sob o teto de vidro e as paredes que mantinham longe a neve do inverno. Soluçava enquanto corria, os sapatos estalando sobre as pedras do piso.

Thomas mal teve tempo de abrir os braços antes que ela jogasse os dela ao seu redor, apertando a cabeça em seu ombro. Thomas corou levemente com a sensação do corpo firme pressionado ao dele, o calor dela se juntando ao seu, e a curva suave de suas costas de repente, de algum modo, sob suas mãos.

– Jovem Wayne, talvez eu possa ser de alguma ajuda para a Srta. Kane...

– Não, Jarvis – disse Thomas imediatamente. – Já basta. Obrigado.

Jarvis desapareceu rapidamente, a porta do solário se fechando de maneira instantânea e silenciosa atrás dele.

Thomas a abraçou.

Ele sonhara em abraçá-la, passara muito tempo perdido em pensamentos de abraçá-la, fantasiara esse momento em mil ocasiões, lugares e circunstâncias diferentes. Agora o momento chegara. Ele de pé com a camisa aberta no colarinho e calças casuais em meio a palmeiras, seringueiras e orquídeas no calor úmido, enquanto a neve caía suavemente para além do vidro, no mundo frio do lado de fora. Sabia que o momento não poderia durar; o feitiço seria quebrado no instante em que ela dissesse as palavras que cravariam pregos em seu coração. Mas a abraçou bebendo a totalidade dela em sua alma e memória para que pelo menos tivesse aquele momento para aquecê-lo quando voltasse para o frio de sua realidade.

– É Denny! – ela disse, soluçando em ombro. – Eles o prenderam! Estão dizendo coisas horríveis sobre ele!

O momento terminara.

– Sim, Martha – disse Thomas, erguendo a mão para dar um tapinha em suas costas. – Eu sei.

Martha se afastou, o rosto coberto de lágrimas o fitando com olhos perscrutadores.

– Mas não é verdade! Não *pode* ser verdade... Todas as mentiras horríveis que estão contando sobre ele!

– Martha, não sei – Thomas mentiu.

Ele sabia. Seu pai lhe dera a notícia em primeira mão, tendo sido informado pelo escritório do promotor distrital, que era generosamente pago para manter Patrick Wayne informado. Thomas negara com veemência diante do pai naquela manhã de sábado e, como resultado, dera ao pai a oportunidade perfeita de arrastar o filho até o centro e mostrar que estava errado. As provas reunidas pelo promotor distrital eram esmagadoras – os livros-caixa do orfanato, as várias contas bancárias, a trilha correspondente de desfalques e subornos. Celia Kazantzakis indubitavelmente havia sido cúmplice de Denholm Sinclair no roubo, conclamando Martha a fazer doações adicionais ao orfanato e então conseguindo tirar os recursos da contabilidade. Thomas soubera por intermédio de Lew Moxon que Denholm trabalhava para a máfia de César Rossetti, mas não tinha ideia do quanto estava envolvido – ou do quanto estava endividado com a operação de apostas de César. O pagamento de suas dívidas saiu do controle e o desfalque no orfanato cresceu na mesma proporção. Agora Celia fugira, suas passagens da Pan Am foram rastreadas até o Canadá, onde ela pode ter comprado passagens para a Espanha sob um pseudônimo. A polícia ainda tentava descobrir isso. Mas as autoridades haviam apanhado Denholm perto do orfanato pouco depois do começo do incêndio, e posteriormente descobriram que ele comprara grande quantidade de redutor de tinta e querosene na quarta-feira anterior.

E havia a confissão que assinara.

– Você tem que ajudá-lo, Tommy! – suplicou Martha.

– Não sei o que posso...

– Thomas Wayne, não *ouse* me dizer que não pode ajudar Denny! – disse Martha, se afastando dele de repente. – Ele é seu amigo! Ele é bom, gentil e... e... Ah, Thomas, eu sei que ele tem um lado difícil, e talvez tenha feito algumas coisas das quais não se orgulhe... Mas é *bom* por dentro, e eu... Eu...

– Você o ama – disse Thomas, embora as palavras tenham caído de seus lábios tão frias e suaves quanto a neve do lado de fora.

Martha, mergulhada em sua própria dor, ouviu apenas o que queria ouvir, e sorriu em meio às lágrimas.

– Você *entende*, não é? Ah, Tommy, por favor, dê um jeito nisso para mim. Por favor, acerte as coisas.

Thomas respirou fundo.

Dê um jeito nisso para mim.

Thomas anuiu.

– Tudo bem, Martha. Vou cuidar disso. Vá para casa, e eu ligo para você à tarde.

Martha passou os braços ao redor dele mais uma vez.

– Obrigada, Tommy! Você é o máximo!

Abraçá-la não foi a mesma coisa dessa vez, talvez porque ele soubesse o que iria se seguir.

Thomas a observou enquanto saía apressada do solário. Assim que não pôde mais ouvir seus passos, pegou o telefone na mesa. Era hora de dar um jeito no problema de Martha. Pegou o fone, o dedo discando rapidamente o número que discara tantas vezes nos últimos meses.

Esperou poucos minutos antes de ser atendido.

– Dr. Richter, por favor... Doutor? Minhas desculpas por incomodá-lo esta manhã, mas preciso que cuide de algo imediatamente... Não, temo que precise ser hoje... Quantos pacientes de teste recebeu da ala criminal? Três? Bem, preciso que receba outra transferência para nosso projeto o quanto antes. Caso preencha a recomendação até 14h acho que posso... Não, imediatamente. Precisa ter certeza de que a cela está preparada, e me avise assim que a papelada estiver pronta, para que eu possa acertar a transferência do meu lado.

Thomas levou a mão na direção do garfo, mas mudou de ideia. Seu café da manhã estava arruinado.

– O nome dele é Sinclair. Denholm Sinclair.

CAPÍTULO DOZE

A CURA

Rua Copper / Gotham / 19h29 / Hoje

A sombra do morcego desceu o saguão, a figura que a projetava se movendo praticamente sem ruído.

A escuridão do corredor era quebrada apenas por fracas áreas de luz, filtradas pelos vidros foscos nas portas dos escritórios dos dois lados, uma continuação pálida da iluminação pública e das janelas do lado de fora.

Mas o homem-morcego estava cego... E podia ver tudo. O sistema de imagem subsônica dava a ele uma consciência do ambiente que era dimensional e completa. Agora estava combinado a uma tecnologia de visão noturna com a luz das estrelas. Era recém-instalado e tinha um campo limitado se comparado ao visor subsônico, mas pelo menos permitia que lesse placas e textos impressos quando voltava os olhos para eles. As portas dos escritórios deslizavam em uma textura verde fantasmagórica mapeada pelo sistema subsônico de imagens tridimensionais em seu capuz. Estava ligeiramente descalibrado, mas se ficasse imóvel podia ler as identificações pintadas nos painéis de vidro de cada porta de escritório.

Não está bom... Não ainda. Da próxima vez estará melhor.

– Ei!

Batman foi paralisado pelo som que ecoava pelo corredor. Ficou imóvel, tentando determinar a direção da qual vinha.

– Ah, me ajude, Sr. Morceguinho! – disse a voz aguda cacarejante. – É uma *tragédia*. Ei, qual o problema? Não gosta de um bom drama quando está nele?

– Harley Quinn – Batman murmurou para si mesmo.

Ele flexionou os músculos dentro da bat-roupa, acionando os sistemas da exomusculatura sem uma decisão consciente. O mero som da voz dessa psicopata esquizofrênica arrepiava os pelos de seus braços. Que ela surgisse de forma totalmente inesperada era, estranhamente, algo a ser esperado, considerando a natureza completamente aleatória de sua personalidade fragmentada. Ela fora aprendiz do próprio Príncipe Palhaço do Crime. Mas tudo o que acontecera nessa investigação havia sido planejado demais, intencional demais em seu significado para ter sido o Coringa.

– Que diabos *ela* está fazendo aqui?

– Você vai se atrasar, Morceguinho! – guinchou a voz anasalada.

O fosso da escada. Ela está em vantagem. Foi rapidamente na direção da porta corta-fogo, mas se deteve pouco antes de passar. A porta não estava apenas aberta como ele imaginara; as dobradiças haviam sido cortadas e a porta deixada apoiada na parede. Ele esticou a cabeça, mapeando as escadas de emergência metálicas acima. Havia um fosso aberto, seguindo pelo centro das escadas de metal até o poço. O espaço era grande e, a julgar pelo tamanho, poderia ter um dia abrigado um elevador de carga. Do patamar no qual estava, Batman podia ver dois andares do porão, bem como mais cinco até o alto da escadaria.

– Não recebeu seu convite, morcego? – provocou Harley desde a escuridão acima. – Você foi convidado! Foi convidado! Foi convidado!

O chão tremeu, rolando levemente sob seus pés, Batman sentiu a onda de ar quente subir pelo poço antes que a chama irrompesse na escadaria, um inferno em movimento passando por ele em disparada. Podia ouvir vidro se partindo com a pressão por todo o prédio, misturado à concussão grave da distante pirotecnia inflamando-se abaixo.

– Buuu! – a voz provocadora ecoou, repicando na escada metálica. – Onde vamos encontrar um herói, Sr. Morcego-da-torre? Ó, quem irá nos *salvar*? Hahahahaha!

Batman pegou a pistola de gancho no cinto de utilidades, apontando para a estrutura de vigas de aço no alto do fosso. O recipiente de pressão disparou ao toque, e o gancho se fixou cinco andares acima.

Ele podia sentir o calor aumentando atrás. Estava oprimindo a visão noturna pela luz das estrelas. Batman abriu os olhos. O saguão já estava tomado pelas chamas, se espalhando na sua direção em camadas famintas que queriam consumi-lo.

"Você foi convidado"... Harley sabe.

Num instante, Batman enrolou o monofilamento no cilindro, prendeu o gancho de pulso da bat-roupa ao equipamento, e disparou o guincho de velocidade. A exomusculatura da bat-roupa enrijeceu, sustentando seu corpo enquanto o acelerava para cima ao longo do eixo central do poço. As escadas metálicas escuras, iluminadas pelas chamas abaixo, passavam por ele enquanto subia.

Um movimento chamou a atenção de Batman no patamar do quarto andar, pousando em um lado do poço logo acima. Ele tomou impulso nas escadas, balançando para trás no poço enquanto continuava a subir. Travou o guincho, detendo seu giro ruidoso no instante em que chegava ao auge de seu rodopio.

A forma de uma mulher estava no patamar, as mãos na grade enquanto ria enlouquecida.

Era Harley Quinn... E ainda assim não era.

Batman captou tudo de imediato. Havia sinais familiares de Harleen Frances Quinzel, a residente de psicologia do asilo Arkham que tentara curar o Coringa, mas, em vez disso, fora arrastada para sua loucura. Era a mesma forma graciosa e atlética. A boca grande e os lábios generosos ainda eram emoldurados pela maquiagem branca de palhaço, assim como os olhos castanhos. A voz hedionda era inconfundível, assim como as provocações psicóticas que haviam se tornado sua marca registrada.

Mas ela deixara de lado o habitual macacão de bufão e o chapéu de arlequim. Em vez disso, vestia um jaquetão verde-escuro com manchas no colarinho e dragonas. O cabelo, normalmente louro alvejado, havia sido tingido de preto apressadamente, e caía solto sobre os ombros, em vez de no rabo de cavalo apertado que sempre usara antes.

– Me salve! Me salve! Me salve! – tagarelou Harley enquanto recuava do patamar pela passagem e ia para a escuridão além da porta.

Batman pegou impulso na escada atrás, balançou acima do fogo que subia do poço abaixo e soltou o gancho. Rolou pelo patamar, se levantando logo após a passagem.

O som distante de sirenes penetrou no rugido crescente do incêndio abaixo. Os bombeiros de Gotham City estavam respondendo ao incêndio, mas, considerando a velocidade com que aumentava, Batman sabia que o prédio estaria perdido antes que conseguissem controlá-lo. Os sons de estalos e rangidos das vigas de sustentação abaixo ficavam mais frequentes a cada instante. Embora o corredor diante dele parecesse firme e intacto em meio à nuvem crescente de fumaça, Batman sabia que era uma ilusão; tudo sob seus pés estava sendo devorado pelas chamas. O depósito de papel era no porão, e sem dúvida alimentava o calor que se difundia a seus pés.

Batman podia sentir o suor se acumulando na cabeça sob o capuz. Dissipação de calor na bat-roupa exomuscular era um problema em qualquer momento, mas no meio de um incêndio era ainda pior. A capa adejava atrás dele no vento produzido pelo fogo.

Estava ficando sem tempo.

Seguiu rapidamente pelo corredor. O piso sob suas botas já estava ficando macio, cedendo sob os passos. Vinha luz de uma única porta no final do corredor. Tinha de ser Harley, guiando-o, provocando.

Ele chegou à porta. A identificação no vidro agora rachado originalmente dizia "Conferência B", mas alguém pintara apressadamente por cima disso.

Agora dizia ALA DOS ÓRFÃOS SURDOS.

Batman abriu a porta com tal força que a arrancou das dobradiças. Lançou-se para cima, agarrando as vigas enquanto se preparava para a armadilha que havia sido preparada tão extravagantemente para ele.

Parou, jogando-se com cuidado no chão.

A luz bruxuleante do incêndio no prédio penetrava pelas janelas da comprida sala, refletida nos prédios do outro lado da rua. A luz laranja iluminava duas fileiras de berços, oito de cada lado, colocados à esquerda e à direita do espaço.

No final das filas de berços estava Harley Quinn em seu sobretudo manchado, as mãos esticadas para ele. Lágrimas corriam por suas bochechas, marcando a maquiagem branca.

– Por favor, Tommy – suplicava Harley. – Salve as crianças! Salve as crianças!

Batman foi rapidamente até o primeiro berço à direita, esticando a mão para a forma sob o cobertor. Estava imóvel, dura, fria. Arrancou o cobertor.

Um boneco de ventríloquo Scarface olhava para ele, seu rosto mudava com a luz infernal que atravessava as janelas. Segurava um convite entre os dedos rígidos.

– Você consegue salvá-los, Tommy? – perguntou Harley com um risinho. – Você vai salvar *todas* as suas crianças, hein, Tommy?

Batman foi até o berço seguinte... E o seguinte...

Cada um tinha um idêntico boneco Scarface olhando para ele do berço, cada um com um convite em sua mão de madeira.

Um estalo alto repentino percorreu o salão. Uma parte do piso perto da porta desabara, a chama subindo em um turbilhão, se espalhando pelo teto.

Batman correu até Harley Quinn, agarrando-a rispidamente, prendendo seus braços. Ele rugiu para ela, quase perdendo o controle.

– Por que está me chamando assim?

– Chamando como, Tommy? – reagiu Harley sorrindo. – Vou lhe chamar de Tommy porque é seu nome, e você pode me chamar de Adele.

– Adele? – repetiu Batman, piscando. – Quem diabos é Adele?

– Eu, seu morceguinho-inho! – respondeu Harley. – Eu sou Adele, e estou aqui para ajudá-lo a limpar minha bagunça. Mas então você terá de morrer... Todos temos de morrer, não é?

Batman agarrou um dos bonecos Scarface e o usou para quebrar a janela mais distante. O prédio do outro lado do beco teria de servir. Se o gancho firmasse, ele poderia tirar os dois dali antes que o prédio desabasse sob eles.

– Vamos embora... Adele – disse Batman, puxando Harley para si, sentindo a bat-roupa compensar o peso. Houve um tempo em que ele teria conseguido sozinho, mas isso passara havia muito.

– Para onde vamos, Tommy?

– Você vai voltar para o asilo Arkham – disse Batman, lançando o gancho mais uma vez. Pelas janelas atrás, podia ver as escadas dos bombeiros subindo. Suas mangueiras logo estariam jogando água sobre e através do teto em ruínas. Não seria bom estar entre as mangueiras e o fogo.

– Arkham? Ah, tão cavalheiro, me levando para casa – disse Harley, rindo. – E tão *pudico*! Ainda está cedo, Tommy.

Asilo Arkham / Gotham / 15h05 / 16 de fevereiro de 1958

– Dr. Wayne, isso é totalmente inadequado – disse Richter, mais uma vez passando a mão pelo cabelo enquanto falava. – Há protocolos que precisam ser seguidos. Nossa pesquisa não terá utilidade para ninguém caso não possa ser testada.

– Estou perfeitamente consciente disso, Dr. Richter – retrucou Thomas, de pé no escritório de Richter, os punhos apoiados no tampo da escrivaninha. – Mas o senhor mesmo disse que as chaves da memória genética tiveram um desempenho bem acima da curva estatística, e que esse era o último passo antes de pedir testes clínicos.

– Nunca antes reunimos a sequência inteira – contrapôs Richter, gesticulando para enfatizar, as luminárias de mesa destacando as rugas em seu rosto. – Os elementos isolados, sim, todos parecem estar produzindo os resultados desejados, mas combinados...

– E quanto aos resultados iniciais das cobaias humanas que o senhor já tem? – perguntou Thomas, pegando a prancheta do alto de uma pilha de papéis espalhada pela mesa. – Veja aqui... Michael Smalls, assassino profissional antes de metralhar metade de Tricorner Yards. Sua terapia de substituição de memória funcionou nele. Estas duas mulheres, Caprice Atropos e Adele Lafontaine, não apresentaram efeitos colaterais ao transmissor viral benigno e ambas responderam aos gatilhos de memória genética que o senhor concebeu. O senhor conseguiu coletar lembranças usando as terapias de traço viral das duas, e com um grau de precisão que nenhum de nós esperava. As motivações básicas são muito mais amplas em sua base química e fáceis de localizar que lembranças específicas, o senhor provou isso. Só o que resta é ligar a memória química às chaves genéticas no vírus benigno e todo o sistema estará completo. Em uma única inoculação, poderemos virar o crime contra si mesmo... E livrar o mundo de agressores, bandidos e qualquer um que queira estender seu domínio sobre outro ser humano.

– Sim, os protocolos parecem sólidos – argumentou Richter. – Podemos substituir as motivações básicas desses criminosos, mas pelo *quê*? Que ética escolheremos?

Thomas pensou por um momento antes de falar.

– A minha.

– A sua? – reagiu Richter, surpreso.

– Elísio é o nosso sonho, doutor. É hora de torná-lo realidade. Temos os meios, literalmente, de curar o crime. Só precisamos querer pô-los em prática.

Richter desviou os olhos.

– Ernst – disse Thomas em voz baixa.

Richter se virou para encará-lo.

– Ambos temos coisas em nosso passado que queremos corrigir – disse Thomas. – Nós também podemos ser curados.

Richter baixou os olhos, mas assentiu.

– Tenho de voltar ao hospital – disse Thomas. – Me ligue quando estiver pronto. Vou dar uma checada em todos antes de ir.

Thomas se virou e saiu pela porta do escritório. A área do laboratório tinha de ser combinada com a de operação, e, embora estivesse abarrotada de equipamento, havia espaço suficiente para o que eles precisavam. Thomas se virou para a rotunda no fundo, onde ficavam as celas.

Começou com a cela da direita, olhando pela abertura quadrada de dez centímetros na porta metálica. Caprice Atropos praticava ioga junto ao catre, mantendo uma posição de lótus totalmente imóvel. Seus cabelos louro-escuros caíam sobre o rosto. Ela fora uma ventanista sociopata da máfia Moxon até decidir que era mais divertido matar as vítimas de formas únicas durante os roubos.

A cela seguinte abrigava Michael "Foice" Smalls. O Açougueiro de Tricorner era um homem alto e musculoso com bochechas encovadas.

Havia sido um assassino violento da máfia Rossetti, que se deliciava especialmente em infligir dores terríveis a suas vítimas antes de permitir que morressem. Estava deitado em seu catre – outra evidência de melhoria, já que, pelo que as pessoas sabiam, não dormira nada nos oito meses anteriores à sua internação em Arkham.

A terceira era Adele "Chanteuse" Lafontaine. Estava de pé com as costas apoiadas na parede lendo um exemplar de *Bonequinha de luxo*, de Truman Capote. Seus cabelos negros compridos caíam sobre o jaquetão verde-oliva que vestia desde sua prisão e pelo qual lutava violentamente sempre que era separada dele. Virou a cabeça na direção da porta e, vendo o Dr. Wayne, deu um pequeno sorriso e acenou. Havia sido uma cantora, Wayne recordava, cujo marido servira na Coreia. Ela o flagrara com outra mulher, e o resultado fora duas pessoas mortas e uma psique abalada. Oito maridos depois, ela era conhecida como a Viúva Negra de Robinson Park. Dizia-se que o casaco pertencera ao primeiro marido.

Finalmente, Thomas chegou à última cela.

– Thomas! – disse Denholm, correndo para a porta, o rosto colado à pequena abertura. – Graças aos céus que está aqui! Você tem que me tirar deste lugar.

Thomas respirou fundo, estremecendo.

– Mas eu me esforcei tanto para *colocar* você neste lugar, Denny.

Denholm piscou, como se seu cérebro não reconhecesse as palavras.

– Eu sei o que você fez, Denholm – continuou Thomas. – Os desfalques, as mentiras, as vezes que enganou a Martha...

– Não! Não, Thomas, você entendeu tudo errado – disse Denholm rapidamente. – Eu não tinha escolha! Que chance um cara como eu pode ter? O jogo inteiro era armado... Então tentei armar algumas coisas eu mesmo... Mas acabou saindo do controle.

– Saindo do controle? – repetiu Thomas. – Denny, dezessete crianças morreram no incêndio que *você* iniciou.

– Não era para isso ter acontecido! – gemeu Denholm. – Eu disparei o alarme... Eu!... Achei que daria tempo de elas saírem. Celia disse que haveria tempo de sobra. Como eu poderia saber que tinham garotos surdos naquele andar?

– E quanto a Martha? – perguntou Thomas em voz baixa.

– Martha? – repetiu Denholm, inseguro.

– Você se lembra da Martha, não lembra?

– Ah, claro, é uma menininha doce, mas o que ela tem a ver com...

– Denholm, você não vale o chiclete grudado na sola do sapato dela – disse Thomas, a raiva finalmente crescendo. – Eu a conheço desde que ela tinha seis anos de idade, teria feito qualquer coisa por ela, caso tivesse se dado o trabalho de pedir. Mas agora ela quer *você* e uma fantasia de quem acha que você é. Ela me procurou esta manhã. "Dê um jeito nisso", falou. Pediu que eu desse um jeito nisso para você. É uma das poucas coisas que me pediu em toda a vida. Então vou dar um jeito nisso por ela, Denholm... E você também vai dar um jeito nisso por ela.

– Ótimo! – disse Denholm, sorrindo inseguro. – O quê? O que você quer dizer com isso?

– Você não é o homem que ela imagina – disse Thomas gravemente. – Mas quando sair daqui, *será*.

CAPÍTULO TREZE

RÉDEAS CURTAS NA VIDA

Galeria subterrânea 57D / Gotham / 20h12 / Hoje

– Você está indo pelo caminho errado, Tommy!

A voz estridente de Harley ecoou pelos tijolos sujos que formavam o arco do velho corredor da adega, com um labirinto de corredores se ramificando dos dois lados. O sistema de esgotos de Arkham fora recentemente canalizado para uma grande tubulação que percorria um dos lados da trincheira central do antigo saguão, enquanto dutos subterrâneos, bem como vários cabos instalados apressadamente, seguiam pelas paredes laterais. As pessoas raramente vinham aqui sozinhas; era fácil demais se perder nos corredores que bifurcavam. Contudo, era o caminho mais rápido desde a área subterrânea abandonada onde, em 1988, teve início o projeto de expansão do metrô de Gotham, e onde ele acabara de deixar o batmóvel recarregando nas linhas de energia principais. A área dava acesso rápido àquela adega esquecida e, através dela, às regiões mais habitadas de Arkham acima, onde Gordon dissera que estaria esperando por ambos.

Quanto a Harley, tinha as mãos atadas às costas, e o aperto de Batman em seu braço era firme. O corredor estava um breu, com Batman usando a imagem subsônica de seu capuz para determinar a localização das paredes ao redor. Uma das vantagens de o batmóvel não ter janelas era que isso dificultava muito para que os passageiros soubessem onde estavam, e o uso do equipamento do capuz também ajudava a manter sua localização em segredo até que saíssem para a luz.

Então, ou Harley estava insana ou algo dera errado.

Ela é insana... Mas nunca subestime a insanidade.

– Você vai se atrasar para a festa! – gritou Harley. – Todo mundo está esperando... Todo mundo... E você está estragando a surpresa.

Harley tropeçou de leve, e Batman tentou compensar a mudança de peso, mas era tarde demais. Harley se jogou com força contra ele, desequilibrando-o levemente e escapando de seu aperto. Em um instante ela havia se lançado pelo arco e para a escuridão além dele.

Batman rugiu de frustração. Deveria ter sido mais rápido, mas os anos o estavam desgastando. Ele se virou imediatamente, a bat-roupa respondendo, usando mais energia. Fechou os olhos e disparou atrás da mulher que gargalhava.

O corredor virava e dobrava em vários ângulos, duas encruzilhadas e outros corredores transversais. Batman ligou o gravador de imagens no cinto de utilidades. O sistema de GPS não funcionaria tão abaixo da superfície – especialmente com a enorme estrutura de Arkham logo acima –, mas a imagem subsônica permitiria, pelo menos, que ele refizesse seus passos para fora do ventre aterrador da monstruosa arquitetura de Elizabeth Arkham. Havia no ar um leve sinal de calor causado pela passagem dela, que Batman conseguia captar de tempos em tempos no ar úmido e frio ao redor. Ele estava se aproximando, e as provocações que ecoavam se tornavam mais claras a cada passo.

– Você foi convidado! Você foi convidado!

Batman parou um instante em um lance de escadas que levava para baixo, mas se deu conta de que terminava em um muro de pedra. Os corredores aqui tinham apenas noventa centímetros de largura, embora o teto ficasse a bons quatro metros e meio acima. Passou por painéis de vitrais Tiffany que nunca viram a luz e olhou para alcovas escuras. O corredor virava mais uma vez, inexplicavelmente, para uma varanda de madeira apodrecida totalmente cercada por paredes de alvenaria. Uma escada caracol de ferro fundido subia em espirais por um fosso negro no canto mais distante da varanda. Duas janelas com vidro bisotado estavam posicionadas na pedra dos dois lados de uma porta metálica, que permitia a saída do aposento à direita.

A porta nos fundos da varanda ainda se movia, uma luz brilhante sobrecarregando a imagem térmica. Batman abriu os olhos, as íris contraindo enquanto ele passava pela porta.

Apenas metade das velhas lâmpadas fluorescentes penduradas no teto ainda lançava sua melancolia esverdeada sobre o espaço. Os reatores de algumas das lâmpadas falhavam, fazendo com que piscassem em eventuais pulsos de luz. Havia uma enorme e metálica porta de segurança, grande o suficiente para permitir a passagem de caminhões, tomando completamente a extremidade oposta do aposento, com grandes manchas de ferrugem surgindo em sua superfície onde a velha tinta descascara. Na parede mais distante havia uma janela de vidro laminado, estilhaçado em uma teia cristalina em um ponto por forte impacto, uma mancha escura escorrendo do vidro atrás. Um umbral quebrado estava tombado na estrutura que levava à sala sombria além do vidro.

O piso era uma bagunça de equipamento de laboratório antigo. Mesas metálicas viradas estavam caídas em meio a vidro temperado estilhaçado, pipetas quebradas e suportes para reações químicas. Várias centrífugas cinza-azuladas estavam esmagadas no chão entre várias incubadoras. Microscópios enormes se projetavam do entulho, e muitos equipamentos desafiavam explicação. Na parede oposta havia três geladeiras, suas portas abertas.

Para o Batman parecia que uma bomba havia explodido no espaço apertado, mas a sala não apresentava marcas de explosão ou qualquer queimadura.

- Ei, Tommy!

Batman se virou imediatamente para a voz.

Havia uma grande passagem em arco para uma sala circular à esquerda da porta e da janela quebradas. Cinco portas metálicas de celas estavam dispostas no círculo. A segunda, da esquerda para a direita, estava retorcida e quebrada. A porta do centro estava trancada, com as três outras abertas.

Quinn olhou para Batman pela pequena janela da porta fechada ao centro.

– Você sem dúvida sabe entreter uma garota, Tommy! Obrigada pela noite divertida... Pena que ela tenha de terminar.

Batman foi em passos rápidos até a porta da cela, o vidro sendo esmagado sob suas botas. Estendeu a mão para a maçaneta, tentando torcê-la, mas ela não cedeu. Examinou a tranca com mais cuidado.

Harley Quinn se trancara na cela.

Ela se afastou da porta, lançando as mãos para cima. Sua maquiagem branca parecia mórbida sob as luzes que rapidamente piscavam no teto da cela.

– Seja bem-vindo em *casa*, Tommy!

Passei metade da minha vida tentando colocá-la em uma cela... E agora preciso tirá-la de uma.

A tranca era velha e ele concluiu que teria de encontrar uma forma de superá-la. Batman se afastou da porta, olhando ao redor da sala circular.

Nunca use a força para quebrar um cadeado quando uma chave pode resolver. Onde alguém manteria uma chave em uma área de segurança?

Batman se virou, recuando para o espaço do laboratório destruído. Atrás dele, Harley Quinn começou a cantar em sua voz aguda, com um forte sotaque do Brooklyn, a melodia de uma canção que ele recordava vagamente da Segunda Guerra Mundial.

Chute o morcego uma vez, depois chute o morcego duas vezes, depois chute o morcego novamente...
Foi uma época medonha...

Batman pensou um momento. As chaves nunca estariam em local aberto. Estariam tão trancadas quanto os internos.

A voz de Harley ecoou da cela atrás dele.

Passado é passado e morto morreu para não viver novamente...
Foi uma época medonha!

Batman passou por cima de um suporte de tubos de ensaio, indo até a porta quebrada do escritório. Arrancou os restos da estrutura, tateando em busca do interruptor.

As duplas luminárias de mesa se acenderam. Uma das lâmpadas exibiu um clarão brilhante e depois morreu com um som de estalo. A luz tremeluzindo através do vidro laminado rachado não recebia muita ajuda da iluminação da única luminária. Revelou uma grande escrivaninha, seu tampo de fórmica curvado nas beiradas e descolando da madeira abaixo. Atrás do móvel estava uma cadeira de espaldar alto, o couro rachado e partido em certos pontos, o estofado úmido saindo pelas aberturas. Perto da mesa, havia duas cadeiras de couro menores em condição similar.

Batman contornou cuidadosamente a escrivaninha. Uma grossa camada de poeira cobria praticamente tudo na sala, incluindo os papéis que ainda se encontravam sob o tampo de mármore... Com exceção de um volume. Esse único livro estava no topo da escrivaninha, a capa totalmente livre de poeira e bem conservada.

Era um velho livro de anotações, os escritos da capa, feitos à mão, claramente identificáveis como "Projeto Elísio – Dr. Ernst Richter".

Um único envelope amarelado saía de entre as páginas do livro.

Você nunca saberá os esquemas que eles tramaram ao redor de você...
Para cobrar todas as dívidas de seu pai há muito atrasadas...

Batman esticou a mão, abrindo o livro na página marcada, mas foi imediatamente detido pelo envelope.

Era mais do antigo papel timbrado de seu pai. As letras de máquina de escrever sobre ele diziam: "Do Dr. Thomas Wayne para seu filho."

Quando virou o envelope na mão, o polegar enluvado passou sobre ele, borrando as letras. Olhou para a página do livro e viu a leve impressão onde a tinta havia sido transferida do envelope para a página.

A tinta da máquina de escrever ainda está fresca!

À distância, além da porta quebrada do escritório, Harley Quinn cantava a plenos pulmões.

Chute o morcego uma vez, depois chute o morcego duas vezes, depois chute o morcego novamente...

Vem aí um tempo medonho!

As palavras no alto da página chamaram a atenção de Batman. Harley Quinn desapareceu de seus pensamentos, assim como sua promessa de entregá-la ao comissário Gordon no saguão do Arkham acima deles.

Batman começou a ler...

Diário de observação do Projeto Elísio

17 FEV 1958 / 8h35: Café da manhã padrão servido a todos os indivíduos do teste às 8h10. Todos os indivíduos despertos. Indivíduo 3 parece agitado e nervoso – responde agressivamente a todas as perguntas. Todos os outros indivíduos sociáveis e calmos. Novo indivíduo adicionado ontem: indivíduo 4, sexo masculino, aproximadamente 28 anos de idade, excelentes condições físicas, demonstrando sintomas sociopatas antissociais e borderlines. Introduzido no programa ontem às 17h pelo Dr. Wayne. Simultaneamente à chegada do indivíduo 4, o Dr. Wayne determinou que eu adiantasse o programa para os protocolos da Fase VI, integrando a extração química da ética de espelho com a integração genética de memória e os sistemas de entrega viral. O transmissor mais promissor parece ser um dsDNA do Grupo 1 na família *Caudovirales myoviridae,* associado a um transmissor de *Escherichia coli.* Isso permite a transmissão por água, o que é mais fácil de administrar. As lembranças genéticas modificadas nós então inserimos por alteração química das linhagens de *Myoviridae*, e o sistema deve estar completo. Eu preferiria testes adicionais, mas como nossas modificações comportamentais iniciais serão apenas nos níveis da ética básica, os riscos são mínimos.

20 FEV 1958 / 22h45: A alteração química do DNA não está se unindo devidamente ao DNA do indivíduo 4 por intermédio da *Myoviridae*. Podemos combinar o dsDNA diretamente com os indivíduos como foi feito com os indivíduos 1 e 3, mas no final, para o protocolo operar corretamente, o transmissor precisará se automodificar de modo a corresponder ao DNA dos indivíduos para ligação. Precisaremos modificar a

Myoviridae para se adaptar ao hospedeiro, tornando a transmissão mais dinâmica.

11 MAR 1958 / 16h40: As modificações de mutação dinâmica do dsDNA do Grupo 1 se provaram transmissores ideais. Todos os quatro indivíduos apresentaram melhorias marcantes na acuidade mental e nas motivações básicas. Os novos acréscimos de canalização de memória à memória genética tornaram a implantação da ética mais estável e permanente. Mesmo a aparência física de cada um dos indivíduos parece ter melhorado, embora essa seja estritamente uma observação pessoal. Semana que vem devo estabelecer uma liberdade limitada no terreno para cada um dos indivíduos caso suas melhorias continuem neste ritmo. Hoje não posso chegar tarde em casa. As meninas sentem minha falta.

17 MAR 1958 / 21h35: Os componentes de mutação dinâmica na *Myoviridae* estão se transformando além de seus parâmetros originais. Indivíduos 1, 2 e 4 apresentam sinais de alteração física produzida pela reestruturação genética dinâmica. Estou implantando o protocolo de contravírus para deter a disseminação da mutação até que esse resultado aberrante possa ser investigado. Observação pessoal: hoje o míssil americano Vanguard finalmente foi colocado em órbita com sucesso. Acredito que meu velho amigo Werner não irá se ressentir com tanto sucesso.

25 MAR 1958 / 03h: O contravírus não se mostrou eficaz. O redirecionamento de ética dos indivíduos parece estar se aprofundando como pretendido, mas continua a haver mudanças físicas mais aparentes em todos os indivíduos. Cada uma se manifesta de forma diferente. Os indivíduos 1 e 4 dão sinais de mais força. Os indivíduos do sexo feminino 2 e 3 apresentam agilidade significativamente aumentada. Todos os indivíduos demonstram acuidade mental avançada. Não consigo dar conta de seus pedidos de livros e material de leitura. Todos os indivíduos também apresentam estados exageradamente emocionais e variações emocionais maníaco-depressivas. Infelizmente isso parece estar associado a uma crescente sensação de superioridade e a um fortalecimento de seus problemas sociopatas originais.

29 MAR 1958 / 01h: Todos os quatro indivíduos começaram a me interrogar sobre meu passado. Posso ver como eles olham para mim – o que estão pensando de mim. Nós os fizemos, e agora eles nos desfarão.

Eles são os monstros e nós somos os monstros por criá-los. Eu telefonei para Thomas, mas seu pai faleceu no dia 26 e tem sido impossível para ele se afastar. Diz que agora estará encarregado dos ativos da família e poderá financiar esta pesquisa devidamente – mas nenhum volume de dinheiro consertará o que fizemos.

31 MAR 1958 / 11h30: Precisamos encerrar isto pelo nosso bem e pelo bem dos quatro indivíduos. Thomas está indisponível, já que tem lidado com o funeral do pai e as questões relativas à empresa paterna. Reunião foi marcada para quinta-feira, dia 3.

2 ABR ... Eles saíram. O telefone não funciona. Estou no escritório e eles estão à porta. Eu os vejo sorrir para mim através do vidro. Eles estão à porta. Eles estão

A página estava salpicada de manchas escuras.

Batman ergueu os olhos do livro aberto. A teia de aranha, formada no vidro laminado quebrado, brilhava clara à luz das lâmpadas fluorescentes verdes da sala além, colorida apenas por uma mancha escura escorrendo pelo vidro e pela parede abaixo até o chão. Havia outro grupo de manchas no vidro, à esquerda do ponto de impacto. Era quase invisível, mas Batman se deu conta de que era um escrito.

Ele se adiantou para ter uma visão melhor da palavra desbotada, o envelope do pai ainda na mão.

CAPÍTULO CATORZE

CONFUSÃO SANGRENTA

Asilo Arkham / Gotham / 22h56 / 2 de abril de 1958

Thomas recuou um passo. Não conseguia parar de tremer. Piscou, olhando para a palavra rabiscada com sangue na janela junto ao raio brilhante esmagado no vidro.

Nazista

O Dr. Ernst Richter estava caído como uma boneca quebrada abaixo do vidro laminado partido, seu sangue escorrendo do ponto de impacto. Os ossos da face haviam sido esmagados pela força que o arremessara por sobre a escrivaninha, os traços inchados e descoloridos. Uma parte da mente de Thomas catalogou rapidamente os múltiplos traumas, sua formação médica funcionando no fundo da mente quase com vontade própria. Pelo ângulo de cabeça e pescoço, provavelmente havia vértebras partidas em C5 ou C6. Ele também suspeitava de fraturas no crânio nas regiões frontal e parietal, dada a forma estranha da cabeça. A clavícula provavelmente se partira do lado esquerdo, assim como várias costelas. Havia uma fratura múltipla do rádio no antebraço esquerdo e muito provavelmente as duas pernas também estavam quebradas. As lacerações na têmpora pelo impacto, bem como a laceração da artéria carótida externa no lado direito, haviam sido as causas da maior parte do sangramento. A julgar pelo volume de sangue espalhado sobre a mesa e empoçado no chão, a artéria fora cortada antes de o Dr. Richter ser arremessado contra o vidro.

Enquanto ele ainda estava vivo.

Thomas estremeceu ao recuar na direção dos arquivos. Estava achando difícil pensar.

Ele se sentira mal de postergar sua reunião com o Dr. Richter, e decidira visitá-lo no laboratório de pesquisa naquela noite. A morte súbita de Patrick Wayne por ataque cardíaco quase duas semanas antes virara a vida de Thomas pelo avesso. Era como se as mãos frias do pai também tivessem parado o coração no centro da vida de Thomas, arrastando seu filho para o túmulo com ele. Os arranjos do funeral, as várias encarnações e maquinações do intricado testamento do pai e as exigências de patrimônio e império de que Thomas demonstrasse tanto liderança quanto força pelo bem do mercado e dos acionistas – tudo isso havia roubado dele a vida que escolhera para si mesmo.

Mas era um tipo diferente de morte que estava sujando a placa de linóleo no canto mais distante da grande escrivaninha. Não era o sonho frio, silencioso, entorpecedor e imaginado, mas uma raiva e uma fúria violenta, roxa. Era algo desenjaulado que, de alguma forma, apelava ao cerne de Thomas, invocando uma fera que ele mantinha cuidadosamente trancada do lado de dentro, nunca dando atenção ao seu uivo. Ele temia aquela fera, e o fato de que a carnificina ao redor o conclamava a despertá-la, o arrepiava ainda mais.

Thomas cambaleou pela porta quebrada do escritório até o laboratório arrasado. O equipamento e as mesas jogados em pilhas na sala haviam sido seu primeiro choque ao atravessar a porta da passagem em labirinto. Ele correra até o escritório imediatamente ao ver o vidro danificado. Mas agora estava se tornando mais consciente do ambiente à sua volta e do perigo implícito. Seu corpo ainda estava carregado de adrenalina quando se virou para a alcova das celas à direita.

As portas de todas as celas estavam abertas. Seus ocupantes haviam fugido.

– Denholm – arfou Thomas.

Uma brisa fria suave espalhou papéis aos seus pés. Thomas virou o rosto na direção da brisa refrescante.

As grandes portas estavam entreabertas para a comprida rampa que se erguia além.

Thomas passou em disparada pela abertura entre as portas, subindo a rampa correndo. As portas externas também estavam abertas, e logo se viu no terreno atrás do asilo Arkham. Em algum lugar da mente ele pensou em encontrar Denholm e os outros indivíduos do estudo – sim, essa era a palavra para isso, não era?, *estudo* – e por um tempo vagou freneticamente à procura deles.

Só algum tempo depois – quanto ele de repente não conseguia lembrar –, é que caiu por entre as portas de uma cabine da Bell Telephone, fechando-a atrás de si. A luz se acendeu quando pegou o fone em seu apoio cromado. A mão tremia tanto ao sair do bolso da calça que derrubou moedas sobre o piso metálico. Pegou algumas, colocando-as na fenda e rapidamente discando o único número de que conseguia se lembrar.

O receptor berrou em seu ouvido enquanto o telefone tocava, aparentemente a um milhão de quilômetros dali.

– Boa noite – disse a voz superior, com o desprezo treinado de um sotaque londrino. – Residência Wayne.

– Jarvis! – Thomas disse o nome como se fosse um salva-vidas jogado a ele em um mar tempestuoso. – Me ajude... Por favor...

– Dr. Wayne. O que há, senhor? Posso ajudá-lo?

– Por favor, Jarvis... Preciso de você.

– Onde está, senhor? Posso mandar um carro imediatamente...

– NÃO! – gritou Thomas ao telefone. – Não mande ninguém... Não quero ninguém... Quero dizer, eu preciso de *você*, Jarvis.

– Calma, Dr. Wayne – disse Jarvis, a voz mudando sutilmente. A deferência desapareceu, dando lugar a um tom assertivo. – Diga qual é a sua localização.

– Eu... eu não... – gaguejou Thomas.

– Olhe ao redor – disse a voz baixa e exigente. – O que vê?

– Há... Há um parque do outro lado da avenida – disse Thomas, engolindo em seco. – E um rio mais para frente. Estou em uma rua com sobrados... Eu estava em Arkham, mas... Mas...

– O senhor atravessou uma ponte de pedestres?

– Sim, sim, atravessei. Acho que estou no lado sul de Burnley, perto de Riverside Parkway.

– Vê alguma placa de rua? – disse a voz insistente.

– Ah, não, Jarvis... Não sei o que fazer.

– Placa de rua, doutor! Vê alguma?

– O quê? Sim... Sim. – Thomas espiou através do vidro sujo da cabine. – Diz rua Cronk... Avenida 114, eu acho.

– Espere exatamente aí por mim, Dr. Wayne – disse Jarvis, a voz desafiando oposição ou questionamento. – Deixe o fone fora do gancho. Não ligue para ninguém; ninguém, está entendendo?

– Jarvis, e...

– Está me entendendo, Dr. Wayne?

– Sim... Sim, eu entendo.

– Estarei aí dentro de quinze minutos – instruiu Jarvis. – Não faça nada até eu chegar.

– Mas eu...

– Nada, está entendendo? Não faça NADA! Estou indo...

O relógio de pêndulo no saguão da frente se preparava para soar três horas quando Thomas ouviu os passos dos degraus da frente da mansão. A luz da lua nascente caía sobre seus ombros vinda das janelas de dois andares atrás dele, enquanto sentava na grande escadaria do saguão principal. Conseguira trocar a camisa e as calças sujas de sangue, as mãos trêmulas durante o processo, e tentara limpar corpo e alma em um demorado banho quente. Sentia-se mais calmo, mas o sono era impossível. Pensava em se algum dia seria possível novamente.

Thomas se ergueu quando a tranca das grandes portas da frente foi solta, permitindo que se abrissem.

Prendeu a respiração.

Nada de detetives. Nada de polícia. Nada de testemunhas acusatórias.

Era Jarvis - sozinho.

- Dr. Wayne, deveria estar na cama - disse Jarvis, seu elegante sotaque britânico novamente dominante.

Thomas soltou o ar estremecendo.

- Mas, Jarvis, e quanto aos indivíduos fugidos? Eles estão à solta na cidade agora e... O Dr. Richter caído... Caído ali em seu... Em seu próprio...

- Tudo foi resolvido, Dr. Wayne - disse Jarvis suavemente. - Tomei a liberdade de cuidar disso pessoalmente.

- Cuidar disso... Pessoalmente? - repetiu Thomas. - Mas, Jarvis, um homem está morto...

- Sim, Dr. Wayne - disse Jarvis, tirando as luvas brancas de algodão com um tédio quase descontraído. - É uma tragédia, mas eu sirvo a esta família, Dr. Wayne... Eu lhe asseguro de que cuidei de tudo *pessoalmente.*

- Mas, Jarvis, como você poderia...

Jarvis interrompeu Thomas.

- Seu pai alguma vez lhe falou sobre minha profissão anterior, Dr. Wayne?

Thomas, chocado, balançou a cabeça lentamente.

- Não, Jarvis. Nós não conversávamos muito.

- Como o senhor é o mestre da Mansão Wayne e, aparentemente, bastante necessitado de meus serviços, talvez eu devesse esclarecer - continuou Jarvis, colocando as luvas na mesinha lateral. - Nasci em 1908 em uma pequena aldeia na periferia de Londres. Meu pai era um empregado doméstico, embora se imaginasse como um ator. Eu mesmo atuei por algum tempo na juventude, mas me mostrei hábil com armas. Estava com vinte e tantos anos, como dizem, quando a guerra chegou à minha amada Inglaterra. E atendi ao apelo, Dr. Wayne... Atendi enfaticamente.

- Jarvis, não sei o que isso diz respeito a...

- O que sabe sobre o EOE, Dr. Wayne?

- Não acho que tenha conhecimento - suspirou Thomas.

- Era o Executivo de Operações Especiais, embora os poucos que conhecessem se referissem a nós como os Irregulares de Baker Street, depois que nos transferiram para o número 64 da Baker Street - contou Jarvis, indo na direção da base da escadaria, os olhos fixos em Thomas. - Talvez esteja mais familiarizado com nossos equivalentes americanos; a OSS?

– Você era um... espião? – perguntou Thomas, piscando. Ele pensou por um instante em se o choque dos acontecimentos da noite o teria enlouquecido, ou se talvez tivesse sido Jarvis a perder a sanidade.

– Esse é um termo amplo demais, Dr. Wayne – continuou Jarvis, caminhando até Thomas. – Na verdade fui treinado como médico. Nosso objetivo específico era fazer operações de sabotagem e guerra de guerrilha, bem como treinar e apoiar unidades de resistência por trás das linhas nazistas. Eu fazia parte do SO2, conduzindo operações em Telemark, Noruega, contra uma fábrica de água pesada. Era parte de nosso treinamento estar bem além da linha de frente, Dr. Wayne, e com frequência nos era útil enquanto estávamos lá garantir que pudéssemos limpar as coisas. Algumas vezes era melhor para os vivos que os mortos fossem encontrados em um lugar diferente de onde morreram... Ou, na maioria dos casos, que simplesmente não fossem encontrados.

– O que você fez com o Dr. Richter? – perguntou Thomas, ao mesmo tempo temendo e precisando desesperadamente da resposta.

– Como disse, Dr. Wayne – respondeu Jarvis, olhando para Thomas com seu rosto sereno. – Não precisa se preocupar. Não retorne ao laboratório. Eu o isolei. O incidente não será ligado ao senhor. As coisas parecerão melhores pela manhã.

– Jarvis, como posso...

– Venha, deixe que o leve para cama. Eu tenho um drinque especial para ajudá-lo a descansar – disse Jarvis, tomando Thomas pelo braço, virando-o e conduzindo para o segundo patamar. – Isso é o que faço, Dr. Wayne. Eu limpo as coisas.

Asilo Arkham / Gotham / 20h31 / Hoje

Batman dobrou cuidadosamente os papéis timbrados do pai. Era um papel diferente das páginas que encontrara esperando por ele nas mãos do falecido Dr. Moon, e neste caso pareciam começar no meio, já que a primeira página tinha o número sete. Ele não lera metade delas, mas já lera o bastante.

Batman ergueu os olhos dos papéis para olhar novamente para a mancha leve no vidro.

Nazista.

Ele olhou mais uma vez para o livro, e então ao redor. Algo ali não estava certo. Ele sentia como se...

Estou sendo observado.

Quem quer estivesse por trás disso controlara cada situação muito cuidadosamente; fazia sentido que não deixasse nada ao acaso. Iriam querer ver o rato debater-se sob suas patas. Alguém montara a armadilha – esse Manipulador, como começara a chamar a pessoa em sua cabeça – e ele mordera a isca.

Não... Eu ainda não mordi.

Olhou para o diário aberto na mesa.

Queriam que eu visse isto, mas apenas eu. Se quisessem que fosse de conhecimento público, a esta altura já estaria em todos os noticiários do país. Não... Querem que eu o leve, mas e se não levar? E se eu não disparar a armadilha e, em vez disso, instalar outra armadilha dentro da deles?

Batman guardou o envelope e seu conteúdo em uma bolsa no cinto. Depois esticou a mão enluvada, fechando lentamente o diário e o arrumando na mesa de modo perfeito. Fechou os olhos.

A sala foi instantaneamente substituída em sua mente pela imagem tridimensional fantasmagórica.

– Camada de contraste térmico – murmurou.

A sala em sua mente foi colorida por uma assinatura de calor. Ele podia ver suas próprias pegadas, o calor do livro na mesa por tê-lo aberto, e a assinatura muito mais brilhante de suas mãos e dedos no livro.

Ainda não está lá... Quase, mas não ainda.

– Mudança para IV – sussurrou no silêncio.

O capuz ouviu e a imagem em sua mente passou das leituras térmica e luminosa para a faixa infravermelha.

– Manter! – ordenou com silenciosa firmeza.

Eu possuo o negror. A escuridão é minha força.

Pontos de luz brilhante na faixa infravermelha. Pequenas câmeras de fibra ótica – do tipo frequentemente usado em procedimentos cirúrgicos – haviam sido colocadas por todo o escritório arrasado e o laboratório além dele. Não podia ver as celas de onde estava, mas Batman não duvidava de que também estavam sendo vigiadas. Cada uma tinha um emissor de infravermelho que permitiria que as câmeras funcionassem com ou sem as luzes da sala acesas.

Batman sorriu. Aqueles que combatia não eram perfeitos... Eram bons, mas podiam cometer erros.

Então passou por cima da porta quebrada do escritório, vasculhando entre os restos espalhados e esmagados do laboratório. Havia vários equipamentos que ainda pareciam funcionar; um microscópio, duas centrífugas. Havia uma mesa de operação com motores que parecia operacional. Finalmente encontrou aquilo de que precisava: um espectrômetro infravermelho ainda em boas condições.

Batman sorriu sob o capuz. Teria preferido usar seu próprio equipamento, mas não podia se arriscar com o tempo que levaria para ir até seu esconderijo e voltar.

Ele se inclinou e pegou uma centrífuga, examinando-a cuidadosamente.

Sem pressa.

Descartou aquilo e pegou um microscópio, sondando-o com enorme cuidado por vários minutos.

Paciência é parte da ilusão.

Caminhou relaxadamente até o espectrômetro, viu que o emissor estava intacto e que o aparelho ainda estava ligado à tomada na parede. Ajoelhou ao lado dele e apertou o interruptor do emissor.

A imagem de IV de repente se apagou em sua mente.

Batman abriu os olhos, se levantando rapidamente e indo até a mesa de operação virada. Tirou o conjunto de ferramentas dobráveis do cinto de utilidades e começou a remover componentes da mesa, primeiro os motores, depois arrancando os cabos de ajuste.

Tudo ganhou forma em sua mente. Ele adorava trabalhar com as mãos.

Alguns minutos depois, o emissor de infravermelho morreu. A imagem de IV na mente de Batman clareou, mostrando-o novamente ajoelhado em posição quase idêntica à que estava quando ligara o emissor. Batman continuou a brincar com o instrumento um pouco, depois passou para outro equipamento.

– *Ei, morceguinho!* – chamou Harley de sua cela. – Quando você vai me tirar para dançar? Eu *nunca* sou tirada para dançar!

Batman se ergueu em meio às ruínas do laboratório.

– Agora mesmo, Harley. Vamos agora mesmo.

– Onde você estava, inferno?

James Gordon estava na protegida doca de desembarque no lado sul de Arkham. Ela havia sido colocada em um local estranho – assim como muitas coisas em Arkham –, mas era bem adequada para transferência de prisioneiros. Partia de um beco estreito em frente ao bloco dos guardas, com grandes arcobotantes se projetando da parede da velha capela. As estrelas podiam ser vistas brilhando através da faixa de céu aberto bem acima.

– Também é um prazer vê-lo, comissário – rosnou Batman. – Desculpe estar atrasado para a festa, mas eu lhe trouxe um presente.

O Cruzado Encapuzado empurrou para frente a ainda amarrada Harley Quinn, que estava atipicamente quieta. James Gordon acenou para que os quatro policiais da SWAT com blindagem que estavam atrás dele se adiantassem e levassem a mulher sob custódia.

– Você me disse para encontrá-lo aqui há mais de uma hora – retrucou Gordon. – Me deixou plantado esse tempo todo, juntamente com a Equipe de Alta Segurança. Você não costuma agir assim.

Batman esperou que os guardas levassem Harley de volta para a boca escura de Arkham. Só quando ouviu a porta de segurança se trancando ele se virou e falou.

– Preciso ir.

– Não. Espere um momento – disse Gordon. – Algo acontecerá esta noite. Harley é apenas a ponta do iceberg nisso tudo.

– Nisso o quê?

Havia impaciência em sua voz.

– Não é você que deveria me dizer? – retrucou Gordon. – Tenho relatórios de todas as delegacias sobre ações de justiceiros em cada parte da cidade. É como um surto repentino de justiça pelas próprias mãos. Encontramos um dos capangas de Falcone pendurado de cabeça para baixo na West Side Bridge, jogado lá por cidadãos desconhecidos, um alfaiate, seu filho e dois empresários do Diamond District. Por Deus, a 125ª Delegacia da Moench Row teve de conter uma malta que tentava linchar um assaltante! E não tente me dizer que isso é apenas coincidência, porque sei que não é!

– Por quê? – perguntou Batman, se virando e cravando os olhos no comissário. – O que sabe?

Gordon raramente tinha uma vantagem sobre Batman, e estava desfrutando daquilo.

– Você não sabe, não é? Acho que vou parar um pouco e saborear o momento. Sei que tudo isso já aconteceu antes, há décadas, e se tem a ver com pegar atalhos para a lei nesta cidade, tem a ver com *você*. Então, o que está acontecendo, Batman? Deixe-me participar da brincadeira também.

– Seu trabalho é segurá-los – disse Batman simplesmente. – O meu é pegá-los.

– Droga, isso não é uma resposta! – gritou Gordon. – O que está escondendo?

– Você tem o seu trabalho a fazer – disse Batman, se virando e mergulhando na escuridão. – E eu estou atrasado para fazer o meu.

CAPÍTULO QUINZE

NÃO ATIRE NO MENSAGEIRO

Asilo Arkham / Gotham / 21h02 / Hoje

O laboratório arruinado e há muito esquecido estava escuro e silencioso novamente. O espaço parecia aliviado, como se preferisse ser uma tumba lacrada de sonhos e morte escondida do mundo.

Mas o mundo ainda não tinha terminado com ele.

Os puxadores enferrujados das grandes portas de aço no final do laboratório giraram lentamente, gemendo com o esforço. As engrenagens presas a eles puxaram as barras de travamento, que guincharam conforme se recolhiam. O som por fim parou com o movimento.

Batman observou tudo em silêncio por entre olhos fechados, como havia feito durante as três horas anteriores. O mundo ao seu redor era ligeiramente distorcido por causa do ângulo do aparelho de telepresença, que deixara no alto do entulho no laboratório. Funcionava segundo o mesmo princípio do capuz – usando imagens sônicas –, mas, caso a distância fosse curta, podia transmitir de forma remota diretamente para o capuz, assim permitindo que ele "estivesse" na sala, embora seu corpo físico estivesse na verdade a alguns metros dali.

Talvez a imprensa vá chamar isso de equipamento batfantasma, pensou maliciosamente desde o poleiro acima da porta que usara mais cedo para entrar na sala. Ele colocara o transmissor de telepresença pouco antes de voltar ao espectrógrafo e desligar o emissor responsável por mascarar sua movimentação pela sala. Depois pegara Harley Quinn, entregara-a a Gordon e voltara para lá o mais rápido possível.

Quem colocou o livro e o envelope naquele laboratório esperava que eles partissem comigo. Se quisessem que o livro se tornasse público, a esta altura ele já teria. Então isso significava que voltariam para pegá-lo.

Só havia duas entradas para a sala, e ele estava acima de uma delas. A outra estava se abrindo enquanto ele observava pelo equipamento remoto, e sabia que aquela também estava protegida.

Uma figura passou entre as portas de aço na extremidade oposta da sala. Ele sentiu o perfil, embora não os traços através da imagem sônica. Quem estivera monitorando a sala com as câmeras de IV decidira eliminar também aquelas transmissões e os emissores, de modo que ele tinha de confiar nas imagens mais nebulosas do sistema sônico. Passando pela abertura estreita entre as portas de aço, a figura entrou cautelosamente na sala, abrindo caminho na escuridão. Hesitou um momento, deu um passo cauteloso e seguiu na direção da porta quebrada do escritório. Parecia segurar algo na mão.

Batman desligou a ligação com o fantasma, e seus arredores imediatos surgiram. Deslizou silenciosamente de seu poleiro, abriu a porta do laboratório sem nenhum ruído e entrou.

A silhueta tinha uma lanterna, seu facho circular correndo sobre a porta caída do escritório. Deu mais um passo...

Clique... vrrrr...

A figura se virou, a luz passando sobre a parede, mas era tarde demais. A armadilha de cabos já havia feito o serviço, ligando os motores elétricos que ele liberara da mesa de operação e derrubando duas barras pesadas sobre a porta. As grandes portas de aço se fecharam de forma grandiosa e ruidosamente definitiva quando o segundo motor enrolou os cabos e girou a trava antes que a silhueta pudesse escapar.

– Você queria me ver? – rugiu Batman, saindo para os escombros atrás da figura escura junto às portas.

A figura girou em pânico, a lanterna brilhando nos olhos de Batman. Ergueu uma mão para se defender, mas Batman já podia ver a lanterna tremendo de medo.

– Não! Espere! – Era uma voz feminina, em pânico e trêmula. – Você não entende! Me deixe explicar!

Ela tropeçou, caindo de costas nos escombros.

Batman correu até ela, o facho da lanterna batendo no rosto de repente identificável da mulher. Ele se conteve, sempre atento aos muitos rostos que era obrigado a usar, lembrando em cada momento qual seria o da vez.

– Quem é você?

– Dra. Doppel – disse a mulher, engasgando. – Quero dizer, enfermeira Doppel.

Participe do jogo. Interprete o papel.

– Por que está aqui? – rosnou junto ao rosto da mulher.

– Eu trabalho aqui... Quero dizer, trabalhava aqui.

Ele colocou a mão esquerda enluvada atrás do pescoço dela, puxando o rosto para mais perto do seu. Sua voz era furiosa.

– Por que está aqui?

A mulher tremeu sob seus punhos, mas os olhos permaneceram fixos no semblante vazio da máscara.

– Vim pegar um livro.

– Este livro? – perguntou Batman, erguendo o sujo e antiquado livro de anotações com a mão direita, virando a cabeça dela com a esquerda para que pudesse vê-lo.

– Sim... Talvez... Parece com o que ela descreveu.

– Quem? – Batman sacudiu levemente o pescoço dela. – Quem descreveu?

– Amanda! – revelou Doppel, os olhos se enchendo de lágrimas. – Ela me mandou vir aqui e pegar esse livro. Ela me ligou. Eu não sabia que tinha saído de casa. Não sei há quanto tempo pode estar sumida. Ela disse que eu nunca mais a encontraria se eu não... Se eu não...

– Se não o quê? – pressionou, sacudindo o pescoço dela novamente.

– Se eu não seguisse suas instruções e tirasse esse livro de Arkham – respondeu Doppel, engasgando. – Disse que não deveria ligar para a polícia, que tudo ficaria bem se eu simplesmente viesse aqui, pegasse o livro na escrivaninha do velho laboratório de pesquisa do pai e o levasse a um endereço em Midtown.

– Que endereço?

– Por favor, eu só quero...

– Que endereço?

– Avenida Moldoff quinze-dois-quarenta-e-sete – disse Doppel.

Batman se levantou lentamente, erguendo a enfermeira com ele e a colocando de pé.

– Como você sabia deste lugar?

– Eu não sabia – respondeu Doppel, tentando recuperar o equilíbrio em meio ao equipamento quebrado que cobria o chão. – Amanda me contou onde ficavam as portas externas e como passar por elas. Eu trabalhei durante anos neste lugar e nunca soube que isto ficava aqui embaixo. Olha, só estou tentando encontrar uma mulher. Seu nome é Amanda Richter, ela é um indivíduo altamente perturbado e acho que está sendo manipulada a fazer coisas contra sua vontade. Você aparentemente é o Cruzado Encapuzado de quem os noticiários não param de falar. O que vai fazer quanto a isto?

– Vou fazer o que é necessário – retrucou Batman com um sorriso malicioso. – E *você* vai entregar este livro.

Galeria subterrânea 57D / Gotham / 21h17 / Hoje

Batman se acomodou no assento do piloto do batmóvel e ligou o veículo.

Amanda Richter, pensou. *Não há coincidências.*

Ele tirou o envelope e a carta que havia recuperado e guardado mais cedo. Faria testes químicos depois, mas por ora era o conteúdo que o interessava. Ligou a luz de mapas acima – que nunca usara para ler mapas – e sacou a carta.

Batman parou.

Meu pai era um santo. Meu pai era o homem perfeito.

Ficou pensando se isso poderia ser verdade. Seu pai usando a riqueza e o poder da Wayne Enterprises para financiar pesquisa de eugenia... A ideia era inacreditável. Seu pai era... Seu pai era...

Apenas nesse momento Bruce Wayne se deu conta de que, na verdade, não sabia nada sobre o pai além da crença de que era um homem nobre e bom que morrera sem razão nos braços do filho. Thomas e Martha Wayne sempre foram estátuas de mármore, o ideal de perfeição e modelo de todas as virtudes. Mas agora ele estava sendo confrontado com a dura realidade do passado deles, que, naquele momento, relutava em conhecer.

Batman abriu as páginas. Repassou os trechos que lera muito rapidamente no laboratório – os momentos em que o pai descobrira Richter no laboratório e ligou para Jarvis pedindo ajuda.

Algo chamou sua atenção.

...apenas ficar quieto. Eu não sabia o que fazer além de seguir o conselho de Jarvis. No dia seguinte havia uma nota no *Gotham Gazette* sobre a morte do Dr. Richter – curta e abaixo da dobra – descrevendo como morrera em consequência de um acidente na sala de segurança do asilo Arkham, mas nada além. Eu era o único a carregar o conhecimento culpado de que ele morrera em consequência de nossos estudos de modificação comportamental.

E foi com uma terrível ironia que nosso trabalho começou a dar frutos. Os quatro indivíduos de nosso experimento haviam fugido para a cidade, e logo os jornais estavam cheios de matérias sobre criminosos e mafiosos do submundo sendo subitamente eliminados de formas que, pela primeira vez em muito tempo, deixavam os bandidos da cidade com medo. Comecei a ter esperança de que o terrível sacrifício do Dr. Richter pudesse realmente levar à realização do sonho de uma Gotham livre do crime, pelo qual havíamos trabalhado tanto.

Os jornais e a televisão começaram a chamar nossos quatro indivíduos fugidos de "O Apocalipse" – talvez uma referência aos Quatro Cavaleiros do Apocalipse. Acredito que receberam esse nome dos criminosos que foram atacados por eles nas ruas...

Batman falou em voz alta:

– Kronos: nova pesquisa. Por volta de 1958, Gotham, Apocalipse.

A tela se acendeu no ar à sua direita. Para seu desalento, o primeiro resultado era da Wikipedia. Ele tocou com a mão enluvada e a página se abriu.

APOCALIPSE, O

Este artigo é sobre a história de Gotham. Para Apocalipses específicos, ver Apocalipse (desambiguação).

O Apocalipse eram quatro justiceiros que iniciaram uma guerra contra grupos criminosos e mafiosos em Gotham City de meados de 1958 até o inverno de 1968. Inicialmente chamados de heróis por público e imprensa, eles logo se revelaram violentos e radicais em suas punições, e instáveis em suas interpretações limitadas do que constituía um crime.

Principais participantes

Eram quatro os membros do Apocalipse, conhecidos por quatro nomes sensacionalistas dados pela imprensa popular. Tinham históricos criminosos notórios e usaram seu conhecimento do crime contra os alvos durante seu surto justiceiro. Suas identidades reais inicialmente não eram conhecidas, mas posteriormente os quatro foram identificados.

- DESTINO: Caprice Atropos, antes ventanista e assassina com supostos laços com a família criminosa Moxon. Destino era conhecida por seu corpo esguio e os cabelos louros compridos. Usava uma máscara preta, uma malha de tricô negra com luvas pretas e botas de camurça pretas com solas especiais. As únicas duas vítimas que escaparam da morte em suas mãos relataram que só viam seus cabelos enquanto ela atacava. Ela com frequência cruzava tetos e escalava paredes, e podia superar qualquer tranca na perseguição às suas vítimas. Perseguia principalmente criminosos envolvidos em extorsão, suborno e roubo.
- CEIFADOR: Michael "A Foice" Smalls havia sido assassino profissional da máfia Rossetti. Ceifador era um homem alto de corpo esguio que não traía sua força e agilidade incomuns. Como Destino, ele era

conhecido por seguir suas vítimas e era sempre visto de preto – no seu caso, uma capa escura com capuz. Suas armas preferidas eram com lâminas – incluindo foices –, e desmembramento era uma assinatura de seus ataques. Vários relatos alegam que ele se lançava sobre suas vítimas como uma ave de rapina (carece de citação). Com frequência tinha como alvos agressores, assassinos, pistoleiros e figuras de autoridade.

- CHANTEUSE: Adele Lafontaine, antes conhecida como a Viúva Negra do Robinson Park, era a integrante mais sutil do Apocalipse. Tinha longos cabelos negros e, independentemente do que mais vestisse, sempre era vista com um sobretudo militar verde e de lã. O único sobrevivente de um de seus ataques alegou ter ouvido a voz suplicante da irmã pedindo sua ajuda pouco antes de Chanteuse tentar cortar sua garganta. Muitos outros que estiveram perto dela relataram ter ouvido vozes de conhecidos os chamando e se sentido compelidos a responder. Suas vítimas eram principalmente pedófilos, prostitutas e traficantes de drogas, embora posteriormente tenha incluído executivos de bancos, corretores, advogados e juízes.
- DISCÍPULO: Denholm Sinclair, um fraudador envolvido no incêndio do orfanato Kane. Embora houvesse muitas fotografias de Sinclair antes de sua prisão inicial, depois não foram dadas descrições consistentes por vítimas sobreviventes ou testemunhas. Todos os relatos coincidem em que tinha enorme força física e uma determinação fanática na perseguição da presa. Muitos relatos diziam que usava disfarces para atacar suas vítimas de perto enquanto estavam distraídas. Discípulo chamava atenção não apenas por matar suas vítimas, mas por fazê-lo de forma a humilhá-las na morte. Seus alvos principais pareciam ser mafiosos, extorsionários e funcionários municipais que considerava "corruptos".

Todos os quatro haviam sido internados no asilo Arkham antes de sua fuga e de seus esforços coordenados posteriores. Embora houvesse boatos de outros membros pertencentes ao grupo, não foi oferecida prova substancial para confirmar qualquer outro indivíduo ligado a esses quatro.

HISTÓRIA

Embora os jornais não tenham utilizado o apelido "O Apocalipse" até domingo, 18 de maio de 1958 (Gotham Gazette), *o primeiro incidente envolvendo o Apocalipse foi identificado no sábado, 5 de abril de 1958, quando o Sr. Joseph "Irlandês" Donohough foi encontrado morto, pendurado de cabeça para baixo da West Side Bridge com as palavras "agente da máfia" presas às costas da camisa. Donohough era conhecido na época por sua ligação com a máfia de Julius Moxon. Na terça-feira seguinte, dia 8, três gangsteres Rossetti – James "Jimmie" Noonan, Maurice "Mort" Arbuckle e Percival "Bolsa" Vernandez – foram retirados do rio Gotham em um carro pertencente ao mafioso Cezar Rossetti, cada um com a palavra "capanga" gravada na testa. No dia seguinte, Anthony "Tony" Falcone, sobrinho de Brutus Falcone que havia tentado levar sua operação de Chicago para Gotham naquela primavera, foi encontrado pendurado em um poste de iluminação em Moench Row com a palavra "extorsionário" presa ao peito...*

Batman ficou um tempo olhando para a tela, o motor do batmóvel roncando atrás dele.

– Kronos: relacionar registros policiais por volta de 1958 e Apocalipse com registros policiais deste mês.

Houve uma pausa momentânea antes que começasse a cascata de informações.

– Droga – Batman murmurou para si mesmo. – Estamos sendo assombrados.

Cada incidente do Apocalipse de 1958 estava sendo reencenado em Gotham no presente.

– Kronos: piloto automático para a avenida Moldoff quinze-dois-quarenta-e-sete – disse Batman para o computador.

– Destino ajustado – respondeu a voz. O mapa tridimensional de Gotham surgiu em uma tela colorida flutuando diante dele, as ruas da superfície parecendo mais perto que as rotas abaixo da superfície que ele iria pegar. – Confirma?

Batman conhecia bem o destino. Ele identificara o endereço no momento em que a enfermeira Doppel o dissera.

– Confirmado. Partir.

O veículo saiu de seu nicho escondido e começou a avançar sob as ruas de Gotham, seguindo rumo sul sob o Schwartz Bypass e sob as ruas de Coventry. Logo chegaria o East Side District.

Amanda pedira à enfermeira para entregar o livro incriminador em uma casa que Bruce Wayne visitara com frequência quando garoto. Sua mãe o levava para brincar com a menininha que vivia lá. Aquela garota agora se tornara a última mulher que ele esperava ver novamente.

Era o endereço residencial de Mallory Moxon e seu pai aleijado, Lewis.

CAPÍTULO DEZESSEIS

MOXON

Avenida Moldoff 15247 / Gotham / 21h36 / Hoje

Da escada no canto do sobrado, vendo Ellen Doppel descer a rua escura, Bruce Wayne considerou novamente suas opções.

A avenida Moldoff ficava em uma área sofisticada e silenciosa chamada Upper East Side. Algumas das árvores que ladeavam a rua larga tinham quase cem anos de idade. Onde eram iluminadas pelos postes, flamejavam em cores outonais que, considerando a limpeza da rua, aparentemente não ousavam cair no chão. Uma chuva mais cedo deixara o asfalto reluzente. Havia pouquíssimos carros estacionados na rua, e esses poucos raramente ficavam muito tempo. Era uma noite silenciosa e pacífica.

Sem dúvida porque Mallory Moxon decretara que assim fosse, Bruce reconheceu para si mesmo.

A força dos Moxon por trás da implantação dessa paz era sutil, mas muito evidente para os olhos treinados de Wayne, mesmo na escuridão. Havia três homens de ombros largos conversando perto da entrada do 15247 – duas camisas polo e uma rulê, todos cobertos com jaquetas soltas que mal justificavam as licenças que cada um recebera para carregar armas escondidas. Mais dois capangas estavam do outro lado da rua – um nos largos degraus de pedra de uma casa, o outro levemente apoiado em uma das árvores. Havia outros no final do quarteirão, e uma dupla tão perto que Bruce podia ouvi-los conversando sobre o jogo dos Knights da noite anterior, como Bounous terminara o oitavo *inning* tentando transformar um simples em um duplo e como o arremesso de Rising estava longe de justificar seu salário.

Olhe para cima. Sempre olhe para cima.

Havia mais deles projetando as cabeças acima ou se inclinando por sobre as seteiras baixas no quinto andar das casas. Estavam se esforçando muito para não perturbar a ilusão de tranquilidade abaixo, mas para Bruce a atmosfera estava carregada com a sensação de um ninho de vespas adormecido.

Eu adoro chutar o ninho. Sou o exterminador.

Bruce respirou fundo em silêncio. Em outras circunstâncias, de capuz e capa, ele teria gostado de tomar a rua, varrendo os capangas para a sarjeta e os derrubando dos tetos até que a aparente tranquilidade se tornasse real. Mas, enquanto se aproximava do santuário no East Side e escondia o batmóvel em seu nicho disfarçado, se deu conta de que punhos e medo não lhe dariam o que queria naquela noite.

O que ele precisava era de Bruce Wayne.

Esperou imóvel enquanto a enfermeira Doppel caminhava rigidamente pela rua, o livro encadernado apertado sobre o peito. Teria de esperar que Doppel saísse antes de se mover – não seria bom que o Sr. Grayson aparecesse inesperadamente, especialmente para o que tinha em mente.

Como sabia que fariam, gola rulê e os dois rapazes de polo a observaram com cuidado enquanto subia os degraus até a porta da frente. Ela apertou o botão e então falou algo no interfone. Doppel esperou no patamar por menos de um minuto e então a porta abriu.

Eles não se viam pessoalmente há mais de duas décadas, mas Bruce ainda conhecia a forma do rosto e os olhos. Mesmo curtos, não havia como confundir os cabelos vermelho-ferrugem ou os ombros fortes.

Mallory Moxon atendera a porta.

Bruce viu Mallory pegando o livro da enfermeira Doppel. Elas trocaram algumas palavras na varanda, com a enfermeira parecendo mais em pânico a cada momento. Bruce podia ver os três capangas no meio-fio ficando um pouco mais altos enquanto observavam, as mãos se enfiando automaticamente nos casacos. Contudo, em um momento, Mallory anuiu e fechou a porta, deixando a enfermeira Doppel descer os degraus com os ombros caídos – e sem o livro.

Bruce esperou que Doppel virasse a esquina, e então conferiu uma última vez a posição dos guardas, garantindo que seu aparecimento na rua não assustaria nenhum deles. Quando ficou satisfeito, saiu do vão da escada para a calçada. Estava ficando uma noite fria, e ele quase desejou estar com a bat-roupa só por causa do calor.

Não é apenas o frio. Ele sorriu consigo mesmo.

Estava totalmente consciente do gola rulê e seus dois parceiros ao passar por eles e subir a escada, mas propositalmente nenhum deles demonstrou sequer identificar sua existência. Chegou ao topo e apertou o botão do interfone.

– Quem é? – perguntou a voz rouca de barítono pelo pequeno alto-falante.

Decididamente não é a voz de Mallory.

– Barrabás – disse Bruce. – Diga a Mallory que Barrabás quer vê-la.

Mais de um minuto se passou. Bruce tinha consciência dos três homens se movendo inquietos atrás dele perto do meio-fio, mas permaneceu imóvel nos degraus de pedra à frente da porta fechada.

Núcleo e estrutura de aço. Mallory está vivendo em um cofre.

O interfone estalou.

– Quem é?

O som e o tom ainda me levam de volta. Poderia ter dado certo... Nunca daria certo...

– Vamos lá, Malícia, é Barrabás. Está frio aqui fora e preciso entrar.

Os capangas na base da escada atrás dele recuaram, relaxando ligeiramente. Bruce ouviu o zumbido elétrico enquanto vários ferrolhos de segurança destravavam ao mesmo tempo.

Entrar é fácil... Sair é que será difícil.

Bruce agarrou a maçaneta e abriu a porta pesada.

* * *

— Faz bastante tempo, Mallory – disse Bruce, se acomodando na cadeira de couro excessivamente estofada. Era desconfortável, e ele sentia como se fosse escorregar dela a qualquer momento.

A biblioteca ficava no segundo andar da residência. O revestimento de madeira escura entre as enormes estantes subia até um balcão que dava a volta no terceiro andar. Várias cadeiras de couro vermelho-escuro e um sofá combinando estavam espalhados pela sala, com uma grande escrivaninha em uma das extremidades. A escrivaninha era de madeira de lei pesada, tingida para combinar com o revestimento. O painel em sua frente tinha um relevo da cabeça de Jano – um homem cujos rostos gêmeos olhavam para o passado e o futuro. Decididamente tinha um clima "masculino" em sua construção, e provavelmente havia sido do pai dela em algum momento no passado. A superfície da escrivaninha estava atulhada de papéis, mas Bruce podia ver facilmente, em um espaço livre no centro, o livro que Ellen Doppel acabara de entregar.

– Quinze longos anos, mas quem está contando? – retrucou Mallory de onde estava sentada, na beirada da escrivaninha, os braços cruzados sobre o peito. Vestia jeans e um suéter de gola redonda, levemente caído no ombro esquerdo. Os pés estavam descalços e os cabelos curtos tinham sido escovados rapidamente. Havia um traço de maquiagem nos olhos, acima dos malares proeminentes, e um toque de vermelho nos lábios em bico. Ela deslizou da escrivaninha e ficou em pé diante dela. – Posso lhe oferecer um drinque? Acho que uísque e soda sempre era sua escolha.

Ela descontraidamente empurrou o livro embrulhado para trás dela, fora de vista.

– Não, obrigado, Mal. Não foi por isso que vim.

– Mesmo? – reagiu Mallory, recostando na escrivaninha, um sorriso brincando em seus lábios. – Não me diga que o filho mais recluso de Gotham veio retomar de onde paramos.

– Mallory, por favor – continuou Bruce. – Preciso de sua ajuda em uma coisa.

– Sério? – Mallory bufou em desprezo. – Quanto a isso você pode se virar sozinho... Ou sem dúvida seu mordomo ficaria feliz em chamar um de muitos serviços.

– Não esse tipo de ajuda.

– Ah.

– Eu tive problemas com a SEC. – Era uma história, que tinha verdade apenas suficiente para torná-la palatável. A questão para Bruce era se o livro que ele vira ser entregue seria suficiente para fazer com que acreditasse em sua mentira. – Depois do escândalo do *subprime*, eles estão farejando sangue na água. Estão até mesmo dizendo que podem ir atrás de nós pela Lei de Combate a Organizações Corruptas e Influenciadas pelo Crime Organizado.

Mallory sorriu sinceramente com isso, com o mesmo brilho que ele recordava ser tão cativante quando eles se conheceram anos antes.

– A Lei RICO? *Isso* é irônico, Bruce. Mesmo você tem de admitir que é engraçado.

– Eles estão falando sério, Mal – afirmou Bruce com toda autoridade que conseguiu reunir. – Poderia forçar uma dissolução. Poderia significar o fim da Wayne Enterprises no mundo inteiro.

– Você quer que eu faça algo em relação à SEC? – perguntou Mallory, falando sério, suas mãos compridas e elegantes se curvando sobre a beirada da escrivaninha. – Acho que posso conseguir isso.

– Não, Mal, não é por isso que estou aqui.

– Seria caro – pensou Mallory, sem realmente escutá-lo enquanto seu cérebro repassava a logística do problema. – Mas, considerando seu faturamento em todo o mundo, daria um bom retorno a você como investimento.

– Não, Mal – interrompeu Bruce. – Não preciso de nenhuma armação na SEC.

– Você sempre falou muito – suspirou Mallory, o desapontamento evidente em sua voz. – Mas no fundo sempre foi ingênuo, Bruce. Soube disso quando nos conhecemos no Du Lac Resorts quando éramos crianças. Foi bom que mamãe estivesse do seu lado... Papai não suportava vê-lo. Então, o *que* você quer?

Bruce respirou fundo.

– Quero falar com seu pai.

Mallory se levantou. O sorriso desapareceu.

– Não pode estar falando sério.

Bruce sabia que a casa Moxon na verdade ocupava o que do lado de fora pareciam ser seis casas distintas. Era efetivamente uma mansão no meio da cidade. Ademais, os Moxon controlavam todos os quarteirões vizinhos. Bruce entrara no centro da organização criminosa Moxon – uma fortaleza escondida no centro da cidade –, mas havia respostas que precisava receber de Lew Moxon, e Mallory era a chave para consegui-las.

– Alguém está me enviando coisas antigas... Diárias, livro, cartas – pressionou Bruce. – Elas não fazem muito sentido para mim, mas são sobre negócios que meu pai teve com o seu. Estou tentando manter tudo escondido. Se a SEC tiver isso em mãos, pode ser ruim para nossas duas famílias.

– Você está com os diários? Está com as fitas? – perguntou Mallory, demasiadamente ansiosa.

Fitas? Que fitas?

– Ainda não, mas acho que posso consegui-las – continuou Bruce.

Mallory relaxou, seu sorriso um pouco mais fácil agora.

– Bem, isso seria um alívio.

Ela está nervosa. Está cometendo erros. Os Moxon não são assim... Especialmente Mallory. Ela está ansiosa por eu estar aqui. Faça com que continue a falar... Tropeçar... Vacilar...

– Seria se eu conseguir manter o promotor longe de mim até que estejam seguras – continuou Bruce. – O que você ouviu falar sobre esse negócio, Mallory? Você me conhece, não estou tão por dentro do...

O telefone tocou bem alto na sala.

Mallory claramente se assustou, quase pulando da mesa com o barulho. Suas palavras saíram rápido demais.

– Espere um pouco, Bruce. Tenho de atender.

Mallory pegou o telefone na escrivaninha e apertou o botão de atender.

– Sim?

Ela desviou o rosto de Bruce.

– Sim, está aqui – disse ao telefone. – Ela o deixou há cerca de dez minutos. O quê? Olha, eu fiz o que você pediu, e consegui o que queria. Pode pegar hoje às 23h, e então estamos acabados, entendeu? Nunca mais ligue para este número.

Mallory desligou, a mão tremendo levemente.

Bruce a observou cuidadosamente enquanto falava.

– Mallory, não é nada de mais, só preciso perguntar a seu pai sobre uma coisa chamada Apocalipse.

Mallory ficou rígida.

– Essa é uma palavra que você *nunca* deve usar na frente do meu pai. Jamais.

Avenida 125 com rua Broad / Gotham / 9h37 / 17 de outubro de 1958

Thomas não escolhera o lugar.

O Brass Ring Diner era razoavelmente limpo para uma espelunca no bairro dos teatros. Afinal, ficava na rua Broad e se destacava na estranhamente chamada Diamond Square, o coração da vida noturna de Gotham. Mas, enquanto se sentava no reservado, Thomas quase podia sentir o cheiro de decadência com o sol nascente. O teatro havia sido importante em Gotham no começo do século, rivalizando com Nova York pela estreia de espetáculos. Mas isso foi antes de duas guerras mundiais e da Coreia. Agora eram os filmes ou, cada vez mais, a televisão que prendiam a atenção do público. Parecia tirar a vida dos teatros, e todo o bairro tinha um clima sujo, dilapidado.

Nesse sentido, o Brass Ring Diner era um exemplo da época. Originalmente foi decorado ao estilo *art decó*, beirando o Streamline Moderne, com compridos painéis de aço inoxidável em linhas paralelas, em camadas e curvas. Mesmo esses painéis estavam agora opacos e sujos. A marchetaria estava rachando e perdera o brilho. As luminárias de baquelite estavam em grande medida gretadas. Parecia haver um revestimento de filme cobrindo as janelas arredondadas que davam para a praça. Thomas estava certo de que os tampos de fórmica da mesa estavam permanentemente envernizados com camadas inimagináveis de xarope de bordo, molho e refrigerantes derramados – tudo isso lustrado até ganhar um brilho baço.

Foi ideia de Lew Moxon que se encontrassem aqui para o café. Era caminho para Thomas, já que atravessava a Robert Kane Memorial Bridge desde a mansão em Bristol para sua residência no hospital universitário. Ele não teria rondas pela próxima hora e meia, então parecia um lugar tão bom quanto qualquer outro para um encontro.

Thomas reclinou no canto da mesa, as almofadas de vinil estalando levemente enquanto ele se movia, tentando prender seu paletó. Abriu o jornal na primeira página. Já vira a manchete, e temia a matéria. Esticou a mão, tomou um gole do café e se obrigou a ler.

ASSASSINATOS DO APOCALIPSE NO DISTRITO FINANCEIRO

Três gerentes de banco mortos por suposta ligação com a máfia

GOTHAM CITY / VIRGINIA VALE / AP WIRE: Gerentes de três instituições bancárias foram encontrados mortos em seus escritórios na noite passada, nos mais recentes de uma série de assassinatos de uma gangue de justiceiros que se apresentam como "o Apocalipse". As vítimas parecem ter sido escolhidas por suas supostas ligações com as máfias Rossetti, Moxon e Falcone. Cada um morreu "por meios extraordinários", segundo fontes da investigação.

Os mortos são Marvin J. Collings, gerente do Gotham First Federal Savings, morador de Bristol; Jerome P. Montague, gerente do Banco de Gotham, morador de Coventry; e Lawrence N. Marconi, presidente do Banco Bristol, também morador de Bristol.

Segundo fontes não identificadas do departamento de polícia, todos os três assassinatos aconteceram aproximadamente na mesma hora, 23h11. O Sr. Collings foi encontrado preso à cadeira do escritório, sufocado com um rolo de notas de cem dólares e outras moedas enfiado na boca. O Sr. Montague foi descoberto por Leonard Murphy, vigia noturno do Banco de Gotham, com a garganta cortada. O corpo decapitado do Sr. Marconi foi encontrado à sua escrivaninha pela faxineira. Uma busca pela cabeça está sendo realizada no momento.

A polícia está seguindo diversas pistas, incluindo o relato sobre uma mulher loura vista rapidamente fugindo pelo teto do Banco de Gotham aproximadamente no mesmo horário, e uma carta de tarô agarrada à mão do Sr. Montague. Não foram feitas prisões.

As três mortes são as últimas em uma série de assassinatos espalhafatosos cometidos ao redor da cidade por supostos criminosos. Segundo o comissário de polícia Gillian B. Loeb, esses assassinatos estão "aumentando de frequência" e visando indivíduos acusados de crimes menos graves.

Os primeiros assassinatos pelo Apocalipse aconteceram em abril, quando Joseph "Irlandês" Donohough foi descoberto pendurado de cabeça para baixo na West Side Bridge. Desde então, quinze outras mortes foram investigadas como estando ligadas ao Apocalipse.

Coincidindo com a ação dos justiceiros, e descontando as mortes atribuídas ao Apocalipse, o índice de crimes em Gotham caiu em 69,5%. Quando perguntado se a queda no número de crimes podia ser atribuída às ações do Apocalipse, o comissário Loeb respondeu: "Quando esses monstros irão parar? Como o público irá se sentir em relação a eles quando começarem a matar pedestres que atravessam fora da faixa?"

O jornal sacudiu um pouco sob as mãos trêmulas de Thomas.

Eu fiz isso. Eu queria curar o crime, e agora a cura é pior do que a doença. Jarvis fez bem o seu trabalho... Talvez bem demais. Já se passaram meses desde que Richter morreu e ninguém falou nada. O crime está diminuindo – e não curamos o câncer o matando? E agora o vírus de Richter está solto pelo mundo – matando o crime uma vida por vez. Como posso viver com esse tipo de cura?

– Oi, Dr. Wayne!

Thomas ergueu os olhos do jornal, assustado.

Lew Moxon pareceu não notar, seu rosto largo brilhando abaixo dos cabelos escuros escovinha. A gravata-borboleta estava ligeiramente torta, e o paletó esportivo parecia um pouco apertado.

– Obrigado por vir... Uma loucura nos jornais, não? Todos na família estão em pânico. Hoje em dia não sei dizer se meu velho está cuspindo marimbondos ou pronto para se mijar.

– Julius não está levando a sério esse absurdo de Apocalipse, está? – perguntou Wayne, colocando o jornal ao seu lado.

– Sério? – reagiu Moxon rindo e depois se inclinando sobre a mesa. – Vou lhe dizer o quanto ele está sério: noite passada, entre drinques, ele me disse que nesse ritmo meu Koffee Klatch poderá ser o *único* negócio da família operando no final do ano! Consegue imaginar isso? O velho está furioso. Acha que Rossetti está por trás disso, mas Rossetti está suando nas meias tanto quanto e aponta o dedo para aquele vagabundo do Falcone, mas Falcone também está perdido. Eles logo começarão a fazer um favor ao promotor e queimar uns aos outros se esses palhaços do Apocalipse não forem eliminados.

Esse era o plano, não era? Era o que Richter e eu queríamos para a cidade... Não era?

– Parece uma guerra de gangues – falou Wayne, tomando seu café e esperando que isso o fizesse parecer mais calmo do que se sentia. – Acha que pode chegar a isso?

– Duvido! – retrucou Moxon, reclinando confortavelmente no reservado. – Meu velho diz que de um modo ou de outro irá se livrar definitivamente desses palhaços, mas você não ouviu isso de mim. Tudo isso é bom para nós dois, Thomas.

– Bom para nós? Como?

– As famílias desta cidade nunca estiveram tão fracas! Eu invisto no meu negócio, faz sentido para todo mundo e não me machuco. Então, você viu meus números e conhece o lugar. Que tal, Wayne? Eu e você podemos ser sócios?

Thomas olhou para Moxon.

– Vou ajudar você, Lew, mas você tem de ficar limpo.

– Moleza, Dr. Wayne!

– Estou falando sério, Lew – insistiu Wayne. – Você não pode estar envolvido em nada, ou nunca conseguirei a aprovação do conselho, entendeu?

– Perfeitamente, Wayne – disse Moxon, se inclinando sobre a mesa e quase esmagando a mão de Thomas em seu aperto. – Estarei limpo como a neve que cai, espere e verá! O único aqui que vê um Apocalipse é meu velho, Julius!

Avenida Moldoff 15247 / Gotham / 21h44 / Hoje

– Olha, Mal – disse Bruce, parecendo confuso. – Estou perdido em relação ao que está acontecendo...

– Foi aquele velho pilantra do Salvatore que lhe deu a dica, não foi? – espumou Mallory. Ela apanhou o livro na escrivaninha, agarrando-o com as duas mãos. – Aquele filho da puta estava lá naquela noite e decidiu que podia arrumar algum dinheiro com você, não foi?

Salvatore? Arnold Salvatore cuidou do negócio sujo em Robbinsville e Eastside para Julius nos anos 60, mas antes de sua promoção ele era capanga de Moxon. E de qual noite exatamente Mallory estava falando?

– Não, Mal, ninguém me deu dica nenhuma – disse Bruce, se levantando. – Eu só vim aqui por achar que você poderia ajudar um velho amigo. Estou sufocado por jacarés federais e você só quer jogar crocodilos em mim.

Mallory olhou para ele por um instante e então riu, a turbulenta máscara de seu rosto suavizando e transformando-se na mulher bonita de quem se lembrava.

– Bem, não importa como acabe, seria divertido assistir. Lamento, Barrabás, é uma velha ferida, e funda. Não posso lhe dizer nada sobre esse Apocalipse, e falando sério, não tem nenhuma chance de eu deixar alguém puxar esse assunto na frente do pai.

Bruce assentiu, pousando sua bebida.

– Tudo bem, Mal. Sabia que minhas chances eram pequenas.

– Ainda acho que posso ajudá-lo com a chateação da SEC – ofereceu Mallory. – Tenho um ou dois caras lá dentro que provavelmente poderiam sumir com isso.

– Ótimo – disse Bruce, estendendo a mão. – Obrigado, Mal.

Mallory olhou para a mão de Bruce por um momento com um sorriso malicioso, balançando a cabeça levemente antes de estender a sua e apertá-la.

– De nada, Barrabás.

Bruce apertou a mão dela.

– Diga, Malícia, por que você começou a me chamar de Barrabás?

– Não comecei – disse Mallory, dando de ombros, sua franja caindo sobre os olhos. Jogou a cabeça para trás para afastá-la, um movimento que Bruce achou familiar e reconfortante. – Eu costumava chamá-lo de muitos apelidos. Bwain, Wayno, Beeswax e, se me lembro, em um verão particularmente difícil, Coxswain.

– Então de onde veio Barrabás? – perguntou Bruce.

– Foi o papai – disse Mallory, indo na direção da porta e segurando o livro embrulhado com estudada descontração. – Ele o chamava assim o tempo todo.

– O tempo todo?

– Bem, não – disse Mallory da porta, parecendo reflexiva. – Acho que foi depois que os seus pais morreram. Olhe, me desculpe, mas tenho muito a fazer hoje... Você se incomoda?

– Aqui está seu chapéu e volte sempre, é isso?

Mallory sorriu novamente.

– Mas foi bom vê-lo novamente, Bruce. Fico contente por você não ter se transformado na imagem de horror que os jornais ficam publicando.

– Não ainda, Malícia – censurou Bruce, as mãos nos bolsos enquanto se balançava sobre os calcanhares. – Vá em frente, eu encontro a saída.

Ela deu seu sorriso novamente e partiu.

Quando a porta fechou, Bruce se virou imediatamente para o telefone na escrivaninha, tirando um pano do bolso. De olho na porta, pegou o fone, esperou o tom de discar e apertou o botão para retornar a última ligação recebida.

Alguém atendeu no quarto toque.

– Boa noite, residência Wayne...

Bruce ficou um momento olhando para o telefone.

– Posso ajudar?

A voz de Alfred!

– Sim, é Bruce. Estou na cidade – ele respondeu.

– Mesmo, jovem Bruce? – A voz de Alfred era sempre afetadamente calma, mas Bruce achou ter sentido tensão nas palavras. – O senhor me informou disso antes, senhor.

O identificador de chamadas! Ele sabe onde estou.

– Bem, vou ficar mais tempo do que pensei – disse Bruce, relaxado. – Encontrei uma pista na casa de Moxon que irá exigir alguma vigilância em Gotham. Não chegarei antes de 1h. Não espere por mim.

– Como queira, jovem Bruce – respondeu Alfred. – Deixarei as luzes acesas.

– Obrigado, Alfred – disse Bruce em voz baixa. Desligou o telefone e saiu da sala apressado.

Galeria subterrânea / Gotham / 21h58 / Hoje

Barrabás. Segundo a tradição foi o criminoso libertado para que Jesus fosse crucificado. Por que Julius Moxon insistiria em chamá-lo assim?

Bruce desceu rapidamente o túnel de acesso, passou pelo painel escondido em uma parede lateral azulejada e entrou no túnel abandonado do metrô. Seus tênis agitaram o cascalho entre os velhos dormentes enquanto ele ia apressado para a seção de manutenção abandonada onde guardara o batmóvel. Seu peito arfava com o esforço de levar ar aos pulmões. Dissera a Alfred que não chegaria em casa antes de 1h da manhã – mas, por causa do livro, alguém na Mansão Wayne combinara de se encontrar com Mallory às 10 horas daquela noite. Alfred atendera a ligação, e agora Bruce estava determinado a voltar à mansão a tempo de se juntar à festinha. Alfred certamente estava envolvido neste negócio distorcido. Apenas neste momento Bruce considerou ser bastante possível que Alfred estivesse por trás de tudo. Ele conhecia tudo – todos os segredos dos Wayne – e tinha acesso a todos os recursos de Batman para colocar seu plano em prática.

Mantenha seus amigos por perto... E seus inimigos ainda mais.

O telefonema de Bruce tinha uma vantagem não planejada: obrigaria Alfred a agir. Se ele se movesse rápido o bastante, poderia desmascarar Alfred e descobrir a verdade sobre o passado do pai.

Bruce virou a esquina e parou, chocado, escondendo-se nas sombras por instinto.

Um grande grupo de guardas de trânsito ajudava a colocar o batmóvel em um vagão aberto ligado a uma locomotiva elétrica.

Ele estava sendo *rebocado*?

CAPÍTULO DEZESSETE

A PIADA É COM ELE

Galeria subterrânea / Gotham / 22h04 / Hoje

Bruce avaliou suas opções enquanto permanecia de costas para a parede do metrô abandonado, escondido nas sombras atrás de um arco de sustentação. O veículo parecia intacto e protegido – haveria uma cratera bastante grande sob Gotham caso a segurança tivesse sido violada de alguma forma –, mas a questão de como o haviam encontrado persistia em sua cabeça.

Bruce se agachou, espiando pela esquina mais uma vez com cuidado. Os uniformes certamente eram as camisas azul-claro com gravatas, quepes e calças escuras do policiamento de trânsito de Gotham, ornamentados com escudos e cinturões dotados de cassetetes expansíveis, algemas, porta-carregadores e coldres.

A autenticidade, no entanto, era prejudicada pelas máscaras de palhaço em látex que todos usavam.

Um sorriso malicioso passou pelo rosto de Bruce. Ele contou dezoito deles, o que parecia um belo desafio...

Até lembrar que sua bat-roupa exomuscular e todas as ferramentas de seu ofício estavam dentro do veículo. Ele de repente se sentiu desajeitado, como se tivesse ido a um baile de gala usando apenas roupa de baixo. Ele ainda era Bruce Wayne... E o que antes fora uma vantagem era agora uma fraqueza.

Vozes dos policiais de imitação ecoaram pela via lateral até ele. Era impossível distinguir uma da outra.

– O que ele quer que seja feito com isso?

– Precisamos tirar isso daqui antes que ele volte e levar para a Sessenta e Um.

– E se não fizermos isso?

– Você realmente quer correr esse risco?

– Vamos lá, amarre isso direito. Quer arranhar a pintura?

– Você acha que eu *conseguiria*, Joey?

Bruce olhou ao redor procurando algo, qualquer coisa que pudesse usar. Quando seus olhos encontraram, ele sorriu. Uma conferida rápida no ângulo de visão de seu inimigo, e ele foi até o canto mais distante do túnel, pegou silenciosamente a velha lata de tinta e voltou correndo para o túnel.

– Ei, Joey, o que é aquilo?

Um dos policiais palhaços desviou os olhos do vagão aberto. Eles estavam quase acabando de enrolar o carro do Batman. Mais dois minutos e a coisa estaria pronta para ser dada ao chefe com laço de fita.

– O que é o quê?

– Ouvi alguma coisa no túnel. O que é?

O Palhaço Joey ergueu a cabeça. A máscara de látex o incomodava, mas era preciso usar o rosto que o chefe mandava ou podia-se acabar não usando rosto algum.

– Não estou ouvindo nada, Saul.

– Preste atenção, cara, estou dizendo.

Palhaço Joey contornou o vagão rumo à entrada do desvio de manutenção. O velho metrô mergulhava no escuro nas duas direções.

Agora ele também ouviu.

– Ah, caramba, Saul – resmungou Joey. – É só água correndo. Estamos morando nestes túneis há um ano e você não ouviu água antes?

O som da água correndo parou de repente.

Palhaço Joey levou a mão à 9 mm no coldre e sacou a arma.

Na escuridão, o som da água correndo recomeçou.

– Mas que porra é essa? – murmurou Palhaço Joey para si mesmo, a arma preparada na mão direita enquanto tentava pegar a lanterna do cinturão com a outra. O facho de luz varreu o túnel escuro enquanto avançava cuidadosamente.

– Ah, você está de sacanagem – murmurou consigo mesmo quando o facho pousou em uma torneira saindo da parede do túnel. Água corria dela, caindo sobre o cascalho abaixo. Palhaço Joey avançou rapidamente, guardou a arma e começou a girar o registro, fechando a torneira. A água corrente começava a deixá-lo desconfortável. Passara mais tempo do que esperava no túnel. O fluxo de água parou.

– Já está resolvido... Não tem nada aqui – disse Palhaço Joey, dando a volta.

A água recomeçou.

Ele se virou num instante, o facho da lanterna pousando novamente sobre a torneira.

Não saía água dela... Mas ele podia ouvir o som de um fino fio de água em algum lugar mais para dentro do túnel. Era um som muito familiar que o deixava ainda mais ansioso a cada momento. A natureza começou a se manifestar.

O som parou... Depois reiniciou.

Palhaço Joey olhou ao longo do facho de luz, mas, por mais que tentasse, não conseguiu identificar a fonte do som – um som que apelava à sua bexiga com urgência crescente.

O barulho parou novamente, mas a urgência permaneceu. Palhaço Joey esperou o máximo que conseguiu, considerando o som como sendo apenas outro cano vazando em meio a um milhão de outros.

Quanto a ele, precisava urgentemente de alívio. O túnel era escuro e a ele parecia um lugar tão bom quanto qualquer outro. Palhaço Joey enfiou a lanterna sob o queixo de látex enquanto abria rapidamente as calças do uniforme da polícia e baixava as mãos. Dessa vez, o som da água na parede do túnel foi um enorme alívio para Palhaço Joey.

Quando finalmente terminou, começou a fechar o zíper... Mas estava inconsciente antes de conseguir abotoar as calças.

– Ei, Joey! Por que demorou tanto? – gritou Palhaço Saul.

Palhaço Joey apenas deu de ombros.

– Bem, obrigado por nada – disse Palhaço Musculoso. – Enquanto você perseguia o bicho-papão, nós terminamos o serviço.

– Ei, agora podemos sair daqui antes que o Morcego apareça? – perguntou Palhaço Nervoso.

– É – disse Palhaço Joey, subindo no vagão. – Vamos pegar uma carona com isso.

– Acha que o chefe não vai se importar? – perguntou Palhaço Nervoso.

– Ele? – respondeu Palhaço Joey. – Ele vai ficar *feliz* de nos ver.

Bruce suava sob a máscara de látex. As roupas haviam caído bem, e desde que andasse ligeiramente curvado e não falasse demais, conseguiria imitar bem Joey.

Pobre Joey. Voltarei e o entregarei à polícia quanto tivermos terminado. Ele consegue aguentar algumas horas amordaçado e nu no escuro.

O vagão avançou pelo velho túnel do metrô. Bruce conhecia bem o sistema, mas havia trechos que não haviam sido mapeados. Durante a Segunda Guerra Mundial, alguns túneis foram construídos pelo Departamento da Guerra e nunca catalogados. Bruce ouviu histórias da Plataforma Sessenta e Um, um desvio subterrâneo especial que permitia ao presidente Roosevelt acesso discreto à cidade. Havia uma plataforma idêntica em Nova York, mas as localizações permaneciam secretas nas duas cidades.

E agora, a crer naqueles capangas, estavam saindo do mapa oficial do subterrâneo de Gotham.

Ele achava que deveriam estar em algum ponto sob a velha Gotham, em um subnível não mais utilizado. Podiam estar perto da Estação Central – talvez abaixo dela, pelo que sabia –, e, à luz da locomotiva que empurrava o vagão aberto pelos antigos trilhos, as paredes do túnel se tornavam cada vez mais bizarras. Enormes excertos de parques de diversão começavam a decorar as paredes, cada um apenas parcial e cortado em traços isolados – orelhas, olhos, bocas escancaradas, mesmo nesses casos nunca inteiros, nunca completos. Eram hieróglifos aleatórios que prometiam e hipnotizavam com a esperança de um significado que permanecia esquivo.

Bruce tocou o batmóvel levemente com a mão. A superfície cedeu suavemente ao toque. Era tranquilizador e estava dolorosamente perto. Ele ansiava pelo poder que representava e por ser parte desse poder mais uma vez.

Autocontrole é poder. Conhecimento é mais importante que força. Espere para atacar no momento certo.

As rodas sob o vagão começaram a guinchar. Luzes brilhantes se projetaram no túnel quando fizeram uma curva passando por um arco. O vagão com o batmóvel deslizou e parou em uma plataforma junto a uma enorme sala abobadada com quase três andares de altura. Havia dínamos enormes enfileirados no piso, ligados a motores com mais de meio século. Na extremidade do espaço mecânico, uma escadaria metálica levava a um segundo nível de galerias que contornavam o perímetro da sala quadrada. Por todo o andar principal da sala e tomando o passeio acima, havia palhaços com roupas e máscaras similares, todos aplaudindo um homem de pé em um elaborado trono no alto da escadaria metálica. A base estava manchada e a maquiagem desigual, mas a cabeleira selvagem estava atipicamente puxada para trás e presa às costas. As linhas no rosto sempre foram hediondas, mas agora haviam caído com a idade, a pele sob o queixo solta e balançante. Ele ainda gesticulava teatralmente, porém a velha agilidade desaparecera dos movimentos. O terno era o mesmo roxo sujo. Ele segurava um enorme revólver Magnum na mão direita. Mas eram acima de tudo os olhos – os olhos terríveis – e a voz semelhante a cascalho riscando um quadro-negro que confirmaram a Bruce que aquela só poderia ser uma pessoa em todo o mundo.

Coringa...

– Isso mesmo, crianças! – guinchou o Coringa de seu poleiro. – Eles roubaram tudo de vocês para seu próprio bem! Que história de ninar: roubar dos pobres para dar aos ricos, porque *eles* sabem o que fazer com isso. Nunca tivemos dinheiro, então é melhor deixar que aqueles que lidaram com ele antes cuidem antes que o usemos para algo *útil*! Mas eu tive uma ideia melhor, meninos! Digo que vamos tomar de *volta*! Tomar dos ricos e dar a *nós mesmos*! E quando eu for eleito, a qualquer momento de acordo com meu relógio, é exatamente isso que vamos fazer!

Aplausos se elevaram novamente da polícia palhaça, incluindo aqueles no vagão. Bruce aplaudiu com eles.

– E então – disse o Coringa se curvando, a mão com o Magnum .44 ternamente sobre o coração e a voz em um crescendo –, é com a mais profunda humildade e um senso de assombrosas promessas vazias que anuncio minha candidatura isolada a imperador dos Estados Unidos da América!

Os aplausos foram ensurdecedores. A locomotiva de serviço que os levara até lá estava se soltando do vagão aberto e recuando novamente para o túnel.

O Coringa ergueu a Magnum. A arma trovejou em sua mão, jogando-o para trás com tanta força que ele quase derrubou o trono. Policiais palhaços tentaram sair do caminho, mas um recebeu o projétil no meio do peito e foi arremessado contra um painel elétrico. Este explodiu em fagulhas ao ser atingido, mas isso foi desimportante no que dizia respeito ao policial palhaço. Estava morto antes de atingir o painel.

– Um terrorista! – declarou o Coringa. – Ele está morto, então *só pode* ser um terrorista. Penetrou em nosso lar seguro e agora, como veem, eu os deixei protegidos dele mais uma vez! Terrorista mau! Precisamos detê-los... Precisamos impedir que nos obriguem a fazer o que não queremos!

Nos obriguem a fazer o que não queremos? Do que ele está falando?

– Queremos ser livres – disse o Coringa, se jogando no trono. – Estão nos obrigando a fazer o que eles querem... E queremos ser LIVRES, MALDIÇÃO!

As últimas palavras do Coringa ecoaram pelo salão, encontrando um silêncio desconfortável.

Os policiais palhaços, inquietos, se entreolharam enquanto o Coringa permanecia imóvel no trono.

– COLETIVA DE IMPRENSA! – gritou o Coringa, se colocando de pé no alto da escada.

Os policiais palhaços se moveram nervosamente.

– Sou o imperador, e convoquei uma coletiva de imprensa! – exigiu o Coringa. – A imprensa irá se reunir aqui, diante do trono, e magnanimamente nós responderemos a suas questões sobre nossa nova política interna de 120 por cento de impostos para todos que tenham mais dinheiro do que nós, bem como minha política de segurança sempre popular de encontre-o-desgraçado-que-me-fez-isso-e-o-mate. Perguntas, pessoal! Preciso de perguntas!

– Senhor – perguntou timidamente Palhaço Musculoso desde o vagão. Estava ao lado de Bruce. – O que quer que façamos?

O Coringa ergueu a cabeça como se refletindo sobre a pergunta.

– Fico contente por ter perguntado isso. Na verdade ninguém nunca fica contente de ouvir tal pergunta, mas é isso que as pessoas que mandam sempre dizem, não é? Mas no seu caso, como somos todos homens de ação, danem-se os torpedos e vamos para o vale da morte, eu responderei a essa pergunta.

Os policiais palhaços escutaram atentamente.

O Coringa se inclinou para frente.

– Nós... Vamos... ESPERAR!

– Esperar? – repetiu Palhaço Musculoso.

– Isso mesmo! Você ganhou o prêmio, Bongo! – disse o Coringa com uma risada hedionda. – Vamos ficar sentados sobre nossos traseiros gordos... Perdão, *seu* traseiro gordo... Porque... É um carro novinho! Isso mesmo, Bongo... É um batmóvel novinho com bancos esportivos, luxuoso estofamento de couro, rádio do cidadão, som de oito faixas E mais armamento do que qualquer país do Terceiro Mundo que você consiga citar. E enquanto NÓS tivermos a propriedade deste prêmio adorável, o Morcego tem suas asas aparadas aqui na cidade. Ele não vai chamar um táxi, porque, com todos aqueles brinquedinhos maravilhosos no cinto, nunca pensaria em levar uma carteira. Ele não pode pegar carona, pois basta olhar para o modo bizarro como se veste! Seu camarada Gordon está vigiado e... e... é longe demais para ele ir andando e chegar a tempo, então... Ele perderá o compromisso no baile, e eu estarei LIVRE!

O Coringa gritou, uivando com as mãos nas têmporas.

– Não SUPORTO esses pensamentos... Esses venenosos pensamentos ORGANIZADOS, dispostos em pequenas filas arrumadas cheias de objetivo e... Sentido! – falou, estremecendo de fúria. – Eu os quero fora da minha cabeça... Quero voltar a ser eu mesmo!

A respiração do Coringa era entrecortada.

– Ele virá... Ele virá pegar seu carro, porque não vai querer registrar o roubo ou o seguro vai aumentar. Mas virá principalmente porque é DELE... E não deixará que EU o tenha. Somos velhos amigos, vocês sabem... E ficando mais velhos a cada minuto. E quando chegar, teremos de fazer uma festa para ele e *mantê-lo aqui* até de manhã, para que aquelas terríveis vozes organizadas e RAZOÁVEIS que colocaram em minha cabeça não possam ficar com ele. Então eu estarei novamente livre de propósito. Então serei eu mesmo.

A respiração do Coringa era entrecortada, mas então sorriu, seu rosto horrendo se animando enquanto os olhos queimavam novamente.

– Olááá – ronronou o Coringa. – Acho que nosso convidado pode já ter chegado sem se anunciar.

CAPÍTULO DEZOITO

DESAFIO

Plataforma M42 Sessenta e Um / Gotham / 22h27 / Hoje

– Saia, saia, de onde quer que esteja – cantou suavemente o Coringa em um falsete esganiçado enquanto descia as escadas, uma imitação pobre de Billie Burke em *O mágico de Oz* –, e conheça o jovem Batman que me deu esta cicatriz.

Bruce ficou parado com o outro policial palhaço no vagão aberto junto ao batmóvel. A máscara de látex de palhaço grudava na pele suada do rosto. A salvação estava perturbadoramente próxima. O batmóvel estava sob as pontas dos seus dedos, mas o painel de acesso de segurança, escondido sob a pele maleável do veículo, ficava fora de alcance à direita. Ele teria de localizar o painel, digitar a senha e mergulhar pela portinhola antes que os policiais palhaços do Coringa conseguissem impedi-lo. Palhaço Nervoso estava no caminho, e ele não conseguiria fazer nada sem chamar a atenção do Coringa e sua sentinela de capangas armados. Ele podia lidar com o Coringa – mas não como Bruce Wayne...

Não com apenas aquela máscara fina.

– Ele veio de longe para me dar uma cicatriz gigante – continuou a cantar enquanto pulava até a base da escada, agitando o revólver acima da cabeça –, e Batman, ele diz, quer recuperar seu carro tão elegante. Batman, ele diz, tem um fetiche extravagante.

Bruce espiou Palhaço Musculoso à sua esquerda. Sua postura era relaxada. O timing teria de ser perfeito... E tempo era o problema. Ele estava desesperado para voltar à mansão, e cada momento que permanecia ali significava dar a Alfred – ou quem quer que estivesse envolvido – mais tempo para apagar os rastros. Bruce lentamente deslocou o peso do corpo para o pé direito.

– Vejam, na verdade é muito simples – disse o Coringa, no que se passava por um tom de voz racional, desmentido pelo fato de ele apontar a Magnum .44 aleatoriamente para dar ênfase. – Há no salão 115 dos melhores uniformes policiais de Gotham que o dinheiro pode comprar, mas apenas 114 transmissores-receptores de identificação. Agora, se eu estivesse fazendo as contas no talão de cheques, poderia sentir a tentação de simplesmente ignorar pequenas discrepâncias – falou, a voz de repente se tornando raivosa –, mas estou tentando comandar um NEGÓCIO aqui! E embora eu saiba... Eu SABIA que vocês não apreciam o gesto, estou tentando realmente impedir nosso amigo obcecado por morcegos de fazer um mal terrível a si mesmo E a mim. Então, digo que é hora de um pouco de honestidade entre amigos. *Eu* digo que TODOS devemos ser especiais hoje. Agora que o bando todo está aqui, *eu* digo que devemos encerrar a farsa, tirar nossas máscaras e permitir que nosso convidado misterioso, por favor, se apresente!

Eu visto máscara para aterrorizar os outros. Como é estranho que a falta de uma máscara me aterrorize.

Apoiando as mãos no batmóvel, Bruce deu um chute rápido atrás do joelho do Palhaço Musculoso à sua esquerda. As pernas do capanga se curvaram para frente, desequilibrando Palhaço Musculoso. Instintivamente, o Palhaço ao lado de Bruce tentou se recuperar, mas não havia espaço suficiente no vagão lotado. Com um pequeno grito, Palhaço Musculoso tropeçou na beirada do vagão aberto, caindo de costas entre os trilhos e as paredes do túnel, o ar sendo expulso dos pulmões pelo impacto.

O Coringa saltou para a frente enquanto a maioria dos policiais palhaços do salão sacava as armas.

– Não o matem! Isso é trabalho *meu*! Saiam do caminho!

Os policiais palhaços abriram espaço à frente do Coringa, que investia de forma brusca. Dois deles não conseguiram sair do caminho suficientemente rápido. Coringa baixou a arma, atirando nas costas de um deles. O recuo lançou sua arma para trás, mas ele continuou a avançar.

– Aviso dado – gritou o Coringa enquanto saltava sobre o corpo do homem baleado, que sangrava sobre o chão de cimento pintado.

Os outros policiais palhaços no vagão voltaram suas armas para o Palhaço Musculoso caído que tentava se levantar. Vários que estavam perto dele no vagão saltaram sobre Palhaço Musculoso, prendendo-o ao chão. Com a distração completa, Bruce deslizou ligeiramente para a direita, passou a mão sobre o painel da portinhola e digitou a senha rapidamente.

– Mantenham-no preso! – gritou o Coringa enquanto pulava da Plataforma Sessenta e Um. Ele pousou nos trilhos diante do vagão e foi para o outro lado, onde Palhaço Musculoso estava sendo contido por seus capangas. – Já estava na hora de termos uma conversinha cara a cara!

O Coringa ajoelhou-se e arrancou a máscara de Palhaço Musculoso.

Um som sibilante soou atrás dele. O Coringa se virou para ver uma porta asa de gaivota se abrir entre as correntes que prendiam o batmóvel... E um de seus policiais palhaços mergulhando pela abertura.

– Hahahahaha! – exclamou o Coringa, erguendo a Magnum .44. – Como eu *adoro* iniciativa!

A porta asa de gaivota se fechou, se fundindo perfeitamente ao corpo reluzente.

– Novo jogo! Novo jogo! – berrou o Coringa, fazendo uma estranha dança arrastada junto aos trilhos. – Chutar a lata! Eu forneço o chute e Batman está na lata!

– Como o tiramos dali, chefe? – perguntou Palhaço Musculoso, engasgando entre inspirações dolorosas, ainda preso por seus companheiros.

– Tirar? – zombou o Coringa. – Eu não quero *tirá*-lo! Quero que sua carne em conserva continue dentro daquela lata! Quero que ele se sente em seu carro de brinquedo até que a festa termine!

As correntes sobre o veículo começaram a gemer. Coringa ergueu as sobrancelhas.

Bruce arrancou a máscara de palhaço do rosto, jogando-a com força por sobre o encosto do assento de comando até o compartimento de passageiros atrás. Estava escarrapachado desajeitadamente no espaço, tendo saltado de cabeça na cabine enquanto fechava a portinhola. Sabia que a blindagem reativa do veículo tinha características passivas, mas Bruce ficou pensando em por que não conseguia ouvir o som dos projéteis atingindo a carroceria.

Tentou se ajeitar, mas se deu conta de que deixara a bat-roupa jogada sobre o assento no qual estava agora tentando se acomodar. A bat-roupa se movia abaixo dele, embolando em certos pontos, e o cinto de utilidades tornava impossível que se sentasse corretamente no espaço.

O que mais pode dar errado?

– Kronos: Ativar! – disse Bruce, se remexendo enquanto tentava tirar o cinto de utilidades do banco.

O sistema de segurança não respondeu. A bat-roupa estava presente no veículo – uma medida de segurança necessária –, mas a biometria não o estava identificando corretamente fora da bat-roupa.

– Kronos: Ativar! – repetiu.

– Ativado – disse o console dessa vez, mas Bruce se deu conta de que o som era indistinto e abafado, como se viesse de sob ele. – Sistemas conectados. Nível da carga principal em 69 por cento.

O capuz... O som está saindo pelo capuz.

– Kronos: áudio no painel e visão externa no painel – rosnou Bruce.

As telas seriam bidimensionais sem o capuz, e ele teria consciência tática limitada. O veículo estava acorrentado ao vagão, de modo que as rodas seriam inúteis. O tempo estava se esgotando para Bruce Wayne.

As telas ao nível do olho se acenderam instantaneamente. Bruce podia ver os policiais palhaços circulando ao redor do carro com armas em punho, mas nenhum deles disparava. O Coringa estava de pé junto aos trilhos apontando para ele e fazendo uma dancinha.

Tenho de sair daqui. Tenho de saber quem está por trás disto tudo.

– Kronos: aumentar perfil físico em 25 por cento – disse, puxando os cintos de segurança. Conseguiu encontrar e posicioná-los, embora precisassem de ajustes para se encaixar nele sem o volume da bat-roupa, que ainda estava logo abaixo.

O veículo reagiu ao seu comando. A carroceria externa, carregada com uma corrente elétrica, se expandiu para fora, aumentando o tamanho contra as correntes que a prendiam e que rangeram e gemeram sob a pressão, mas resistiram.

– Resistência externa se aproximando do limite de tensão – disse o carro. – Combustível estável em 86 por cento. Reservas de energia caindo para 53 por cento.

– Kronos: reajustar perfil físico – disse Bruce.

Tenho de me mover! Não há tempo...

– Já pensou em quanto tempo um morcego resiste? – perguntou o Coringa ao Palhaço Nervoso, a arma pousada sobre o ombro trêmulo do capanga. – Quero dizer, sem refrigeração. Normalmente eu nunca defenderia deixar um morcego dentro de um carro, digamos, em um dia quente enquanto se vai a uma mercearia ou embarca em um cruzeiro prolongado. Contudo, agora temos uma oportunidade de...

Pequenas chamas saíram de portinholas que surgiram de repente na carroceria do carro, sacudindo o vagão de um lado para o outro. Os policiais palhaços saltaram do vagão, fugindo do alcance do jato.

– Ah, me perdoe! – exclamou o Coringa. – Fui eu?

Subitamente quatro colunas de chamas de fumaça apareceram da traseira do batmóvel acorrentado, os vapores se fundindo em um só. O ronco tomou o espaço enorme com um som que jogou muitos dos policiais palhaços de joelhos, as mãos apertando os ouvidos.

O vagão gemeu... E então começou a rolar pelos trilhos.

– NÃO! – berrou o Coringa, as palavras engolidas pelo som ensurdecedor do motor de foguete. – Você vai estragar tudo!

O vagão e sua raivosa carga acorrentada rolaram juntos pelos trilhos cada vez mais rápido, ganhando velocidade ao desaparecer no túnel do metrô sob a cidade.

– Detenham-no, idiotas! Prendam-no! – berrou o Coringa. – O que aconteceu à lei e à ordem nesta cidade? Tragam-no de volta!

Os policiais palhaços entraram em ação. Aqueles que estavam nos trilhos correram de volta para o túnel e pegaram um túnel secundário de manutenção. Logo surgiram em duplas montados em quadriciclos, os pilotos curvados sobre os guidons enquanto os passageiros preparavam armas que variavam de fuzis de assalto a lança-granadas-foguete. Eles se lançaram em perseguição ao vagão que saiu em disparada, o ruído agudo de seus motores se transformando em um eco enquanto seguiam a trilha de fumaça pelo túnel do metrô.

O Coringa subiu rapidamente para a Plataforma Sessenta e Um, a fumaça do motor de foguete ainda sufocando o salão.

– Bem, as coisas poderiam ter sido melhores – fungou o Coringa, subindo as escadas de volta para o trono. – Mas vocês sabem, quando eu fico desanimado ou acho que a vida não está sendo boa comigo, tem uma coisa que sempre me alegra.

Ele se sentou, pegando um laptop. Um cabo de Ethernet o ligava a um encaixe em um dos roteadores instalados na parede. Ele abriu o laptop. A tela ganhou vida, exibindo "Serviço de Trânsito Ferroviário de Gotham".

– Eu relaxo brincando com meus trens – disse o Coringa, estalando os dedos antes de apertar as teclas.

As telas davam a Bruce uma clara visão noturna do túnel que passava por ele a uma velocidade crescente. Um contador digital no canto continuava a subtrair os segundos para o desligamento dos quatro foguetes PAM.

Vinte e cinco... Vinte e quatro... Vinte e três...

Não pode acontecer cedo demais.

Os PAMs eram alimentados por combustível sólido. Era um combustível eficiente e relativamente estável, mas uma vez disparado, não podia ser interrompido – tinha de queimar até o fim. Em condições normais, cada um sozinho teria bastado para impelir o batmóvel para frente de forma significativa, mas o enorme peso do vagão poderia ter retardado sua partida o suficiente para que o Coringa e seus capangas jogassem algo grande no caminho e bloqueassem sua fuga. Por isso ele disparara os quatro ao mesmo tempo. Ainda assim, apenas chutara a massa e a resistência do velho vagão e, por um momento, temeu que o impulso não fosse adequado. Então o vagão começou a deslizar pelos trilhos impelido pelo veículo, que pressionava contra as correntes que o prendiam, deixando para trás a plataforma e o salão de controle subterrâneo.

Bruce agora via que saltara da frigideira do Coringa para um outro fogo; a transformação do vagão em um trenó a jato. A velocidade podia não ser grande comparada com os limites de operação usuais do batmóvel nesses túneis, mas, para um vagão comum preso aos trilhos apenas por seu peso e a força de suas rodas abertas, a velocidade era mais que perigosa. Eles eram um trenó a jato com centro de gravidade alto.

E estavam se aproximando rapidamente de uma curva nos trilhos.

– Kronos: localize a linha à frente e exiba! – disse Bruce rapidamente.

– Trezentos metros para interseção com a linha de Diamond District.

Bruce olhou outra vez para a contagem regressiva de desligamento dos foguetes.

Quinze segundos. A esta velocidade, a curva está a quatro segundos.

– Kronos! – disse Bruce, o estresse que sentia se refletindo na voz. – Sistema de controle de reação para manual. Situação?

– SCR manual e conectado.

Bruce agarrou os controles dos dois lados do banco do piloto, respirando fundo enquanto o vagão fazia a curva à esquerda.

O vagão forçou para a direita com a forma inercial, se inclinando precariamente. Bruce virou o controle lateral com força para a esquerda. Os motores-foguete de reação dispararam à frente e atrás, empurrando a massa inclinada. Ele manteve o impulso constante, vendo os indicadores de calor nos propelentes subindo perigosamente, mas sabendo que a alternativa a derreter era uma colisão descontrolada. Os propelentes seguraram o vagão durante a curva, e as rodas esquerdas pousaram com um guincho quando o túnel se esticou diante deles.

Bruce balançou de um lado para o outro nos cintos ainda folgados demais, suor brotando na testa. A curva reduzira um pouco da velocidade, mas a queima constante dos motores PAM estava mais uma vez aumentando a aceleração.

– Kronos: onda verde para linha de Diamond District! – comandou Bruce.

– Onda verde – respondeu o computador.

A Wayne Enterprises havia computadorizado o sistema de controle do metrô em 2004. Bruce se preocupara em conhecer o acesso secreto ao sistema exatamente com esse objetivo: poder manipular o tráfego subterrâneo e permitir que essa versão do batmóvel circulasse sob a cidade. Normalmente era um sistema sofisticado que atrasava ou adiantava sutilmente os trens do metrô de tal modo que os passageiros nunca sabiam que o Cruzado Encapuzado se deslocava pelos mesmos túneis que eles usavam para ir trabalhar e voltar para casa.

Agora não é hora de sutileza.

A luz vermelha na linha ficou verde, os pontos à frente tendo sido trocados. De repente a luz ficou vermelha de novo.

Coringa! Ele está usando meu próprio sistema contra mim!

– Kronos: onda verde para a linha do Diamond District! – gritou Bruce, embora soubesse que a única diferença que isso faria para o conversor de áudio seria confundi-lo.

– Onda verde – respondeu o computador, com a luz ficando verde de novo.

Foi em cima da hora. O vagão atingiu os pontos do trilho com força em outra curva à esquerda para a linha subterrânea principal. Bruce mais uma vez jogou todo o controle de translação para a esquerda, disparando os propelentes laterais com toda força. Ele podia sentir a estrutura abaixo estremecer sob as forças opostas. O vagão aberto novamente caiu com força nos trilhos, mas agora na principal linha de passageiros que percorria a cidade. Bruce sabia que agora estavam indo rumo oeste no circuito sul – uma viagem direta de pelo menos um quilômetro e meio antes de virar rumo norte. Ele olhou para a direita enquanto os foguetes continuavam a grudá-lo no assento. A estação de Geilla Park passou em um borrão brilhante, a plataforma tomada pelos rostos boquiabertos dos passageiros antes que o trenó a jato e sua carga de batmóvel acorrentado mergulhassem novamente na escuridão.

Então ele viu uma luz à sua frente.

O farol de um trem vindo em sua direção.

Isso é impossível. Os trens nesta rota sempre percorrem a cidade no sentido horário.

– Kronos: ampliar à frente cinquenta vezes por dois segundos.

A imagem do trem do metrô à sua frente saltou de repente.

Vazio! Qual o problema do Coringa? Não conseguiu encontrar um trem lotado a tempo?

– Desligamento do PAM em três segundos – anunciou o painel.

– Kronos: iniciar impulso principal – disse Bruce, apertando o cinto ao máximo. O motor começou a roncar. Ele podia sentir o tremor através do banco. – Kronos: preparar para executar ao meu comando – continuou Bruce, colocando as mãos sobre os controles de direção e impulso, os pés em uma posição desajeitada por causa da bat-roupa ainda abaixo dele. – Minimizar perfil. A postos?

– Pronto – confirmou o painel. – Desligamento do PAM em três...

O trem estava se aproximando rapidamente do vagão a jato.

– Dois...

Bruce pressionou a embreagem, acelerando o motor antecipadamente.

– Um... Desligado.

Bruce sentiu o corte da pressão de aceleração dos foguetes.

– Executar! – gritou, enquanto soltava a embreagem.

A carroceria blindada reativa do veículo de repente se encolheu, apertando até o tamanho mínimo e suavizando. As correntes que a haviam prendido subitamente ficaram frouxas. Elas ainda raspariam no carro e possivelmente danificariam a blindagem adaptativa, mas Bruce esperava que fosse o suficiente para escapar do aprisionamento.

As rodas do batmóvel guincharam na superfície áspera do vagão aberto. O batmóvel se lançou de ré. As correntes rasparam no carro, mas com o exterior do batmóvel reduzido elas não conseguiam encontrar apoio na superfície lisa. O batmóvel de repente se libertou das correntes, as rodas empurrando o vagão de sob ele enquanto disparava para trás.

Bruce empurrou a embreagem de volta, pisando no freio ao mesmo tempo. O batmóvel pousou sobre um dos trilhos, derrapando antes de parar.

O vagão aberto, lançado na direção do trem que avançava, o descarrilou ao se enfiar sob as rodas da frente. O trem do metrô começou a se empilhar no túnel, dobrando-se sobre si mesmo em uma carcaça sinuosa que ocupou a passagem adiante antes de parar.

Bruce engrenou a marcha à frente, fazendo o batmóvel derrapar nos trilhos e o direcionando de volta à estação Geilla Park.

– Kronos: traçar rota para casa, então exibir...

Uma explosão sacudiu o batmóvel.

– Modo de combate! – gritou Bruce enquanto apertava o acelerador e soltava a embreagem. As telas dentro da cabine do batmóvel de repente mudaram. Sistemas de armas surgiam on-line na tela do canto direito, enquanto a tela da esquerda mostrava o exterior do carro mudando de otimização de transporte para blindagem adaptativa. *Head-up* displays de alvo e manobra brotaram diante dele, embora sem a bat-roupa ele perdesse um pouco da imagem dimensional.

– *Não é perfeito... Mas terá de bastar.*

O batmóvel disparou para frente sobre os trilhos. Bruce agora podia ver os quadriciclos da Polícia Palhaça investindo contra ele no túnel.

Armas pequenas e lança-granadas-foguete. Eles vieram brincar.

Na tela de visão noturna, ele viu o brilho causado pela ignição de uma granada da traseira de um dos veículos. Bruce reagiu instintivamente, virando o batmóvel na direção do veículo que atirara contra ele. A granada passou deslizando pelo batmóvel, explodindo contra a parede e jogando o carro de Bruce de lado.

Bruce continuou dirigindo. O motorista do quadriciclo vacilou por um momento, incerto se deveria ir para a parede ou cruzar na frente do batmóvel.

Foi hesitação suficiente para Bruce. Ele acertou a dianteira do veículo, derrubando os dois ocupantes no túnel. Depois se colocou um pouco mais ao centro sobre os trilhos e acelerou.

Boliche de palhaços. Bruce sorriu consigo mesmo.

O batmóvel se lançou por entre os quadriciclos nos trilhos, esmagando dois deles sob as rodas. Quatro ricochetearam na blindagem reativa, batendo em outros e derrubando todos violentamente sobre os trilhos e contra as paredes do túnel fechado. Os quadriciclos restantes saíram do caminho do batmóvel conforme ele passava, virando o mais rápido possível para continuar a perseguição.

Bruce então viu a plataforma da estação Geilla Park à esquerda, ainda cheia de passageiros. Conseguia ver seus rostos atônitos enquanto observavam o batmóvel passar rugindo por eles uma segunda vez, agora livre do vagão, perseguido pelo que pareciam ser guardas de trânsito em quadriciclos e máscaras de palhaço.

Com aquele trem bloqueando o túnel para oeste, eles terão uma longa viagem de volta para casa. Será que alguém vai acreditar nas suas histórias?

O batmóvel rugiu pelo túnel, suas rodas montadas nos trilhos. O túnel se curvava pelas entranhas de Gotham, coleando à direita e então fazendo uma curva fechada para o norte.

Fashion District a seguir. Aquela linha corre paralela às linhas City, Financial e Sommerset Express sob a velha Cotton Station.

Outra explosão sacudiu o veículo, momentaneamente erguendo a parte de trás. As rodas quicaram quando o chassi desabou de volta sobre os trilhos, derrapando levemente.

Bruce olhou para a tela traseira. Os quadriciclos restantes continuavam atrás dele, embora estivessem ficando para trás.

Ele podia ver claramente a área brilhante das plataformas da Cotton Station pela tela de visão noturna... E o farol brilhante do trem programado se aproximando bem à sua frente.

O trem normal de Diamond District. Faz uma parada aqui. Vou passar para a outra via antes de chegarmos à plataforma, e levar esses palhaços para a linha abandonada de Harbor.

Bruce arregalou os olhos.

O trem de Diamond não estava desacelerando para parar na estação. Ele podia ver o engenheiro em pânico tentando freneticamente operar os controles que, de repente, mostravam-se inoperantes.

Bruce acelerou o máximo que pôde. O batmóvel reagiu imediatamente, se lançando pela pista na direção do trem que se aproximava rapidamente. A Cotton Station tinha plataformas dos dois lados da pista, mas apenas uma delas estava em uso. Só haveria passageiros na plataforma oeste, pensou Bruce. A plataforma leste estaria deserta. Ele *esperava* que estivesse deserta.

Nunca veja quem pisca primeiro com um trem.

O batmóvel saiu do túnel instantes antes do trem. Bruce apertou os propelentes de novo, dessa vez para a direita, tirando o batmóvel dos trilhos e o lançando para a plataforma leste. A traseira do batmóvel quebrou azulejos que cobriam a parede do metrô.

Bruce enfiou o pé no freio. Os pneus do batmóvel guincharam no cimento da plataforma. A parede de concreto na extremidade norte crescia à sua frente. À esquerda, o trem de Diamond District ainda passava pela estação, os vagões enchendo o túnel na extremidade norte da estação, não deixando nenhum espaço para ele.

O batmóvel continuou a deslizar contra a parede direita, o final um tanto sólido da estação avançando na direção de Bruce.

Como pode esse trem ser tão grande?

De repente o último carro saiu do túnel e Bruce empurrou os propelentes para a esquerda. O batmóvel respondeu, jogado pelos propelentes de volta aos trilhos recém-liberados e mergulhando novamente na escuridão do túnel subterrâneo.

— Agora, *isso* é o que eu chamo de ferromodelismo! – uivou o Coringa. – Acho que é hora de desfrutarmos de um pouco de tráfego pesado.

Um trem vazio parou na Plataforma Sessenta e Um, as portas se abrindo. Era possível ouvir outros trens se aproximando. Os Policiais Palhaços pegaram suas armas, entrando nos vagões abertos do metrô.

– Todos a bordo! – gritou o Coringa. – É dia de promoção e todos aproveitam a viagem!

Bruce engoliu em seco. Os equipamentos óticos externos haviam sido atingidos e a clareza diminuíra. Algumas das imagens estavam borradas à direita do carro.

Mas, através do borrado, ele podia ver algo claramente: outro trem, paralelo a ele em uma segunda pista, as portas abertas e cheio de policiais palhaços fortemente armados.

Bruce deu ré de repente. O trem na linha paralela continuou a avançar, os freios guinchando em reação. O Trem dos Palhaços não conseguiu frear suficientemente rápido. Bruce levou o batmóvel para o final do trem, se colocando atrás do último vagão. Podia ver pelas câmeras borradas que os policiais palhaços estavam se reunindo rapidamente no vagão traseiro, lutando para abrir a porta de acesso de modo a poder disparar granadas. O impulso do trem continuou a levá-los para dentro do túnel da velha linha Harbor.

Espere... Espere...

O trem freando balançou levemente ao cruzar o ponto de transferência para a velha linha Coventry e entrou à direita.

Bruce virou o volante para a esquerda. O batmóvel desapareceu no túnel esquecido para Coventry enquanto o trem dos palhaços parava no túnel lateral.

Havia um trem imóvel no cruzamento à frente dele. Outro rugia na sua direção por trás. As luzes de controle vermelhas brilhavam em alertas ignorados. Bruce jogou o batmóvel abruptamente por um túnel de acesso, o som da colisão dos trens desaparecendo enquanto o batmóvel saía na linha da Westside University, logo abaixo.

Todo o sistema do metrô se tornara um desafio mortal.

Hora deste rato sair do labirinto.

Ele passou rugindo pela University Station, subindo para a linha de Coventry apenas para encontrar mais dois trens – ambos lotados com policiais palhaços – convergindo com a linha norte e entrando atrás dele novamente.

O velho trem do metrô avançou em sua cola. O fogo das armas leves dos palhaços acertava as paredes e a blindagem reativa da carroceria.

Bruce conduziu o carro da linha principal de Coventry para um túnel abandonado. Logo atrás, os desvios da ferrovia mudaram de repente, e os trens em perseguição entraram no túnel abandonado atrás dele.

Ele me pegou. O Coringa sabe que entrei em um beco sem saída, e está certo de que venceu.

Os marcadores de combustível estavam perto do zero e as reservas de energia haviam caído para oito por cento. Quando acabassem, a blindagem seria ineficaz e tudo iria desmoronar.

À frente ele podia ver a barricada no final da linha. Além dali, o túnel terminava em uma abertura sob a ponte Westside.

– Kronos: emergir – disse Bruce, a voz cansada.

O trem estava quase nele, os lança-granadas-foguete sem dúvida a postos.

Perto do fim da pista, duas rampas de aço caíram sobre os trilhos. O batmóvel subiu a rampa pouco antes de chegar à barricada no final da linha.

O trem do metrô cheio de policiais palhaços não fez o mesmo.

Dirigindo sob a ponte Westside, Bruce fechou os olhos.

O Coringa tentara detê-lo. Bruce perguntou-se se algo muito mais sinistro o aguardava em casa.

CAPÍTULO DEZENOVE

NÃO MAIS NECESSÁRIO

Mansão Wayne / Bristol / 23h40 / Hoje

A porta da entrada de serviço estalou com a chave abrindo a tranca.

Ele sempre se queixou disso, mas nunca consertou.

A tranca cedeu e a maçaneta se abriu. A silhueta do velho estava emoldurada pela vidraça colocada no painel superior da porta, obscurecida pelo brasão da família Wayne gravado no vidro fosco.

Eu esperei no escuro. Estou há tanto tempo no escuro...

A porta foi aberta. Agora a silhueta era clara; séria e nítida contra o patamar bem iluminado. O perfil do sobretudo e o leve brilho da cabeça calva sem chapéu eram ambos muito familiares. Havia algo pequeno e retangular apertado na mão esquerda quando ele entrou no espaço escuro do saguão dos empregados, fechando a porta em seguida. O homem calvo procurou o interruptor...

Mas as luzes se acenderam antes que o tocasse.

– Compras de Natal antecipadas, Alfred? – disse Bruce em voz baixa desde a adjacente sala de jantar dos empregados. Ainda vestia o falso uniforme de polícia, os sapatos cruzados na beirada da mesa comprida enquanto recostava na cadeira. Sua mão se afastou lentamente do interruptor na parede atrás conforme olhava seu funcionário com indiferença.

Alfred Pennyworth prendeu a respiração, chocado por um momento, mas se recuperou rapidamente. Cruzou as mãos às costas, ficando em uma posição de sentido que lhe permitiu esconder o pacote na mão.

– Jovem Bruce! Minhas desculpas, havia entendido que passaria a noite fora.

– Mudança de planos, Alfred – disse Bruce com sua voz calma cerca de dez graus mais fria que o normal. Ele se ajeitou de leve na cadeira enquanto cruzava os braços no peito. – Então, vejo que pegou uma coisinha... O que é?

– Nada de mais, senhor – disse Alfred, empalidecendo enquanto dava de ombros. – Só uma coisinha que peguei para um amigo.

– Então sou seu amigo, Alfred? – perguntou Bruce.

Alfred respirou com cuidado.

– Tão amigo quanto eu poderia um dia esperar.

– Bem, então, meu velho amigo, me deixe ver o que está escondendo às costas – disse Bruce com um sorriso triste.

– Realmente não é nada de mais, senhor. Na verdade uma piadinha suja – disse Alfred, de repente indo na direção da porta da cozinha. – Posso oferecer-lhe alguma coisa, jovem Bruce? Talvez sanduíches ou um chá de camomila? Só irá demorar...

Bruce subitamente se lançou à frente, pulando da cadeira. O braço bloqueou a porta da cozinha, impedindo a passagem de Alfred. Bruce podia sentir o fogo em seus olhos. Sua voz estava quase descontrolada quando falou.

– Não, Alfred! O jovem Bruce *não* quer biscoitos ou leite! O jovem Bruce *não* quer ser mimado ou colocado na cama. Já dormi tempo demais. O que quero é que você explique esse livro que está escondendo às suas costas!

Alfred recuou um passo, se chocando contra a pesada mesa de jantar e fazendo com que as pernas guinchassem no piso de pedra.

– Não, jovem Bruce – reagiu o velho empregado. – Não pode fazer isso... Eu imploro.

– Você *implora*? – sibilou Bruce.

– Nunca lhe pedi nada antes, jovem Wayne – disse Alfred, o desespero aumentando em sua voz. – Fiz tudo o que se esperava de mim, pela família e mesmo por você quando...

Bruce deu um passo na direção de seu antigo mordomo.

– Mesmo quando... *o quê*?

– Mesmo... Mesmo quando embarcou em sua louca cruzada – respondeu Alfred.

– Minha louca cruzada? – berrou Bruce. – *Nossa* louca cruzada, Alfred! Você foi *parte* dessa louca cruzada desde o início! É esse o problema? O fiel empregado de repente sente medo e quer fingir que o passado nunca aconteceu?

– Não sabia que chegaria a este ponto, jovem Bruce. Certamente nunca pensei que chegaria a *tanto*. Mas os criminosos estavam acabando com a cidade, e você estava sempre ajeitando as coisas. E passei a acreditar no que estava tentando fazer. Eu o arrastei quebrado e sangrando para aquela sua caverna escura e o remendei mais vezes do que fui capaz de contar... E, durante tudo isso, mantive seguros os segredos da família. Agora lhe imploro, jovem Bruce, deixe isto de lado e permita que eu cuide disso para você. É parte do meu trabalho como assessor de imprensa, não é? Cuidar de problemas para você? Pense nisso como uma confusão da qual precisa manter alguma distância. Afaste-se desta investigação agora e deixe que eu cuide disso para você.

– Cuide disso para mim? – falou Bruce, trêmulo, lutando para se controlar.

– Sim, jovem Bruce! Por favor!

– Como seu pai cuidou das confusões do meu pai?

O rosto de Alfred murchou.

– Não, Bruce. Não diga isso!

– Mas veja, Alfred, eu já *li* o livro. Na verdade tenho feito muitas leituras interessantes ultimamente. Seu pai não foi apenas OSS na Segunda Guerra Mundial. Eu verifiquei a ficha dele. Era originalmente SOE, Executivo Especial de Operações para o serviço secreto britânico. Um especialista em guerrilha preparado para combater os nazistas em seu próprio quintal. Apenas no final da guerra ele se ligou ao OSS. Era um espião, treinado para atuar em condições extremas, cuidar de seus próprios ferimentos, matar sem questionar e, mais importante, limpar tudo para que ninguém sequer suspeitasse que havia estado ali.

– Como ousa! – Alfred olhou para ele com indignação. – Meu pai foi um herói!

– Assim como o meu – zombou Bruce, se adiantando até seu rosto estar a centímetros do antigo mordomo. – Foi o que você sempre me disse. Mas alguém tem mostrado a rachadura nas estátuas de mármore que fizemos deles, meu bom homem. Seu pai foi herói o bastante para limpar a bagunça de meu pai no asilo Arkham em 1958.

– O quê? – guinchou Alfred. – Como soube?

Bruce arrancou o livro das costas do homem mais velho.

– Porque eu já *li* o livro, Alfred. E as cartas de meu pai.

– Que cartas? – retrucou Alfred. – Não havia cartas!

– Com a caligrafia de meu pai e em seu papel timbrado – replicou Bruce, agitando o livro ameaçadoramente junto ao rosto de Alfred. – Sou relativamente novo nisso, meu velho. Quando você soube disso?

– Por favor, senhor, isso não será de nenhuma ajuda.

– QUANDO? – berrou Bruce.

– Mil e novecentos e sessenta e sete – respondeu Alfred. – Pouco antes de meu pai morrer.

Bruce respirou, trêmulo.

– Continue.

– Foi um ataque cardíaco, mas ele tinha 69 na época – continuou Alfred, sentando-se na mesa. Estava inclinado para frente, girando nas mãos o livro embrulhado. – Foi pouco depois do primeiro episódio leve naquela primavera que ele me chamou. Contou tudo assim como o Dr. Wayne contara a ele: a visão que tivera de usar a ciência para livrar a cidade do crime voltando os criminosos contra eles mesmos, as ideias ousadas de Richter, o vírus comportamental e como tudo desmoronara tão rapidamente. Ele me contou que havia deixado tudo limpo "como um espelho", como costumava dizer. Meu pai disse que fizera coisas na vida das quais não se orgulhava, mas que esperava consertar tudo quando se recuperasse. Então teve seu ataque fulminante um mês depois e deixou tudo em minhas mãos.

– Deve ter sido fácil para você ocupar a posição de seu pai – rosnou Bruce. – Você só precisou insinuar a meu pai sua sabedoria recém-adquirida e garantir que os fatos fossem mantidos em sigilo.

– Como ousa!

– Então é isso? – sibilou Bruce. – Seu pai encobre um assassinato brutal e agora você o está encobrindo?

– *Meu* pai? – gritou Alfred de volta. – Meu pai escondeu os segredos desta família até o último suspiro! *Meu* pai escondeu a cumplicidade do *seu* pai em criar as condições para uma onda de assassinatos no final dos anos 1950 e levou esse segredo para o túmulo com ele. E seu *filho* tem guardado esses mesmos segredos pelo bem desta família e de seu único herdeiro por quase toda a sua vida adulta! Estava tudo trancado a sete chaves até a tal Richter aparecer.

– Amanda?

– Quem mais poderia ser? – resmungou Alfred. – Soube que ela era problema no instante em que apareceu no terreno. Agora está tudo desaparecido... Os arquivos, os filmes, as fitas.

– Fitas? Que fitas? – cobrou Bruce.

– O diário gravado de seu pai – respondeu Alfred. – Todos os rolos sumiram.

– Então você soube disso durante toda a minha vida – suspirou Bruce, apertando os olhos. – Mas isso não é tudo, não é, Alfred, meu velho amigo?

A respiração de Alfred de repente ficou superficial e acelerada.

– Há mais nisto do que as experiências financiadas pelo meu pai terem dado errado – falou Bruce. – Algo que você não está me contando.

– Bruce, eu cuidei de você sua vida inteira – disse Alfred, a voz tremendo apesar de seu óbvio esforço em manter o controle. – Você é tão filho meu quanto alguém do meu próprio sangue teria sido. Estou dizendo, pelo bem de todos nós, que deve deixar que eu cuide disso para você. Deve se afastar totalmente disso, e se o fizer, prometo que tudo ficará bem.

– Por que você acreditaria nisso, inferno? – cortou Bruce. – Todos esses anos combatendo as almas mais sombrias da humanidade... Por que você seria *tão* idiota de achar que poderia barganhar com um chantagista?

– Porque sempre funcionou – ganiu Alfred. – Não foi a primeira vez que tive notícias dos Richter. Seus pedidos nunca foram impossíveis de administrar, e era desejo de seu pai que eles fossem atendidos. Sempre cuidei do problema silenciosamente, e eles sempre foram embora, mas desta vez...

– As coisas saíram do controle – rosnou Bruce.

O telefone na parede do saguão tocou alto.

Bruce e Alfred se encararam.

O telefone tocou uma segunda vez e uma terceira.

– Atenda – mandou Bruce.

– Eu... Eu não...

– Agora – insistiu Bruce.

Alfred contornou Bruce e caminhou de forma vigorosa até o telefone. Bruce o seguiu desconfortavelmente perto.

– Mansão Wayne, como posso ajudar? – atendeu Alfred.

– Está com o item? – perguntou uma voz de mulher, abafada e indistinta.

Alfred olhou para Bruce. Bruce anuiu.

– Sim, estou.

– Então tenho o que você quer em troca – disse a voz. – Saberá para onde levar. Que a festa comece.

O telefone estalou e ficou mudo.

– Ela tem as fitas – disse Alfred a Bruce. – Irá trocá-las pelo livro, mas ainda não me disse onde fazer a entrega.

– De jeito nenhum – disse Bruce, balançando a cabeça. Seu sorriso tinha um tom malévolo. – Corri a cidade inteira atrás dele. Até o Coringa quis me impedir de chegar aqui esta noite enquanto eu perseguia esse livro... Um livro que me levou diretamente a você. E quando volto para cá, sabe o que encontro?

Alfred balançou a cabeça.

– Não, senhor, como poderia... Acabei de entrar.

Bruce ergueu um envelope de convite.

– É idêntico ao entregue a todos na cidade – disse Bruce, virando o envelope com as pontas dos dedos da mão direita. – Estava na mesa, esta mesa aqui no saguão dos empregados, quando entrei. Não havia nenhum nome, então o abri.

Sempre correto. Alfred sempre me ensinou a ser correto.

– Mas eu tranquei a casa – falou Alfred apressado. – O sistema de segurança estava ligado.

– O mesmo sistema de segurança que permitiu o acesso de Amanda ao jardim de minha mãe? – perguntou Bruce. – Bem, vejo que teremos de aperfeiçoar o sistema, ou pelo menos modificá-lo um pouco.

Tirou o convite simples do envelope, segurando-o diante do rosto de Alfred para que ele pudesse ler.

... PARA UM BAILE DE GALA EM SUA HOMENAGEM.
MANSÃO KANE
MEIA-NOITE DE HOJE

– Mansão Kane? – reagiu Alfred. – Aquela residência está fechada há duas décadas!

– Como é conveniente que seja tão perto daqui – disse Bruce. – Acho que vou aceitar.

– Não, Bruce, não pode ir lá – disse Alfred rapidamente, agarrando os pulsos do patrão com força surpreendente. – Não tem ideia de aonde esse buraco leva nem de onde a escuridão termina. Seus pais estão mortos... O passado está enterrado com eles. *Deixe que repousem!* Eu cuidei desta família a vida toda, é tudo o que tenho e tudo que sempre quis. Deixe isso para lá, jovem Bruce. Fique aqui e tudo estará bem.

– Então estou novamente de calças curtas, não é Alfred? – reagiu Bruce, estremecendo ao inspirar. – Você dará um jeito na bagunça e devo apenas seguir com a vida? *Que vida*? Não posso descansar por causa da vida que levo. Eu corro atrás de um sonho fugidio...

Joe Chill correu pelo beco. Não consigo pegá-lo. Nunca consigo pegá-lo.

– ...e toda vez que acho que está ao meu alcance, desaparece e é substituído por alguma nova ameaça à cidade. Gotham se equilibra na beira de um abismo, e sozinho sinto o peso de mantê-la precariamente ali. Que tipo de vida é essa?

– Uma vida importante – conclamou Alfred. – Uma vida necessária. Uma vida dada para que outros possam viver a deles.

Eu sou o guardião. Quem guarda o guardião?

Bruce arrancou o braço das mãos de Alfred.

– Não sou mais aquele garoto no beco, Alfred! É hora de acabar com esses jogos.

– Não, Bruce – disse Alfred com firmeza. – Não pode ir lá. Há coisas que precisam permanecer enterradas. Não permitirei.

Bruce se virou.

– Alfred, você está demitido.

O velho empregado piscou.

– Como, senhor?

– Eu disse que você está demitido, dispensado, exonerado, ou como preferir chamar.

– Você... Você *não pode* fazer isso! – gaguejou Alfred.

– O inferno que não posso. – Avançou ameaçadoramente mais uma vez. – Você ultrapassou um limite. Está se colocando entre mim e minha presa.

– Que presa?

– A verdade!

– A verdade pode ser uma fera terrível, jovem Bruce – disse Alfred, com mais calma do que sentia. – Algumas vezes a verdade o caça.

– Saia – cortou Bruce. – Saia da mansão, do terreno e da minha vida.

– Não! Senhor!

– Saia enquanto pode, Alfred, porque estes são os únicos benefícios que terá – rosnou Bruce. – Alegre-se. Está prestes a receber uma bela indenização, incluindo plano de saúde, que espero sinceramente que não seja necessário no futuro próximo. Mas não se preocupe em fazer as malas, tudo será mandado para você. Só leve o Bentley e considere isso um bônus.

– Senhor! Por favor...

– SAIA! – berrou Bruce, o rosto roxo de raiva.

Alfred, o rosto afogueado, deu meia-volta e desapareceu pela porta dos empregados. Bruce esperou um tempo até ouvir o motor do Bentley ser ligado e o barulho das rodas sobre o cascalho sumindo.

Bruce engoliu um único soluço e travou o choro. Alfred mentira de modo a esconder algo dele – escondera isso dele toda sua vida. Era uma traição que Bruce não podia aceitar... E isso o deixou mais sozinho do que se lembrava de sentir em toda a vida.

– Hora de acabar com o jogo – disse Bruce, olhando mais uma vez para o convite.

CAPÍTULO VINTE

ORIENTAÇÃO FALSA

Amusement Mile / Gotham / 22h55 / 25 de outubro de 1958

– O que fazemos AGORA, chefe?

– Cale a boca, Salvatore! Eu preciso pensar – disse Julius Moxon, fazendo uma careta. A bala em seu ombro direito se alojara na articulação e a dor era excruciante. Ele o segurava com a mão esquerda, tentando conter o sangue e ao mesmo tempo impedir que o braço se movimentasse. Jogou o peso sobre a parede em um beco estreito entre os estandes de bola na garrafa e de dardo no balão. Havia mais quinze homens seus enfiados no espaço apertado ao redor, cada um com todo tipo de arma, de Thompson SMG até escopetas. As luzes no parque além do beco eram brilhantes e duras, balançando no alto ao vento de outubro. Lançavam pesadas sombras movediças sobre os rostos ao redor de Julius, e a despeito do grande calor seus rostos refletiam o medo que ameaçava se fechar sobre o coração do mafioso. – Quantos sobraram?

– Difícil dizer, chefe – respondeu Salvatore, levantando a aba do chapéu com o cano de sua Thompson enquanto tentava ver o parque. – Rick e os rapazes estão pendurados na roda-gigante como se fossem decoração de árvore de Natal. Alguém devia ir lá e fazer aquela coisa parar de girar... Não é certo eles balançarem daquele jeito.

– *Você* vai, Salvatore – disse um dos magros pistoleiros por entre dentes trincados.

– O cacete, Jonesy! – retrucou Salvatore. – Não vou sair daqui por caras que já estão *mortos*.

– Achei que esse era todo o sentido de roubar o Banco de Gotham, para começar. – O assassino gordo chamado Kelly the Kelvinator suava apesar do frio. – Atrair os cretinos do Apocalipse para cá com a isca e então fritá-los com a força de todas as máfias ao mesmo tempo. Tchau, tchau, Apocalipse, e de volta ao trabalho como sempre.

O teto de aço corrugado chacoalhou acima. Todos no beco se encolheram com o som.

– É, bem, parece que o Apocalipse não está seguindo os planos – retrucou Salvatore.

– Parem de falar besteira e recarreguem – mandou Julius. Estava começando a se sentir um pouco tonto. – Temos que encontrar um modo de sair daqui.

– Quem fez isso, chefe? – perguntou Salvatore, apontando com a cabeça para o ombro ferido.

– O cretino do Discípulo... Acho – gemeu Julius, depois sorriu. – Mas enfiei uma bala nele antes de ele pegar minha Browning e virá-la contra mim. Se não tivesse pulado do telhado naquela caçamba de lixo, eu estaria acabado.

– Ainda pode estar, chefe, se não cuidarmos disso – disse Jonesy. – Você está vazando como uma peneira. Mas teve sorte, aquele Discípulo nunca deixa ninguém sair inteiro... Literalmente.

– Aquela que eles chamam de Chanteuse – disse Mikey, um capanga com cara de doninha. – Ouvi dizer que deixa uma carta de tarô em cada sujeito que ela mata.

– Não, essa é a Destino – cortou Salvatore. – Chanteuse é aquela com a voz assassina. É tipo uma daquelas sereias gregas ou algo assim.

– Escutem o que estão falando – cuspiu Julius, a saliva tingida de sangue. – Um bando de filhinhos de mamãe com medo das próprias sombras. Eles são apenas *quatro*, seus idiotas. Vocês não conseguem dar conta de quatro esquisitões? Dois deles são *mulheres*, que inferno!

– Qual o nome do outro cara? – Kelly perguntou.

– Vamos ver – disse doninha, fungando. – Discípulo, Chanteuse, Destino e... Qual o nome dele...

De repente uma foice comprida cortou a escuridão por cima, a lâmina empalando o assassino gordo pelo peito e o pressionando contra a parede de madeira do estande de garrafas. De forma impossível, a lâmina arrastou o gordo Kelly para cima passando pela beirada do teto, onde estavam a túnica negra e o capuz escuro da morte encarnada.

– CEIFADOR! – gritou a doninha, a escopeta imediatamente erguida e disparando para a escuridão acima. Um coro irregular de tiros de metralhadora se juntou a ela, mas não havia nada ali em que atirar.

O matador gordo sumira.

– Me tirem daqui! – gritou Julius, tossindo em seguida. Mais sangue surgiu em sua boca, e ele cuspiu.

Tentou correr pelo parque, mas as pernas pareciam soltas e moles. Salvatore agarrou o chefe, jogando os ombros sob seu braço e o arrastando para a casa de espelhos do outro lado. Julius ouviu o som de metralhadoras atrás. Um grito agudo se ergueu acima dos tiros enquanto Joey passava voando por Julius, chocando-se contra a janela próxima à entrada.

Salvatore derrubou a porta de entrada com um único chute e arrastou Julius para dentro. O restante dos matadores Moxon veio logo atrás... Tropeçando para um labirinto de espelhos.

Armas erguidas, eles só conseguiam ver ao redor reflexos deles mesmos, que pareciam se multiplicar eternamente. A luz dura da lâmpada acima se repetia em todas as direções.

– Tal... Talvez devêssemos voltar, chefe – gaguejou Salvatore.

– Para *fora*? – bufou Julius. – Isso é só um labirinto de criança, Sal! Vamos para os fundos explodir a coisa toda.

Eles se lançaram no labirinto juntos, ameaçados de todos os lados por seus próprios reflexos. As imagens mutáveis com a arma erguida que viam eram deles mesmos, mas de vez em quando surgia uma face que não era, desaparecendo tão rápido que era impossível dizer se era real ou uma ilusão criada por seu medo.

– Ei, chefe – sussurrou a doninha.

– O que é, Mikey? – perguntou Julius.

– Ouviu isso?

– Ouviu o quê?

Ele *havia* ouvido algo. Uma voz aguda, esganiçada, ecoava pelos espelhos.

– Michael! Por favor, me ajude! – suplicava a voz. – Estou com muito medo! O que eles querem, Michael? Não sei o que eles querem!

– Mãe? – perguntou Mikey, a Doninha. – Chefe! Eles estão com a minha mãe!

– Do que você está falando? – perguntou Julius, encarando o capanga magro. – O que a sua mãe estaria fazendo nesta casa de loucos?

– MÃE! – gritou Mikey. – É a minha mãe, chefe! Eles a pegaram. Estou indo, mãe! Não se preocupe, mãe, estou indo!

Mikey se lançou por um corredor do labirinto, seu reflexo se espalhando em todas as direções. Em um instante, havia sumido.

– Quer que eu vá atrás dele, chefe? – perguntou o homem magro com dentes trincados.

De repente um grito mortal ricocheteou nos espelhos.

– Acho que não – respondeu Julius.

Um tiro estourou, seguido pelo som de vidro quebrando. Depois, uma rajada de metralhadora.

O homem de dentes trincados cambaleou para frente, manchas de sangue brotando em suas costas. Caiu sobre o espelho, quebrando-o enquanto tombava a seus pés.

Subitamente armas começaram a disparar por toda parte. Julius se jogou dolorosamente no chão enquanto Salvatore o protegia. Vários corpos caíram através dos espelhos que desabavam ao redor.

– Parem! – gritou Julius para seus homens, que só cessaram fogo depois de vários disparos.

– Ei, chefe, veja isso – disse Salvatore.

Julius olhou para os corpos no chão diante dele.

– Quem são esses caras?

– São homens de Falcone – disse Salvatore, mordendo o lábio. – E aquele ali é de Rossetti. Parece que temos companhia, chefe.

– Armaram para a gente, para todos nós – espumou Julius. – Os esquisitos do Apocalipse fizeram com que massacrássemos uns aos outros por eles! Bem, cansei desse jogo e não quero brincar mais!

Julius se levantou, cambaleante.

– Todo mundo aí, no chão! – ele gritou. – Sal, a nossa sorte não pode piorar. Quebre alguns espelhos!

Salvatore sorriu, erguendo a Thompson com carregador circular. Disparou e cacos começaram a cair como chuva.

Salvatore colocou Julius no banco de trás do Cadillac Fleetwod Sixty Special. Julius sabia que o estofado seria arruinado pelo seu sangue, mas podia pagar por isso.

Se eu viver até lá.

Sentia uma dor de cabeça terrível e dificuldade de se concentrar. Salvatore estava lhe dizendo algo, mas era difícil escutar. Queria desesperadamente dormir, mas de alguma forma sabia que, se fizesse isso, seria pela última vez.

– Quer que o levemos ao Hospital Gotham, chefe? – repetiu Salvatore em sua cara como se Julius fosse surdo.

– Não! Seria a mesma coisa que entrar no escritório do promotor e começar a cantar – Julius cortou. A dor era esmagadora. – Qual é aquele médico de quem Lewis está sempre falando? O amigo rico dele?

– Rains... Bains... – gaguejou Salvatore.

– Wayne! – disse Julius. – Dr. Thomas Wayne, o garoto do velho Pat Wayne. Ele pode me costurar e ficamos um passo à frente da polícia.

– Mas como vamos encontrá-lo, chefe? – perguntou Salvatore, dando de ombros.

– Aquela festa – disse Julius, agarrando Salvatore pelo colarinho. – Lewis ia hoje à noite à Mansão Kane para alguma festa elegante de figurões. Wayne estará lá, juntamente com todos os outros esnobes ricos e mimados de Gotham. É onde o encontraremos. Quantos homens nos restam?

– Contando conosco? – perguntou Salvatore, olhando ao redor fora do carro. – Dez... Talvez quinze aqui agora. Estão todos empilhados em dois carros atrás de nós como palhaços em um circo.

– É o suficiente para lidar com gente comum – disse Moxon sorrindo. – Diga aos rapazes que vamos penetrar em uma festa na Mansão Kane.

– Quer que eu vá lá *fora*? – perguntou Salvador, boquiaberto.

– Eu estou falando com as paredes? – rosnou Moxon em meio à dor. – Estou sangrando! Dê esse recado!

Salvatore puxou a maçaneta, abrindo a porta o mais rápido que pôde. Ela bateu e voltou, mas o grande capanga já estava fora, correndo na direção do sedã seguinte. Gritou para o terceiro carro se arrastando atrás e ficou contente de ver a janela de dois carros sendo abaixadas para escutá-lo. Ele não queria ter de ficar de pé em espaço aberto e falar duas vezes.

– Moxon disse que estamos indo para a festa na Mansão Kane! – gritou, olhando para os prédios escuros do parque que pareciam perto demais para que se sentisse confortável.

– Onde é esse lugar? – perguntou o motorista do terceiro carro. A voz soava em *staccato*, como se os dentes estivessem batendo.

– Em Bristol – Salvatore gritou de volta. Aquilo estava demorando demais para seu gosto. – Olhe o mapa, idiota, e fique atrás de nós!

– Mas por que essa Mansão Kane?

– Tem um médico lá chamado Wayne que vai costurar o chefe – respondeu Salvatore por sobre o ombro enquanto corria de volta para o carro de Moxon. – Ou então abriremos algumas vagas entre os reis da Alta Sociedade.

Toda a conversa havia sido ouvida de um ponto escondido a cerca de seis metros.

Mansão Wayne / Bristol / 23h30 / 25 de outubro de 1958

Em sua suíte na ala leste, Thomas examinou o traje que fora cuidadosamente colocado no divã do quarto de vestir. Havia sido território inviolável de seus pais enquanto ele crescia, e ainda se sentia um intruso por se mudar para o aposento. Terminara sua chuveirada e se barbeara mais uma vez para a noite. Usava uma toalha amarrada na cintura e pensava no que poderia fazer para que seu traje parecesse menos ridículo.

Para começar, Thomas ficava desconfortável com fantasias, e pedira que Jarvis conseguisse uma para que usasse na festa. O empregado lhe garantira que o personagem era extremamente popular, mas Thomas só sabia que saíra de um velho filme mudo de 1920 que seu pai o obrigava a assistir de tempos em tempos quando era menino. Era praticamente a única atividade que se lembrava de ter com o pai que não envolvesse uma discussão ou surra. Infelizmente, a fantasia havia sido montada incorretamente, com malha e shorts, em vez de polainas, e com uma capa que parecia mais algo que Drácula usaria do que um cavaleiro. Ao contrário das outras pessoas, Thomas não tinha muito tempo para televisão, mas sabia que todos no hospital gostavam de falar dos *westerns*. A máscara era um capuz ao estilo dos velhos filmes de Fairbanks. Para desalento de Wayne, a fantasia não tinha um chapéu de cowboy. Pior, quem montara a fantasia parecia ter feito isso com pressa, escolhendo botas pretas de cano alto e um cinto de couro largo que combinavam mais com um bucaneiro. No momento em que a fantasia chegara era tarde demais para mudar. Talvez, pensou Thomas, ele pudesse encontrar algo mais adequado que a malha e os shorts para usar sob o traje.

Thomas se virou para o espelho acima da pia. Ainda havia creme Burma-Shave no rosto, embora a nova lâmina de segurança Gillette tivesse feito um serviço muito mais suave em seu rosto. Começou a cantar enquanto jogava água da pia, tirando o creme de barbear.

– Boa noite, Thomas – disse a voz conhecida e baixa.

Thomas olhou assustado para o espelho.

– Faz muito, muito tempo que não nos vemos – disse o homem, recostando no divã.

– Denholm! – disse Thomas inspirando, olhos arregalados. Ficou pensando em como Denholm Sinclair teria conseguido entrar na mansão, e se conseguira fazê-lo sem ser notado.

– Denholm? Sim, devo reconhecer que fui Denholm Sinclair – ele disse. – Mas é doloroso admitir... Terrivelmente doloroso. Foi uma dor que *você* me deu, Thomas. Lembra? Eu não era o homem que você achava que deveria ser... E você ia me *consertar*, não ia? E *realmente* me consertou, Thomas... Melhor do que poderia esperar. Eu não podia mais ser o velho Denny Sinclair, porque Denny era um mentiroso e um vigarista, um sujeito que queimou pequenos órfãos em suas camas apenas para esconder sua grande fraude. Então me tornei o que você queria que eu fosse, Thomas, e estou impondo justiça aos mesmos vermes e predadores dos quais um dia fui parte. Denholm Sinclair está morto, eu enterrei tudo o que ele um dia foi, e agora sou o homem que Martha Kane pediu que me tornasse. E tenho de lhe agradecer por isso, meu caro amigo. Sou... muito grato.

– Denholm...

– Esse não sou eu! – rugiu o homem, a voz assustando Thomas.

– Certo – disse Thomas, respirando lenta e controladamente, estendendo as palmas das mãos e muito consciente de que vestia apenas uma toalha. – Como então deveria chamá-lo?

– Eles me chamam de Discípulo – retrucou, a mão esquerda apertando o abdômen. Thomas podia ver o sangue escorrendo entre os dedos.

– O Discípulo? – perguntou Thomas.

– *Seu* Discípulo, Thomas – falou serenamente. – Você me fez forte. Você me fez sábio. Você me fez ver o objetivo de minha existência.

Preciso procurar as autoridades. Preciso ganhar tempo.

– Qual... Qual objetivo? – perguntou Thomas.

– Ser a cura, doutor! – disse Discípulo sorrindo, os olhos brilhando. – Somos os anticorpos de Gotham, meus companheiros e eu. Circulamos pelo sangue da cidade, buscando os antígenos do crime e da corrupção, da intimidação e da ganância. Destino os encontra, Chanteuse os chama para casa, e o Ceifador... Bem, ele está sempre ocupado.

– E você?

Discípulo sorriu novamente.

– Eu? Eu sou o juiz, o júri, e algumas vezes o carrasco, todos em um só.

Mantenha-o falando. Tem de haver um modo de conseguir ajuda.

– Vocês têm estado muito ocupados – continuou Thomas. – Ocupados demais se as matérias dos jornais estão certas.

– É um modo de vida – disse Discípulo com um riso soturno. – Mas não é nada comparado com o que vai acontecer hoje. Moxon, Rossetti e até mesmo Falcone colocaram suas diferenças de lado esta noite para encarar seu inimigo comum, mas se deram mal. Estávamos preparados para eles. Agora Moxon levou algumas balas e está indo para a Mansão Kane com o que resta do seu bando de capangas.

– A Mansão Kane? – perguntou Thomas, a cabeça girando. – Por que iria para lá?

– Da última vez que o vi, ele não parecia muito bem – disse Discípulo, dando de ombros. – Acho que o garotinho dele falou bem de você para o velho. Ele precisa de um médico que fique de boca calada, então está procurando *você*.

– Ah, não – suspirou Thomas.

– Não precisa se preocupar, Thomas, cuidarei deles. Acabarei com o sofrimento deles – disse Discípulo, esfregando suas mãos grandes e poderosas. Sangue sujou palmas, dedos e antebraços. Thomas se deu conta de que aquelas manchas não tinham saído todas dos ferimentos de Denholm. – Somos muito parecidos, você e eu: é só que, no final, minha cirurgia é muito mais desleixada do que a sua. E comecei a pensar, enquanto eu estiver limpando o câncer Moxon no baile dos Kane, há alguns na elite que também mereceriam minha atenção... Alguns deles também poderiam passar por uma boa limpeza.

A linha de seu julgamento moral está se deslocando cada vez mais para o perfeito e o ideal. Se isso continuar, todos no baile poderão correr perigo mortal – simplesmente por não serem perfeitos. Tenho de impedi-lo.

– Você... Você está ferido – observou Thomas, apontando para o ferimento.

– Você pode me ajudar, velho amigo? – perguntou Discípulo em uma voz suplicante enquanto se sentava no divã junto à fantasia. – Parece que preciso de sua ajuda.

Thomas assentiu.

– Eu... preciso pegar minha maleta.

– Sua maleta?

– Minha maleta de médico. Está lá embaixo. Só precisarei de...

– Não – disse Discípulo, balançando a cabeça. – Não é o tipo de ajuda de que preciso.

– Mas só levará...

– NÃO! – berrou Discípulo, o rosto de repente vermelho de raiva.

Thomas sentiu um arrepio com o som medonho da voz de Discípulo. O homem era maníaco e possivelmente esquizofrênico. Ademais, parecia muito mais forte do que Thomas lembrava.

– Tudo bem... Do que você precisa?

Discípulo se levantou, indo cuidadosamente na direção de Thomas.

– Preciso de sua ajuda para levar a justiça aos injustos.

– Como?

– Eu preciso ser *você* – disse Discípulo com um sorriso de Denholm Sinclair... E então derrubou Thomas com um único soco perfeitamente colocado.

Batcaverna / Mansão Wayne / Bristol / 23h39 / Hoje

Bruce foi até o batmóvel na plataforma de serviço, onde estava recarregando. Pensou em abastecê-lo, mas decidiu que não havia tempo e, além disso, a distância a percorrer não era tão grande.

Abriu as portas de asa de gaivota e começou a tirar as peças da bat-roupa. Os capacitores estavam um pouco descarregados por conta das atividades da noite anterior, mas ele avaliou que era suficiente para suas necessidades.

Começou a montar a bat-roupa ao seu redor do modo como um cavaleiro teria disposto sua armadura, ligando os componentes até formar um todo impecável. Terminou com o capuz, completando seu traje.

Ele tinha uma festa para ir na abandonada Mansão Kane no terreno ao lado.

CAPÍTULO VINTE E UM

DISFARCES

Mansão Kane / 23h42 / Hoje

Batman passou como uma sombra sob a entrada coberta que dominava a porta principal da Mansão Kane e subiu silenciosamente os largos degraus desertos. As portas principais, havia muito bloqueadas, estavam agora escancaradas, convidando-o a entrar no saguão escuro.

Deslizou para as sombras envolventes, fechando os olhos para compreender os arredores. O velho saguão ganhou relevo tridimensional em sua mente, um lugar ao mesmo tempo familiar e estranho.

Eu brinquei aqui quando garoto. Minha mãe ficava na base da escadaria e me chamava do patamar acima. Eu sempre tentava deslizar pelo corrimão largo, e minha mãe sempre me alertava que era perigoso demais. Era uma brincadeira que sempre fazíamos... Aqui nestes degraus...

Batman franziu o cenho nas sombras, escuras demais para que fosse visto.

Isso foi antes de vovó Kane morrer e mãe vender a propriedade para a Kane Corp em 65. Todo o patrimônio foi colocado sob custódia depois do assassinato de minha mãe. A empresa quebrou pouco depois e fechou as portas, e o patrimônio está em litígio desde então. O Banco de Gotham adquiriu o título da propriedade há vinte anos e trancou as portas de um bem que não podia manter e pelo qual nunca se interessou.

Um som fraco de música chegou aos seus ouvidos dos fundos do saguão. Ele passou para a visão noturna e, ao olhar naquela direção, um retângulo brilhante de luz surgiu desenhando o perfil das portas duplas.

Batman foi até as portas, abriu os olhos e as escancarou.

Mansão Kane / Bristol / 23h44 / 26 de outubro de 1958

– Senhoras e senhores! – anunciou o porteiro ao salão, batendo com seu cajado decorado. Bertie fora vestido como um lacaio elisabetano e estava muito contente de manter a aparência para seu papel.

O conjunto parou de tocar na extremidade oposta do salão de baile. Esquisitos em roupas brilhantes pararam de girar no salão para olhar, enquanto aqueles tomando os limites da pista se viraram, curiosos. Vários dos convidados no pátio além das portas francesas entraram novamente para espiar.

Harold Ryder apontou para a entrada sua câmera Bell and Howell 70D de 16 mm, usada para fazer cinejornais, e apertou o botão. Estava vestido como cowboy para a ocasião, escolhendo como fantasia o que considerava ser a saída menos ridícula. A câmera junto ao rosto exigia que o chapéu de cowboy fosse empurrado para a parte de trás da cabeça. A festa estava um tédio: ele preferia trabalhar com crimes, mas os crimes estavam em baixa. Ouvira falar de alguma coisa acontecendo no Amusement Mile mais cedo, mas àquela altura já estava preso ali cobrindo o bando do baile.

Ainda assim, apenas alguns poucos convidados mereciam esse tipo de introdução, e sua entrada justificava alguns metros de filme para os noticiários de mais tarde. Ademais, ele só tinha mais alguns metros no rolo, e isso lhe daria a desculpa para terminar o filme antes de colocar outro.

– Quem é desta vez? – perguntou Virginia Vale, repórter do *Gotham Gazette*. Ela estava vestida de pastorinha, com direito a gorro, mas a ilusão era prejudicada pelo cigarro balançando no canto do lábio inferior enquanto falava.

– Não sei – respondeu Harold, verificando o foco enquanto a câmera girava. – Número 501 dos 500, imagino.

Bertie se empertigou em sua fantasia, oferecendo a todos os olhos no salão lotado a oportunidade de dedicar a devida atenção.

– Dr. Thomas Wayne! – anunciou.

A figura fantasiada cruzou o umbral sob os aplausos do salão repleto. A câmera continuou girando.

– Parece que o Dr. Wayne tem se exercitado – fungou Virginia.

– Mas olhe só aquela fantasia – respirou Harold. Ele não trouxera o equipamento de som complicado e pesado, então podia dizer o que quisesse, desde que de uma forma que não fizesse a câmera tremer. – Quem ele deveria ser?

– O comunicado à imprensa dos Kane diz que ele viria como Douglas Fairbanks – disse Virginia baixando os olhos para a folha dobrada.

– Fairbanks? Então por que está com malha e shorts?

– Se ele é Douglas Fairbanks, eu sou Bettie Page – bufou Virginia.

– Não me dê esperanças – censurou Harold. Ele soltou o gatilho, baixando a câmera. Sem pensar, puxou a lingueta de dar corda, segurando-a firme com a mão direita enquanto torcia a câmera com a esquerda. Era um velho hábito de seus dias como cinegrafista de guerra no Pacífico Sul, garantindo que a câmera ganhasse corda rápido e estivesse sempre pronta. – Mas vou lhe dizer uma coisa... Ele parece mais um morcego do que um herói naquela roupa.

– Bem, parece estar funcionando com alguém – disse Virginia, apontando.

Martha Kane, com seu vestido de melindrosa e usando uma máscara dominó branca com lantejoulas acima de seu sorriso espetacular, cruzou o salão e tomou seu novo convidado pelo braço.

Mansão Kane / Bristol / 23h47 / Hoje

O ar tinha um cheiro forte de poeira queimada e lavanda.

Os olhos de Batman se apertaram sob o capuz, os lábios se esticando sobre os dentes enquanto recuava do ataque a seus sentidos e passava pelas portas duplas.

O salão de baile era enorme, e era difícil ver sua extensão. Tudo estava em movimento, o aposento tomado por uma dança circular confusa. Compridas faixas de seda vermelha cascateavam da cúpula rachada acima, suspensas de um conjunto de varas metálicas horizontais, motores e mais varas – um enorme móbile mecânico que quase enchia o salão. Entre as faixas de seda, vários casais de manequins em tamanho natural estavam a centímetros do chão. As figuras, suspensas do móbile acima, balançavam e rodopiavam em suas poses, cada uma vestida para um baile de máscaras.

O ruído de um velho fonógrafo ecoou da extremidade do salão, uma versão arranhada de uma canção de *big band*.

Batman entrou cautelosamente no salão.

Vamos ver se conseguimos penetrar nesta festa.

As paredes pareciam se contorcer sob as sombras cambiantes das cascatas de seda e das figuras suspensas. Candelabros espalhafatosos brilhavam demais acima sob suas proteções de tecido barato. Uma fumaça fina se erguia de onde velhas lâmpadas incandescentes tocavam teias de aranha. Cada um dos enormes objetos se torcia e balançava quando a seda esbarrava neles, seus cristais pendurados soando com dolorosa clareza em seus ouvidos. A tinta rachada e o revestimento dourado dos ornamentos de parede estavam foscos sob duas décadas de descuido. As portas francesas cobertas de sabão escondiam qualquer vista do terraço.

Um casal de marionetes surgiu. Um vestia o que parecia uma imitação ruim de uma de suas primeiras bat-roupas. Uma figura feminina pendia flácida em pose de dança correspondente, suspensa das varas em constante movimentação acima. Essa com um vestido de melindrosa, a cabeça jogada para trás e a boca aberta.

Amanda Richter!

Amanda imediatamente saiu de vista, mergulhando nas revoluções das figuras cambiantes suspensas do teto e desaparecendo entre as faixas de seda vermelha, que também giravam em arco pelo salão.

Ele levou a mão ao cinto de utilidades sem olhar. O batbumerangue com lâmina de teflon se abriu em sua mão. Ele conferiu o nível de energia da bat-roupa e descobriu que estava em 38%. Não houvera tempo para recarregá-la desde sua última utilização mais cedo naquele dia. Teria de bastar.

As figuras se sacudiram ligeiramente. A gravação fez um som de arranhão, como se a agulha tivesse sido arrastada sobre os sulcos. Em seguida outro som tomou o salão, cavernoso, ecoante e levemente distorcido. Causou na coluna de Batman um arrepio como nunca experimentara antes.

– *Meu nome é Dr. Thomas Wayne... Este é o meu depoimento... Ou, talvez, minha confissão relativa aos acontecimentos de 26 de outubro de 1958 no Baile de Caridade Kane. Fiquei em silêncio tempo demais.*

Batman se colocou entre os manequins fantasiados que giravam entre o tecido de seda, seu indicador colocado sobre a curva posterior do bat-bumerangue, preparado para cortar os cabos caso as marionetes em tamanho natural ficassem no seu caminho. Ele podia ver o vestido vermelho de melindrosa de Amanda à frente em meio ao labirinto de formas mutáveis.

– *Eu não poderia descansar até fazer um registro para meus filhos, ambos queridos para mim. Não podia suportar a ideia de que eles pudessem ser confrontados por meu passado sem ouvir de mim as razões para o que aconteceu, como tudo deu errado a despeito de minhas mais nobres intenções...*

Um dos manequins à sua direita se moveu.

Batman se agachou e pressionou o braço do soldado confederado, empurrando a Uzi em sua mão para cima enquanto disparava um fluxo ruidoso de seu cano. O manequim de Maria Antonieta diante dele pulou com o impacto das balas, a cabeça explodindo em cacos de gesso que retiniram no deformado piso de madeira de lei.

Uma série de estalos soou ao seu redor. Vários dos manequins se agacharam no chão.

Real e irreal. Vivos e mortos. Algumas dessas fantasias cobrem gesso, e algumas cobrem assassinos que respiram. Qual é qual?

Mosqueteiros, ninjas, cavaleiros, piratas e xoguns se ergueram contra ele, mas todos tinham algo em comum: portavam idênticos facões kukri tanto.

– *Então eu fiz este registro por eles, e pela paz de minha própria alma.*

– A música mudou, mas ainda é a mesma canção – rosnou Batman. – É hora de dançar.

Mansão Kane / Bristol / 23h53 / 26 de outubro de 1958

Lew Moxon estava em seu traje cinza de cowboy com máscara dominó, tomando um martíni ao lado da pista de dança e vendo seu amigo no ridículo traje de morcego dançar com a anfitriã melindrosa. Parecia que finalmente Thomas Wayne estava fazendo progresso com Martha.

Lew ouvira histórias no Koffee Klatch sobre algo grande acontecendo naquela noite. Seu pai e seu antigo modo de comandar a cidade estavam sendo extintos. Todos estavam com medo do bicho-papão Apocalipse e ficando desesperados.

Que se aflijam. Lew sorriu, erguendo a taça ao morcego quando passou por ele na pista de dança. *Eu tenho minha passagem para fora... Obrigado, Dr. Wayne!*

Naquele instante, as portas duplas na extremidade do salão de baile se abriram com força. Salvatore, seguido por outros seis da gangue Moxon, abriram caminho para o salão. Big Eddie sacou sua Thompson, disparando uma rajada no teto engessado sob os gritos de várias mulheres e não poucos homens. A banda perdeu o ritmo da canção e parou desajeitada.

– Todo mundo! Deitado no chão! – gritou Salvatore acima dos gritos contínuos. – Fiquem quietos e ninguém se machuca!

Lew se sentou lentamente com os convivas apavorados.

– Só estamos procurando um médico que faça um atendimento – gritou Salvatore. – Onde está o Dr. Wayne?

Mansão Kane / Bristol / 23h53 / Hoje

– *...tinha toda intenção de ir ao evento até Denholm Sinclair, então chamando a si mesmo de Discípulo, aparecer em meus aposentos aqui na Mansão Wayne. Ele me atacou, me deixando inconsciente, e depois,* *usando minha fantasia, conseguiu entrar na Mansão Kane passando-se por mim...*

Batman segurou o soldado confederado, continuando a usar seu impulso contra o agressor. Enrolou o braço no soldado, que continuou a sacudir o braço livre, tentando colocar a Uzi em ângulo de tiro em seu alvo. Mas o homem-morcego se lançou contra ele, balançando os dois nos cabos suspensos. Isso os arremessou em um arco que se elevava no ar enquanto ambos tiravam do caminho uma dupla de piratas agachados.

Batman girou com o confederado, jogando as costas dele contra a parede espelhada do salão de baile. Ouviu o soldado perder o fôlego com um prazeroso "uf" enquanto o homem ficava flácido abaixo dele. O Cruzado Encapuzado arrancou a Uzi de sua mão, nesse processo quebrando o dedo que estava no gatilho. A automática desmontou nas mãos treinadas de Batman enquanto ele se jogava no chão e rolava até uma posição de luta.

– *Eu estava inconsciente. Assim que recobrei os sentidos, soube que tinha de ir à Mansão Kane e deter Denholm. Martha estava lá. Eu não tinha ideia do que ele poderia fazer...*

Dois piratas tentaram flanquear Batman ao mesmo tempo, enquanto o cavaleiro tentava distraí-lo pela frente. Batman prendeu o braço projetado do primeiro pirata com o seu esquerdo, usando a massa corporal para acrescentar peso ao chute no pirata que investia pela direita. Sua bota foi fundo na barriga do segundo pirata, e ele dobrou a perna novamente no joelho, erguendo o segundo chute até a lateral da cabeça. A armadura reagiu imediatamente, lançando-se contra a cabeça do segundo pirata com tal força que seus pés levantaram do chão e o corpo girou no ar.

Mas durante o segundo chute o cavaleiro dera um passo rápido para frente, cortando a perna esticada da bat-roupa. Batman sentiu a bat-roupa enrijecer de repente enquanto a blindagem reativa era acionada, então levou a perna para trás do corpo e virou, ainda prendendo o braço do primeiro pirata. Sentiu a articulação do ombro do pirata se soltar com um estalo satisfatório enquanto girava, empurrando o pirata para trás e o arremessando sobre o próprio corpo na direção do cavaleiro.

Amanda e seu vestido vermelho de melindrosa passaram rapidamente por ele em meio às compridas faixas de seda vermelha e aos manequins que ainda circulavam. Xoguns, ninjas e mosqueteiros moviam-se ao redor dele, as lâminas erguidas enquanto esperavam uma oportunidade.

Batman teve consciência de um alarme soando no capuz. Baixou os olhos para a perna direita. Um comprido talho atravessava a coxa de sua bat-roupa. Um líquido negro escorria do corte.

Que tipo de lâmina eles estão usando?

O Cavaleiro das Trevas escolheu o alvo – um oficial de cavalaria da União, bem à esquerda. Fez um movimento na direção do homem, que brandiu a lâmina cedo demais. Batman se esquivou, depois chutou o homem no peito, arremessando-o de costas e espalhando os manequins suspensos. Batman o seguiu para o aglomerado de figuras fantasiadas e saltou sobre ele quase imediatamente. Lançou o joelho esquerdo sobre o pulso do homem, esmagando-o sobre o piso e fazendo com que soltasse a lâmina. A mão direita se ergueu para tirar o oficial da União da batalha definitivamente.

Seu punho não desceu.

Uma loura acrobática vestindo uma malha verde-escura amarrara sua mão em uma das compridas faixas de seda que desciam do teto. Uma segunda mulher – morena – desceu girando do teto de um segundo pano com graça mortal.

Query e Echo? As capangas de Charada também estão nisto? É como se todos os criminosos da cidade estivessem sendo manipulados!

O mosqueteiro e os ninjas se aproximaram, com o pulso de Batman irremediavelmente preso na seda. Ele agarrou o tecido com as duas mãos, tentando escalar, mas Echo girava ao redor dele, enrolando a segunda faixa de seda em seus pés balançantes. Batman chutou com força, fazendo Echo rodar para trás, mas ela deteve o rodopio e voltou para ele. Query usou uma terceira faixa de seda, passando-a pelo tronco de Batman, sob os braços e prendendo a capa.

Os espadachins começaram a cortar a bat-roupa acima deles. Batman ergueu as pernas, envolvendo a parte superior da seda com os pés. Isso o tirou do caminho das lâminas no momento em que Query balançava novamente, arrastando a comprida seda atrás. Batman forçou o tecido com os pés usando sua massa como apoio. Atingiu Query com um golpe sólido das costas da mão, mandando-a em um rodopio rápido, mas Echo enrolara sua mão esquerda por trás. Ele tentou se livrar do tecido – a trama era flexível o suficiente para não romper nem esgarçar.

Armas, facas, explosivos... Eu sobrevivi a tudo isso só para ser imobilizado por uma teia de seda?

Batman uivou, furioso com o que o prendia, mas não tinha nada sólido que pudesse empurrar ou que servisse de apoio.

Podia sentir a vida escoando da bat-roupa.

Abaixo dele, Amanda Richter deslizou, suspensa nos braços de um manequim, enquanto a voz morta de seu pai continuava a soar pelo salão.

– *Eu fui à Mansão Kane, mas era tarde demais...*

CAPÍTULO VINTE E DOIS

IDENTIDADE SECRETA

Mansão Kane / Bristol / 23h57 / 26 de outubro de 1958

– Tommy! – sussurrou a mulher no vestido de melindrosa vermelho, tremendo ao se sentar no chão do salão de baile. – Por favor! O que vamos fazer?

O homem de máscara e capa segurou os ombros dela. Sua voz estava mais grave que o normal – em suas lembranças, a mudança se justificaria pela emoção do momento.

– Martha, vou cuidar de você... Vou cuidar de todos nós.

O homem de capa se levantou e se afastou da melindrosa vestida de vermelho. A máfia à porta virou os canos das armas na sua direção.

– Sou Thomas Wayne – disse o homem de capa bruscamente. – O que você quer?

Thomas subiu cambaleando a rampa de empregados atrás da Mansão Kane, a maleta de médico na mão. Ele se aferrara a ela como a um salva-vidas quando a vira no aparador da sala de jantar dos Wayne. Tinha a ideia horrível de que seria necessária.

A cabeça ainda latejava do golpe que Discípulo desferira. Seu quarto de vestir voltara a ele como se de um lugar distante, e demorara alguns minutos antes de se dar conta da coisa medonha que havia acontecido. Vestiu rapidamente jeans e camisa com colarinho, calçando os sapatos sem se preocupar com meias.

Thomas podia ver as portas fechadas do salão de baile. Havia figuras do outro lado do vidro, mas o conjunto não estava tocando, e ele não conseguia ouvir nenhum outro som. Ficou momentaneamente confuso, pensando se deveria tentar entrar no salão diretamente pelo pátio ou procurar outro caminho.

Seu olho captou movimento através do vidro à esquerda.

Thomas viu através de outras portas duplas dois homens grandes colocando um terceiro no sofá da biblioteca. Ele o reconheceu imediatamente de fotos nos jornais.

Era Julius Moxon.

Thomas foi para o pátio, olhando através dos vidros das portas. Os dois homens grandes haviam saído. Julius ficara sozinho no sofá. Mesmo à distância estava óbvio que sua respiração era difícil e que um ferimento no ombro ainda sangrava muito.

Os homens de Moxon já estão aqui. Denholm deve estar em algum lugar próximo. Lewis também. Se conseguir costurar o Moxon mais velho antes que algo aconteça, então talvez Lewis possa me ajudar a tirar esses caras daqui antes que Denholm instaure o caos.

Thomas tentou a maçaneta da porta. Abriu facilmente e ele entrou em silêncio na biblioteca, abrindo sua maleta de médico.

Tinha de dar um jeito naquilo.

– Psiu! Wayne! – disse Lewis, tentando chamar a atenção do homem de capa. – Pare! Você não sabe o que está fazendo!

O homem se virou para encarar Lewis.

Os cabelos escovinha de Lewis brilhavam de suor quando se levantou, tirando o chapéu de cowboy e enxugando a cabeça com o lenço ao redor do pescoço.

– Está tudo bem, pessoal – disse em voz alta com um sorriso forçado. – É só uma brincadeira de Halloween. Ha ha! Esses rapazes realmente nos enganaram. Saídos de um filme de Cagney, não é?

Alguns surtos de riso nervoso pairaram no salão de baile, mas ninguém mais se mexeu.

– Relaxe, pessoal... A brincadeira está quase no fim – disse Lewis conforme ia na direção da figura de capa. Ele se inclinou para perto e falou *sotto voce* apenas para os ouvidos do mascarado.

– Me acompanhe, Thomas, e ninguém vai perceber.

– Você acha que isso é um *jogo*, Moxon! – gritou o homem de capa, erguendo as mãos de repente e agarrando Lewis pela garganta. – Os Moxon estão sugando a vida de Gotham há tempo demais, agredindo e abrindo caminho à força pela vida decente e rindo da sociedade da qual se alimentam. Sua família é um câncer nesta cidade; um câncer que pretendo remover com minhas próprias mãos se necessário!

– Thomas – guinchou Moxon sob o aperto do homem. – Não precisa ser assim.

– Saulie! – disse um dos mafiosos pálidos com uma Thompson na mão. – O que fazemos?

– Nós os explodimos? – rosnou outro.

– E transformar o garoto do chefe em hambúrguer? – cortou Salvatore. – Estão malucos?

Lewis ergueu os braços, tentando arrancar a mão de seu pescoço, mas o aperto era forte como uma prensa. Arrastava-o para trás, os calcanhares guinchando no piso encerado.

– Thomas, pare – suplicou Lewis, os olhos se enchendo de lágrimas. – Você vai estragar tudo!

– Está pegando isso, Ryder? – falou Virginia com excitação mal contida no ouvido do cinegrafista.

– Cale a boca, Vi! – sussurrou o cowboy. – Estou ocupado.

A Bell and Howell 70D girava. Harold contou os segundos de cabeça. Acabara de colocar um filme e tinha quase trinta metros disponíveis. A 24 quadros por segundo isso dava uns três minutos, mas a corda nunca durava mais do que uma tomada de trinta segundos antes de precisar ser apertada novamente. Ele sabia com instinto perfeito que teria de parar e dar corda na câmera em alguns segundos.

Aquele Wayne elitista segurava o filho mimado de Julius Moxon pelo pescoço e estava arrastando o sujeito por todo o salão de baile na direção dos capangas armados à entrada.

Vinte e quatro... vinte e cinco... vinte e seis... Maldição!

Harold soltou o disparador, abrindo a borboleta da corda e girando a câmera com toda força. Girou a plataforma na frente da câmera para que a grande angular estivesse sobre a abertura, e ergueu a câmera.

– Abaixem as armas ou quebro o pescoço dele – gritou o homem encapado enquanto arrastava Lewis Moxon pelo piso.

– Claro, Doc – disse Salvatore, o observando com olhos de aço. – Vocês ouviram o homem, rapazes... Relaxem um pouco.

O homem de capa empurrou Lewis sobre o grupo de capangas conforme passava entre Salvatore e Big Eddie.

Big Eddie tinha muita iniciativa e pouco cérebro. Havia sido atormentado a noite inteira e queria dar o troco.

Tirou sua Browning 9 mm do bolso do casaco achando ser rápido o bastante para pegar um médico bicha.

Estava errado.

A câmera de Harold não pegou.

O tiro foi disparado no momento em que levava a câmera ao olho. Harold praguejou enquanto apertava o dedo no disparador e a Bell and Howell recomeçava a girar.

– Meu Deus! – exclamou Ryder. – Aquele é Thomas Wayne!

Lá estava o socialite fantasiado de morcego colocando Edward "Big Eddie" Cronkle de joelhos. O antebraço do homem estava curvado em um ângulo impossível, o rádio e a ulna estalando quando Wayne segurou o braço com as duas mãos e o partiu sobre o joelho. A semiautomática caiu das mãos do grande capanga, retinindo sobre o piso.

Harold viu através da lente da câmera Salvatore agarrar a fantasia de morcego por trás e tentar prender seus braços, mas a figura mascarada e encapada era um demônio à solta. Travou os dois pés no chão e chutou com tanta força que Salvatore se curvou para trás. Ambos caíram no chão. Os assassinos remanescentes da gangue Moxon se lançaram sobre o médico maníaco, tentando arrancá-lo de Salvatore.

Um foi jogado por cima do bando, a cabeça caída para trás enquanto tombava no chão como um boneco quebrado. De repente parecia que o dervixe fantasiado estava se levantando, cercado pelos gangsteres, os punhos atingindo o círculo em um tumulto frenético. Os mafiosos em pânico caíam na confusão. O justiceiro mascarado bloqueou um golpe conforme se agachava de outro. Enfiou sua bota no queixo de um homem, que uivou de dor pouco antes de o morcego fantasiado baixar o punho como um martelo sobre o maxilar do homem, o deixando esparramado em silêncio.

A câmera continuou a girar...

O morcego humano pegou Lewis Moxon enquanto tentava abrir as portas. Ele o virou ao golpeá-lo. A cabeça de Lewis bateu na porta atrás, e ele despencou no chão.

Vinte e seis... vinte e sete... vinte e oito.

Clique. Ryder soltou o disparador.

Viu o homem que sabia ser Thomas Wayne abrir as portas do salão de baile, a brisa do saguão balançando sua capa enquanto passava. Harold xingou novamente, porque ainda estava dando corda na câmera.

Mas conseguiu colocar a lente de close no lugar a tempo de pegar a reação da Srta. Martha Kane em seu vestido vermelho de melindrosa, quando se ergueu em meio a seus convidados chocados e viu o herói encapado partir. Era adoração e assombro.

Ele soltou o disparador. A câmara parou com um clique repentino.

– *Grande* novidade! – suspirou.

Thomas Wayne ergueu os olhos de seu trabalho. Julius Moxon estava apagado no sofá – felizmente –, mas Thomas cuidara dos ferimentos mais graves e conseguira estabilizá-lo.

– Ele é meu, Thomas – disse a voz conhecida atrás dele.

Thomas se virou, erguendo os olhos de onde estava ajoelhado na biblioteca.

– Você poderia simplesmente ter pedido a fantasia emprestada – disse Thomas, descontraído. – Fica péssima em você.

– Saia do caminho, Thomas – disse Discípulo. – Você não é o problema que precisa ser resolvido.

– E como exatamente você vai resolver este... problema, Denholm? – perguntou Thomas, se levantando e encarando o homem com sua fantasia. O ferimento de antes estava sangrando novamente, e ele mancava ligeiramente de um segundo ferimento novo. Seu sangue pingava no tapete.

– Você não resolve nem conserta o câncer – zombou Discípulo. – Você o destrói.

– Você o mata – corrigiu Thomas.

– Isso mesmo – disse Denholm, sorrindo sob a máscara antiquada.

– E quanto ao Dr. Richter? – perguntou Thomas. – Foi por isso que ele morreu?

– Ele era um nazista, Thomas! – rosnou Discípulo. – Trabalhou na divisão médica da SS. Fez as coisas mais horríveis que se pode imaginar a outros seres humanos, tudo sob a proteção da ciência desacreditada e de uma sociedade mais sombria do que o próprio inferno. E então, quando a justiça estava prestes a se lançar sobre ele, fez um acordo com nosso governo, nossos serviços de informações militares, para ser levado para os bons e velhos Estados Unidos em um acordo secreto chamado "Paperclip". Toda a tortura, a dor hedionda, os assassinatos prolongados que ele supervisionou deveriam ser perdoados e esquecidos porque ele poderia ter levado algum conhecimento para uma cova merecida? Nós o observamos, Destino, Chanteuse, Ceifador e eu, ouvimos suas desculpas e suas mentiras, mas nós o conhecíamos pelo que era no coração, Thomas... Sabíamos quem havia sido e que nunca iria mudar.

– Ele estava tentando ajudá-los – disse Thomas em voz alta.

– Estava tentando ser *publicado* – retrucou Discípulo, cuspindo as palavras. – Estava tentando apagar seu passado enterrando os cadáveres fedorentos e podres e quem ele realmente era sob um belo piso de linóleo banhado em Spic and Span e encerado com Aerowax!

– Ele tinha uma família – gritou Thomas de volta. – Uma esposa e filhas que se importavam com ele.

– E quanto aos homens que ele torturou até a morte em suas experiências? – devolveu Discípulo. – Também não tinham esposas e filhinhos? E não me diga que ele estava apenas obedecendo a ordens ou que simplesmente não *sabia* que o que fazia estava destruindo a civilização porque.... porque...

Discípulo ergueu os olhos, brilhantes e reluzentes atrás da máscara, êxtase refletindo-se em seu sorriso repentino.

– Agora vejo claramente – murmurou Discípulo. – Você está bastante certo, Thomas. – Não são apenas os Julius Moxons, mas aqueles que dão poder a eles... Também eles são culpados. Moxon tem de morrer, claro, mas agora vejo que isso não é suficiente. Todos têm de morrer... Até o último deles... Antes que a cidade fique limpa. Porque aposto que, só nesta festa, metade das pessoas lucra com os negócios de Julius Moxon. Elas também têm de morrer, a classe alta corrupta. Então a cidade ficará limpa, então...

– E quanto a Martha? – perguntou Thomas em voz baixa.

– Seria melhor para ela ser curada como eu mesmo fui curado.

– E quanto a mim, Denholm? – perguntou Thomas, se levantando e recuando lentamente na direção das portas francesas abertas.

– Você? Você foi aquele que abriu meus olhos, Thomas – disse Discípulo. – Sou seu discípulo.

– Mas eu sou o pior de todos – provocou Thomas. Ele chegara à porta, a brisa fria da noite secando o suor que se acumulara em suas costas. – Eu *paguei* as contas de Richter. Dei a ele o dinheiro que lhe permitiu fazer as experiências. E acabei de operar Julius Moxon aqui, conscientemente agi como cúmplice de um criminoso conhecido. E agora vou *consertar* você... Eliminar seu objetivo e seus dons especiais e tornar você *comum* novamente. E quando fizer isso, terei *derrotado* você, Denholm Sinclair... E o Discípulo não existirá mais.

Denholm uivou de fúria, se lançando na direção dele, mas Thomas estava preparado e pulou para o terraço.

Thomas começou a correr. Podia ouvir Discípulo investindo sobre ele enquanto cruzava o gramado e saltava para a ravina que ficava entre as duas propriedades. Sabia que seu velho amigo fora bastante ferido nas batalhas armadas do começo da noite, mas isso não parecia o estar desacelerando tanto quanto Thomas esperara.

O que eu estava esperando? Que poderia afastá-lo de Martha e dos outros? Que poderia conseguir o perdão que Richter nunca terá?

Ele havia partido na direção da casa, mas agora sabia que nunca conseguiria chegar tão longe. Denholm o alcançaria subindo a colina, e esse seria seu fim.

Só havia um outro lugar aonde ele podia ir e onde poderia encontrar uma arma contra o monstro que ajudara a criar.

Esperava que ainda estivesse lá.

Esperava que ainda funcionasse.

CAPÍTULO VINTE E TRÊS

O ABISMO

Mansão Kane / Bristol / 23h58 / Hoje

Batman podia sentir a vida se esvaindo da bat-roupa. A resposta estava se tornando mais lenta e havia mais resistência aos seus próprios movimentos do que deveria. Ele não conseguia romper o que o prendia nem conseguia se soltar das faixas de seda, cuja flexibilidade e força faziam com que seu próprio peso trabalhasse contra.

Tinha de subir.

Batman agarrou a seda e puxou com toda força, se afastando das lâminas cortantes abaixo que continuavam a abrir talhos em sua bat-roupa, deixando sua integridade em farrapos. Echo e Query continuavam sua dança aérea ao redor dele, mergulhando e tentando enrolá-lo ainda mais com sua teia de seda. Batman acertou Query na investida seguinte, arremessando-a girando e rolando para baixo até que a seda enrolada em sua cintura deteve a queda. Continuou a escalar, arrastando a seda carmim com ele ao fazê-lo. Podia ver as compridas manchas escuras do fluido da sua bat-roupa sujando o tecido que pendia abaixo dele.

Surgiu fogo de automáticas abaixo, e balas acertaram o teto logo acima. Olhou ao redor rapidamente e encontrou o que precisava: o núcleo motorizado do móbile. Tudo era ligado àquele grande mecanismo chumbado no teto. Batman segurou uma das barras do móbile e subiu.

Echo agarrou sua bota, tentando arrancá-lo da viga, mas ele chutou com força, também a lançando em rodopio.

A voz do seu pai continuava no salão.

– *...os convidados não tinham ideia do que realmente acontecera. Todos acreditavam que era eu na fantasia... Que eu era a figura heroica que derrotara a gangue Moxon e partira para prender Julius Moxon...*

Batman chegou ao mecanismo central, tirando várias pequenas bolas de C-4 e detonadores remotos do cinto de utilidades. Começou a apertá-los junto aos oito parafusos que prendiam o mecanismo ao teto.

Tinha cinco colocados quando Echo e Query se atiraram sobre ele ao mesmo tempo. Com o braço direito, Echo prendera seu pescoço em um aperto feroz. Query se agarrara a uma das pernas e tentava arrancá-lo de sua posição na viga.

Terá de ser suficiente.

Batman virou o rosto e detonou os explosivos.

Os pequenos artefatos arrancaram as cabeças dos parafusos, furando a frente de sua bat-roupa. A blindagem reativa funcionou, mas ele podia sentir os impactos. A bat-roupa estava falhando. A força fizera com que a placa se soltasse parcialmente do teto. O solavanco repentino e o barulho das explosões pegaram Echo e Query de surpresa, fazendo com que ambas reduzissem a pressão. Era tudo de que Batman precisava. Tirou as duas mulheres e as derrubou com a seda enrolada nas cinturas. Quando ela esticou, quicaram quase quatro metros e meio abaixo do teto.

– *...o homem que conhecia como Denholm Sinclair havia sido perdido para mim... Certamente perdido para Martha. Ele se tornara um monstro repulsivo que chamava a si mesmo de Discípulo e a mim de sua inspiração e seu criador...*

Batman se ergueu, segurando a barra com as duas mãos. Os alarmes da bat-roupa soavam em seu ouvido. Passou as pernas sobre a barra, apoiando os pés nos dois lados do teto danificado em cócoras invertidas, e segurou firme na barra enquanto empurrava com as pernas.

– *Eu sabia que ele iria matar Julius Moxon, e assim que tivesse feito isso voltaria à festa e mataria novamente... Com minha fantasia e disfarçado de mim...*

A cantoneira de sustentação gemeu com a carga repentina. O alarme da bat-roupa se tornou mais insistente.

De repente o suporte cedeu, arrancando com ele uma grande superfície de gesso do teto. O móbile, as múltiplas vigas, as compridas faixas de seda, Amanda, Echo, Query e todos os manequins suspensos despencaram sobre o piso do salão de baile.

Batman mal conseguiu rolar ao tocar o chão, permitindo que o poder remanescente na bat-roupa dissipasse a energia da queda. Ele se colocou de pé e viu Query, Echo e seus espadachins lutando para escapar da própria teia. Foi para o meio deles, prendendo cada um onde os encontrou com as braçadeiras e, quando necessário, usando os punhos para explicar por que não deveriam resistir. Enquanto isso a voz do pai soava no saguão.

– *...Então fiz com que eu fosse seu próximo alvo. Não consegui pensar em mais nada que pudesse afastá-lo da Mansão Kane. Minha ideia original... O pouco que era... Havia sido afastá-lo da casa Kane e de volta à minha própria propriedade. Os céus sabem que havia muitas armas deixadas por meu pai... Mas mesmo com ele muito ferido não consegui ganhar muita dianteira...*

Ele encontrou Amanda entre os manequins. Sacou uma faca, cortou seus cabos e a enrolou em uma das sedas vermelhas para que o fluido da bat-roupa não a sujasse. Pegou-a, colocou sobre o ombro e se virou para seguir o som da voz do pai.

Ela o levou até o coreto. Havia um antigo gravador de rolo Wollensak 1515 tocando rolos de sete polegadas no modo LP. Uma pilha de caixas de fita Scotch gastas estava ao lado do gravador, com a do alto aberta e vazia. O gravador propriamente dito estava ligado a um grande alto-falante que ainda ecoava pelo saguão.

– *Desci correndo a Ravina Peterson. Podia ouvi-lo bem próximo de mim. Estava em pânico e sem saber exatamente o que...*

Batman esticou a mão, apertando o botão de parar do lado direito.

Os rolos pararam de girar. O som no saguão morreu.

Batman olhou para o rolo de fita. O plástico transparente estava amarelando, assim como a etiqueta, mas ainda era legível.

T. WAYNE – OBSERVAÇÕES SOBRE APOCALIPSE / 3 DE 12

Havia sete caixas junto ao gravador... incluindo a vazia.

Batman virou a alavanca de rebobinar para a esquerda. O rolo girou para trás. Batman recolocou o seletor no meio assim que a fita passou pelos cabeçotes de Rec/Play, dando mais algumas voltas livre antes de parar. Retirou o rolo do pino e o guardou na caixa vazia, fechando a tampa. Depois foi até um dos soldados confederados inconscientes no chão arrasado e pegou a bolsa de mapas dele. Voltou ao gravador, com Amanda ainda sobre o ombro, e enfiou as fitas na bolsa.

Suas mãos tremiam o tempo todo.

Caminhou até o vidro ensaboado das portas duplas, abriu e saiu para a noite fria. Com Amanda e as fitas, cruzou o terreno tomado por ervas daninhas até a floresta vizinha, desceu a Ravina Peterson e foi para sua caverna.

Caverna / Mansão Wayne / Bristol / 23h59 / 26 de outubro de 1958

Thomas estava encharcado.

O velho lago subterrâneo que criara as cavernas mudara havia muito. A própria entrada da caverna se tornara o ponto de escoamento do lago, um rio que corria para a ravina além. A entrada era fácil de achar seguindo o rio, mas, sendo a área selvagem da propriedade Wayne, poucos a tinham descoberto. Thomas odiava o lugar com toda a sua alma, mas estava desesperado. Ele se lançou cegamente em sua boca, chapinhando ruidosamente no curso d'água e entrando na escuridão.

– Você não pode fugir de si mesmo, Thomas! – ecoou levemente a voz de Discípulo entrando na caverna atrás do Dr. Wayne. – Eu cresci além de você agora... Me tornei algo maior do que você esperava ou achava possível.

Thomas sabia que, infelizmente, isso era parcialmente verdade. Vira a carnificina no laboratório e lera os relatórios. O vírus que ele e Richter haviam liberado tivera resultados imprevisíveis na reprogramação genética, mas em geral os resultados eram consistentes: fortaleciam e ampliavam várias características presentes. Os infectados pareciam ser mais exuberantes, usando roupas, uniformes ou fantasias espalhafatosos como expressão exterior de sua visão interna de si mesmos. Certas predisposições genéticas também eram exageradas de forma desproporcional – força, destreza ou acuidade mental em certas áreas ou raciocínio. Ética, moral e ligações sociais – objeto principal de sua modificação comportamental – se revelaram as mais inconstantes.

Uma inconstância que, na opinião médica de Thomas, muito provavelmente faria com que fosse morto.

Eu posso consertar isso. Se puder argumentar com Denholm... Ou pelo menos obrigá-lo a voltar ao laboratório... Jarvis o trancou, mas ainda está lá. Então poderia consertar isso – consertar Denholm e os outros e acertar as coisas.

O vírus ainda não saíra dos hospedeiros – ele estava certo disso. Só havia quatro membros do Apocalipse, e nenhum outro relato de outros justiceiros ou criminosos bizarros. A doença parecia limitada à corrente sanguínea até o momento. Tudo que precisava fazer era contê-los, prendê-los e descobrir uma cura. Tudo que precisava fazer...

– Thomas, o que há de errado? – ecoou a voz de Denholm na caverna. Estava mais perto agora, junto à entrada. – Você queria que eu fosse *bom*. Queria que levasse a *justiça* aos culpados, não é?

Thomas avançou dentro da caverna. Sabia instintivamente que havia uma pequena alcova à direita da entrada. Seu pai o obrigara muitas vezes a encontrá-la no breu completo da caverna. Engoliu em seco e então seguiu pelo túnel, as pontas dos dedos da mão direita percorrendo a superfície fria, escorregadia e irregular da parede até mergulhar em um abismo à direita. Thomas entrou no vazio e parou.

Podia ouvir os morcegos despertando.

– Foi isso que eu fiz, Thomas – ressoou a voz de Denholm pela caverna. – Descobri os culpados de Gotham, e isso foi uma revelação... Uma revelação pura e brilhante. Capangas, mafiosos, ladrões, assaltantes... Eles são apenas os ramos, Thomas. São folhas que desaparecem no outono e renascem na primavera.

Thomas tateou desajeitadamente atrás do corpo, esperando que a parede da caverna ainda fosse onde ele lembrava... Onde seu pai o obrigara a encontrá-la.

– Sabe, também lamento pelos inocentes – disse Discípulo em uma voz suave e baixa, pouco acima do som da água do rio correndo ao seu redor. – Aqueles órfãos que morreram no incêndio, aquilo foi uma tragédia terrível, um crime de horror sem precedentes e crueldade insensível. Eu chorei por eles. Chorei por eles todos.

Patrick Wayne só tinha um refúgio da vida. Era descer para aquela caverna, onde podia esconder seus ébrios acessos de raiva na escuridão e descontar nos morcegos acima. Ele voltara ali com frequência até o dia em que morreu, sempre deixando as ferramentas de sua fúria particular bem lubrificadas e prontas.

– E morri com eles, Thomas; você garantiu isso – disse Denholm, rindo. – Você queimou as impurezas de minha alma escura, matou tudo o que eu havia sido um dia. Agora farei o mesmo pelos outros, Thomas, exatamente como você queria que eu fizesse.

Thomas sentiu o aço frio e liso atrás de si exatamente onde o pai o deixara.

– Eu me ergui como uma fênix das cinzas em que você me transformou, meu caro Thomas. – A voz de Denholm ecoou pela caverna.

Thomas correu os dedos pelo cano. Sentiu os suportes que o velho Patrick instalara logo acima do carregador. O tubo corrugado estava fixado paralelamente ao cano, se abrindo na ponta. As lentes de vidro pareciam intactas. Ele só esperava que as pilhas também estivessem boas.

– E quem pagará pelos gritos daquelas crianças? Celia, que foi quem deu o desfalque?

Thomas trincou os dentes, as mãos tremendo enquanto se fechavam sobre a lanterna superposta, buscando o interruptor.

– Ou talvez Martha – murmurou Denholm. – A querida Martha Kane, cujo desejo cego de aplacar sua consciência culpada forneceu o dinheiro que alimentou os fogos de ganância e desespero? Sim... Ela desempenhou um papel nas mortes daquelas crianças. Ela também precisa pagar.

Com um movimento, Thomas pegou a escopeta, usando o movimento para cima para puxar o carregador. Apoiou a arma pesada no quadril com a mão direita enquanto usava a esquerda para empurrar o interruptor para frente na lanterna instalada no cano da arma. A luz se acendeu imediatamente, o facho cortando um estreito círculo iluminado no vazio.

Denholm se virou na direção da luz.

Estava sorrindo para sua presa do outro lado da caverna, o rio subterrâneo correndo entre eles.

"*Levante-se. Maldição, garoto!*"

A voz do pai emergiu através dos zunidos em seu ouvido.

"*Não é assim que se segura uma arma!*"

– Vai ficar tudo bem, Denholm – disse Thomas, a voz carecendo da força das palavras no mesmo instante em que as dizia atrás do cano da escopeta. A luz da lanterna continuou a lançar sombras mutantes sobre o rosto ainda mascarado de Denholm. – Vou levar você a um lugar... Um lugar seguro... E vamos resolver isso. Eu vou consertar as coisas...

– CONSERTAR as coisas? – retrucou Denholm com um sorriso maldoso. – Você ME fez para CONSERTÁ-LAS!

"*Custe o que custar, garoto, vou fazer de você um homem!*"

– Denholm, por favor – disse Thomas, a luz falhando acima da escopeta. Suas mãos suavam. – Só venha comigo. Vamos para a casa. Eu posso ajudá-lo.

– Não, Thomas – disse Denholm, o sorriso malévolo. – Sou eu quem irá ajudar você. Está no meu sangue, você o colocou no meu sangue.

– O quê?

– O vírus – disse Denholm. – O presente. Ele vive em minhas veias. Eu vou dar a você esse presente, Thomas. Vou dá-lo ao mundo.

"*Só há dois tipos de pessoas neste mundo: os caçadores e os caçados, e é bom você decidir imediatamente que irá caçar!*"

Denholm deu um passo para dentro do rio, a água espirrando ao redor da malha da fantasia. A ridícula capa com pontas se agitava atrás dele enquanto se movia. A máscara de tecido se amontoara do lado da cabeça, criando pequenas dobras pontudas. No estado nervoso de Thomas, parecia uma versão de um morcego dos quadrinhos dominicais.

– *Lá fora é matar ou morrer, não é como aquele mundo de quadrinhos em que você vive!*

– Denholm, você não está bem – disse Thomas, a voz tremendo. A arma parecia escorregadia em suas mãos. As velhas pilhas na lanterna colocada sobre o cano falhavam, fazendo com que a luz ao redor de Denholm ficasse amarela e fraca. – Por favor, só venha comigo e eu posso curar isso.

– Ir com você? Mas eu vim *por* você, Thomas, meu querido, incrédulo Thomas. Nunca realmente comprometido com a fé das convicções que esposou... Sempre se questionando. Vim para acabar com suas dúvidas, Thomas – falou Denholm, o Discípulo, desde a luz que diminuía ao redor dele. – Vim para purgá-lo de tudo isso, Thomas, assim como purguei as almas de tantos outros. Também irei purificá-lo, querido Thomas. Você pode ficar livre da culpa, livre do medo. Enviei muitas almas torturadas para essa paz... Uma paz que você me apresentou, querido Thomas... E que eu agora devolvo a você.

"*E hoje você vai aprender a matar, filho. Você vai matar* alguma coisa!"

Thomas se lembrou de ficar do outro lado da arma, se apoiando no pé de trás, apertando o ombro com força sobre a coronha.

– Por favor, Denholm... Eu só quero ajudar.

– Você está doente, Thomas – rosnou Denholm. – Eu vou *curar* você.

"*Seja homem!* Me mostre *que é um homem!*"

Thomas soltara a trava de segurança sem pensar.

O morcego de quadrinhos saltou sobre ele da beira da água.

"*ATIRE!*"

Thomas não ouviu a arma disparar. Ele sentiu o golpe repentino no ombro, seu corpo se curvando e absorvendo o recuo do disparo. Seus olhos se abriram e viram o buraco no peito fantasiado, a mancha carmim se expandindo como maré sobre o tecido. Denholm recuara com o impacto, cambaleando de volta para a beira do rio.

"*Matar ou ser morto...*"

Lágrimas corriam pelas faces de Thomas. Parte de sua mente examinava o ferimento no peito de Denholm, revendo os passos necessários para ter alguma chance de salvar o paciente. Costelas quebradas... Pulmões perfurados... Hemorragia interna...

"*Isso, garoto! Me mostre!*"

Thomas carregou outro cartucho bem a tempo. Denholm, furioso, investiu contra ele novamente, sangue correndo pelo peito, escorrendo por entre os dentes à mostra.

O rugido da escopeta ecoou pela caverna. Thomas não estava tão pronto dessa vez, o recuo da arma quase a arrancando de suas mãos. O impacto atingiu Denholm no ombro, girando seu corpo. Ele se equilibrou antes de cair, virou mais uma vez e gritou.

Thomas retomara posição, as cápsulas voando do ejetor da escopeta. Berrou a cada disparo, sua voz afogada pela sequência de explosões do cano da arma. Depois que o sexto cartucho foi expelido, apertou o gatilho de um cano vazio.

Denholm felizmente estava caído de barriga para baixo no rio, não podendo mais ser reconhecido por causa da carnificina produzida pelas mãos de Thomas. Seu corpo flutuou um pouco no rio antes de se prender nas pedras à entrada da caverna.

Thomas foi até o local onde o rio corria ao redor de Denholm Sinclair, a escopeta sustentada frouxamente pela mão direita. Thomas prometera a Martha que tomaria conta dele. Tudo dera muito errado. Ele baixou os olhos para o corpo; a água era escura à luz da lua.

O sangue infectado de Denholm estava descendo o córrego na direção do rio Gotham e das torres acesas da cidade.

Batcaverna / Mansão Wayne / Bristol / 20h59 / Hoje

– *...acabou com qualquer esperança de limitar o vírus Richter aos que haviam sido infectados. Enquanto eu via seu sangue correr pelo riacho, me dei conta de que os efeitos do vírus podiam se espalhar pelo contato com o sangue infectado ou outros agentes similares. Também sabia que havia mais três portadores ainda à solta na cidade...*

O telefone da mansão estava tocando.

Bruce estava sentado ao seu terminal na batcaverna escutando a continuação da fita. Demorara algum tempo para encontrar um velho aparelho de rolo, mas agora estava tocando a fita na caverna. Tirara a bat-roupa muito danificada; sua energia havia esgotado totalmente, e o sistema exomuscular estava completamente comprometido. Escutava a voz de um pai que, agora se dava conta, nunca havia realmente conhecido.

O telefone da mansão continuava a tocar.

– *...Mais uma vez Jarvis insistiu em cuidar do problema, e desde então fico pensando em se haveria algum outro motivo por trás de seus esforços. Ele certamente é o único homem que tem mais influência sobre mim do que gosto de reconhecer. Suponho que parte de meus motivos para fazer esta gravação seja que meus filhos não sejam ameaçados após meu* *falecimento, que a culpa e a responsabilidade por tudo o que aconteceu repouse sobre meus ombros, e não sobre os deles...*

Bruce lentamente tomou consciência do som, pensando vagamente em por que Alfred não atendia ao telefone. Então lembrou. Parou o gravador e pegou o telefone.

– Propriedade Wayne – disse secamente.

– Sim, eu... Ahn... Desculpe por telefonar, mas estava pensando se poderia me ajudar. Estou tentando entrar em contato com uma pessoa.

– Enfermeira Doppel? – disse Bruce, mais como uma declaração que como uma pergunta.

– Sim! Sou... É o Sr. Grayson?

– Sim, todos os outros estão... fora – respondeu Bruce. Alfred fora embora e ele sentia muito a perda dele. Virando na cadeira, olhou para a imagem em vídeo da inconsciente Amanda, deitada no sofá na reprodução do estúdio ali perto. – Aparentemente também sou o cozinheiro chefe e o lavador de pratos aqui... Para não falar de babá.

– Ah, Sr. Grayson, fico muito aliviada de encontrá-lo. Fiz exatamente o que pediu, mas não tive mais notícias de Amanda desde que entreguei aquele livro. Ela não telefonou desde então, e...

– Pode relaxar, enfermeira Doppel – disse Bruce, esfregando os olhos com a mão. – Ela está comigo. Está inconsciente no momento.

– Não precisa se preocupar muito com isso – ela respondeu. – Pode ser apenas efeito de ela não estar tomando os medicamentos na hora certa.

– A senhora sabe melhor do que eu. – A voz de Bruce soava cansada a seus próprios ouvidos. – Fora isso, não acho que esteja ferida.

– Ah, graças a Deus! – respondeu Doppel. – Pode trazê-la para casa? Eu não tenho carro, e sem a medicação...

Bruce ficou paralisado na cadeira, olhando com furiosa perturbação para a passarela metálica que levava ao elevador da caverna. Seus olhos estavam fixos em algo que ele tinha certeza de que não estava lá quando partira mais cedo para a Mansão Kane.

Ali, apoiada nas grades, reluzente e bem lubrificada, estava a escopeta do seu avô.

– Eu a levarei – disse Bruce. – Estarei aí em cerca de vinte minutos.

Os olhos fixos na arma.

Foi a última coisa que se lembrou de ter visto antes de acordar.

CAPÍTULO VINTE E QUATRO

EXPIAÇÃO

Academy Theater / Park Row / Gotham / 22h35 / Hoje

Bruce Wayne recobrou a consciência lentamente. Viu diante dele um borrão brilhante cercado por escuridão. Uma música fina e estridente ecoava ao redor, abafada como se pela distância.

Eu estava indo levar Amanda Richter para casa. Houve um telefonema... A enfermeira Doppel... Depois a escopeta do meu avô...

Uma risada borbulhante soou em seu ouvido esquerdo.

– Ah, Thomas, é muito engraçado!

Bruce virou a cabeça devagar, inseguro. Tentou colocar os olhos em foco. Parecia ter dificuldade para controlar os movimentos.

A silhueta enevoada de uma cabeça acima de um comprido pescoço afilado encheu sua visão. Cabelos louros platinados entravam e saíam de foco. A cabeça vaga se inclinou para trás, rindo novamente.

Bruce fechou os olhos com força, depois os abriu.

A forma ao lado entrou em foco. Estava sentada à sua esquerda em uma fileira de poltronas de cinema enquanto ria de algo que passava na tela.

Ele balançou a cabeça, tentando clareá-la, depois olhou novamente.

Era outra versão de Amanda Richter. Seus cabelos compridos estavam empilhados na cabeça em um estilo cheio que lembrava vagamente o final dos anos 1960. A maquiagem de Amanda havia sido feita com cuidado para combinar com os olhos verde-esmeralda.

Os olhos de Bruce arregalaram com o choque da identificação, sua visão clareando de repente.

As manchas escuras ainda podiam ser vistas no cetim, se projetando em um padrão irregular a partir do buraco de entrada, aberto no alto e curvo colarinho logo acima do seio esquerdo. A mancha irradiava sem ser perturbada pela cintura apertada, se dividindo logo acima do joelho em pequenas manchas e salpicos.

Era o vestido dela... É o vestido dela. Mãe?

Ela se virou para encará-lo, as pupilas dilatadas e sem foco.

– Ah, Thomas, isso realmente me leva ao passado!

Bruce se virou para a tela. Originalmente era um filme mudo, mas ele podia ouvir uma metálica orquestração de piano saindo pelos alto-falantes do cinema. Douglas Fairbanks saltou para o balcão após ter derrotado Noah Beery e olhou sedutoramente para Marguerite de la Motte.

É aquele mesmo maldito filme. Viemos à retrospectiva de cinema de arte naquela noite. Era um programa de caridade para o Conselho de Artes de Gotham.

Bruce baixou os olhos rapidamente. O casaco do smoking estava desabotoado, revelando a camisa social pregueada abaixo. Também havia uma terrível mancha escura em seus trajes, com dois buracos do tamanho de um dedo separados por dois centímetros e meio no peito.

O smoking de meu pai.

As mãos de Bruce começaram a tremer. Uma figura pequena estava sentada à sua direita. Ele se virou lentamente, temendo o que poderia estar ali.

O boneco de ventríloquo Scarface olhou para ele. Não estava mais em seu habitual terno listrado de gângster, mas vestia agora um pequeno smoking que era um pouco grande demais para ele. Bruce o reconheceu imediatamente como sendo seu, de quando era garoto. Ele sabia pelo padrão das manchas que haviam sido gravadas em sua infância.

Bruce tentou se levantar no mesmo instante, mas as pernas estavam fracas.

– Sente-se, Thomas! – mandou Amanda. – Você está estragando o espetáculo.

Bruce caiu de costas na poltrona. Sentia dificuldade de respirar.

Douglas Fairbanks estava de pé junto a Marguerite de la Motte e falava galantemente para a multidão que aplaudia abaixo. Um letreiro surgiu na tela.

Você viu este?

De repente o filme pulou. Houve um estalo alto e um som rascante. Então a cena passou a mostrar outra multidão – também silenciosa, e dessa vez sem a leve música de fundo. Era o salão de baile da Mansão Kane... E Bruce se deu conta de que estava vendo o filme feito naquela noite pelo jornalista. Havia arranhões no filme, mas a imagem ainda era clara. Havia a fantasia confusa que parecia mais um morcego que qualquer herói da imaginação popular, lutando contra a máfia de Moxon no final do salão. Depois Lewis Moxon sendo deixado inconsciente.

– Ah, Thomas – disse Amanda de forma meiga, se enrolando no braço esquerdo de Bruce. – Eu não tinha visto você de verdade antes daquela noite.

– Amanda, temos de sair daqui – disse Bruce.

– Thomas! O filme está quase no fim; além disso, é *você* – ronronou Amanda para ele. – Acho que comecei a me apaixonar por você naquele momento, quando socou o pobre Lewis. Acho que ele nunca o perdoou.

O final do filme ficou brilhante e granulado, e então o som surgiu novamente, uma música de marcha dramática soando pelo salão. Um novo letreiro, este animado mas ainda em preto e branco. Ele dizia: "*News on the March*", e o título foi gritado pela voz do locutor. A música continuou enquanto um segundo letreiro surgia na tela.

NEWS ON THE MARCH

O FIM DE UM APOCALIPSE
Justiceira assassina encontra um final terrível
FEVEREIRO DE 1962

Bruce respirou com cuidado, os olhos fixos na tela.

É uma mensagem... Para mim...

– Penitenciária de Blackgate! – continuou o locutor em um tom dramático e grave enquanto uma velha imagem de arquivo dos muros da prisão surgia na tela. – Ilha de julgamento para o primeiro dos assassinos em massa conhecido como o Apocalipse. Aqui, dentro dessas paredes, foi declarado o sinistro fim de Adele "A Chanteuse" Lafontaine.

O filme mostrava Chanteuse sendo conduzida escada acima para a estrutura da forca elevada e o laço sendo colocado em seu pescoço. Ela vestia o mesmo casaco verde característico em que sempre havia aparecido.

– Julgada e condenada por crimes sensacionalistas e com frequência mortais, Lafontaine foi sentenciada a ser enforcada à meia-noite por seus crimes, mas teve um destino ainda mais chocante. Por um erro do carrasco, a distância de sua queda foi mal calculada...

Amanda desviou os olhos.

– ...e o resultado foi uma decapitação quase completa da criminosa. Foi uma queda longa demais e uma parada rápida demais para a mulher que um dia foi saudada como heroína justiceira e, desde então, se tornou uma das assassinas mais ostensivas de Gotham City. Um Apocalipse a menos... Faltam mais três!

Bruce baixou os olhos de repente para o boneco Scarface, que o encarava da poltrona à direita. Ele sabia algo da história de Scarface. Aqueles no submundo juravam que o boneco era amaldiçoado, e, segundo a lenda, havia sido esculpido da madeira da forca de Blackgate por um interno chamado Donnegan. Donnegan foi colega de cela de Arnold Wesker, que fugiu de Blackgate com a figura esculpida. Wesker circulou pelo submundo no começo dos anos 1960, bem na época em que os vilões mais radicais de Gotham começaram a surgir. Bruce olhou novamente para Scarface.

Você é a fonte? Cada supercriminoso da cidade foi infectado pelo vírus que você carregou com o sangue de Chanteuse? Isso significaria que cada perturbado fantasiado que...

– Estamos indo embora – disse Bruce, se levantando. – Agora!

– Mas o espetáculo não terminou, Tommy! – se queixou Amanda, apontando para a tela.

– Eu sei como termina – rosnou Bruce, colocando Amanda de pé. Ele a arrastou pela fileira, sentindo os pés ainda inseguros.

– E quanto a Bruce? – gemeu Amanda, esticando a mão na direção do boneco de ventríloquo.

Bruce a ignorou. Muitas das poltronas estavam quebradas, bloqueando a passagem. O cinema estava fechado havia algum tempo. Ele sabia, porque o comprara e fechara.

O projetor continuou a rodar da cabine no alto da parede enquanto ele arrastava Amanda. Chegou às portas dos fundos do cinema e as empurrou. Elas se moveram levemente, depois travaram. Bruce soltou a mão de Amanda, agarrando a beirada interna de uma das portas duplas com a ponta dos dedos e puxando a porta de vaivém na sua direção. Ela abriu facilmente... Revelando uma firme placa de aço soldada à moldura que enchia a saída por completo.

– Droga! – disse Bruce, se virando e procurando uma saída, qualquer saída, que não aquela que ele sabia estaria aberta para ele. O noticiário continuou a passar na tela, os sons enchendo o cinema dilapidado e a nova atração chamando sua atenção.

NEWS ON THE MARCH

CRUZADA DA FUNDAÇÃO WAYNE
CONTRA SARAMPO ALEMÃO
Todos os cidadãos testados para presença do vírus diante de surto
AGOSTO DE 1965

– O surto nacional de rubéola, popularmente conhecida como sarampo alemão, tem devastado comunidades de costa a costa... Mas hoje, graças à generosidade do filantropo local Dr. Thomas Wayne, Gotham tem uma nova arma contra o flagelo: um teste rápido para identificar o vírus em todo cidadão da cidade e vizinhanças.

Thomas Wayne sorriu da tela rasgada do cinema, acenando para a câmera. A isso se seguiu uma cascata de tomadas mostrando profissionais de saúde tirando sangue de pessoas de idades e profissões diferentes.

– Em uma ajuda inestimável a possíveis esforços de quarentena, a Wayne Enterprises está financiando este programa sem usar impostos. Hospitais, clínicas e mesmo o seu médico local estão fazendo sua parte para garantir que cada homem, mulher e, isso mesmo, Suzie, criança de Gotham possa se beneficiar desses exames.

Bruce agarrou a mão de Amanda mais uma vez, a levando para a saída seguinte, enquanto repassava o noticiário na cabeça.

O teste para o vírus em 65 só poder ter sido um disfarce, uma fachada. Havia um surto de rubéola na época e havia preocupações com isso, mas a doença em si não justificava que toda uma cidade fizesse exame para identificar o vírus. TODOS tinham o vírus. A única razão de examinar toda a cidade seria se alguém estivesse procurando algo mais. Foi totalmente financiada pela Wayne Enterprises – então seu pai devia estar caçando, tentando encontrar e isolar qualquer um que pudesse ter tido contato com o vírus de Richter. Qualquer um com emoções exageradas, concentração obsessiva ou radicalismos em vestimenta e comportamento...

O segundo conjunto de portas de saída também estava lacrado. Cada uma das saídas laterais também se revelou bloqueada, até ele chegar à única que sabia que iria se abrir – a mesma que se abrira tantos anos antes.

Bruce se virou para a mulher que usava o último vestido que sua mãe usara na vida.

– Amanda! Preste atenção!

– Como? – disse a mulher, parecendo confusa e tonta. – Tommy, com quem você está falando?

– Preste atenção! – disse Bruce, sacudindo-a de leve. – Quero que você fique aqui dentro, entendeu?

– Me leve para casa, Tommy – murmurou Amanda. – Eu sempre o amei muito. Você sabe disso, Tommy.

– Sim... Sim eu sei disso – disse Bruce. – Eu tenho de... sair e cuidar de uma coisa. Quero que você volte e se sente com Bruce... Está entendendo?

Amanda ergueu o rosto para Bruce, os olhos vidrados, mas o sorriso radiante.

– Eu... acho que sim.

E se tivéssemos ficado um pouco mais? E se tivéssemos saído por outra porta? E se... E se...

– Você vai para lá, entendeu? – disse Bruce, a voz pesada de emoção. – Eu voltarei para pegar você.

– Claro, Tommy – disse Amanda, dando um tapinha no rosto dele. – Você sempre cuida de mim.

Bruce a viu voltar para o cinema. Passou pela fileira novamente e se sentou junto ao boneco Scarface, passando o braço por ele afetuosamente.

Bruce cruzou a cortina lateral e chegou às portas de incêndio duplas.

Crime Alley, ele sabia, estava logo além.

Ele se agachou, respirou fundo, agarrou os pegadores e abriu.

Crime Alley / Park Row / Gotham / 22h46 / Hoje

O território era terrivelmente familiar.

Bruce escancarou as portas, girando rapidamente para a direita. O beco era estreito, mas ele lembrava que existia uma vaga de estacionamento à direita da saída. Havia um carro estacionado ali naquela noite de 15 de agosto de 1971...

Bruce rolou no para-choque curvo do carro. Era um Pontiac Grand Prix 1966 – branco com teto preto – idêntico ao que estava estacionado no mesmo lugar naquela noite. Deu uma volta agachado entre o carro e a parede do beco, os sentidos alertas.

Nada se moveu.

Ele podia ouvir uma música tocando no final do beco. Lembrava dela como sendo cantada por um artista com o nome improvável de Gilbert O'Sullivan.

Passos se aproximaram pelo beco.

Bruce contornou o carro, movendo-se pela parede oposta de volta ao beco. Havia uma grande caçamba de lixo ali que o protegia de quem estivesse se aproximando e, igualmente importante, estava colocada de tal forma que havia uma sombra escura que podia esconder sua presença.

Ele deslizou para a escuridão – era dono da noite – e ficou tenso. Estava preparado para derrubar seus inimigos que haviam escolhido aquele lugar – aquele lugar *sagrado* – para torturá-lo.

A figura chegou ao círculo de luz dura, lançado pela luminária da porta de saída.

– Olá? O-olá?

Bruce, chocado, esticou a mão da sombra e arrastou a mulher para seu canto protegido do beco.

– Enfermeira Doppel?

– Sr. Grayson!

– O que diabos está fazendo aqui?

– Eu.... eu recebi uma mensagem – ela disse. Vestia jeans e uma jaqueta contra o frio, e os mesmos sapatos baixos que sempre vira nela. – Dizia que se quisesse a Srta. Amanda de volta, deveria encontrar você aqui. Acho que ouvi alguém atrás de mim no beco...

– Não é seguro... Você tem de sair daqui – disse Bruce, estudando o beco mas não vendo movimento. – Já pode até ser tarde demais.

– Não, Sr. Wayne – disse a enfermeira Doppel. – Acho que o senhor está exatamente na hora.

Eram 22h47.

O cano da pistola semiautomática 9 mm colou no tórax de Bruce quando a mulher recuou, fazendo com que a bala passasse sob seu pulmão esquerdo. Era uma ponta oca que se expandia com o impacto e rasgava tecidos, tendões, órgãos e veias em seu caminho curto e crescente. O impacto da bala jogou Bruce de costas sobre a caçamba. Ele se inclinou para frente, as mãos se fechando sobre o ferimento na camisa do pai, sangue fresco escorrendo sobre a velha mancha.

CAPÍTULO VINTE E CINCO

MORTO ENTERRA OS MORTOS

Crime Alley / Park Row / Gotham / 22h47 / Hoje

Bruce se esforçou, se empurrando sobre o chão, mas parecia não conseguir firmar as pernas. As mãos rasgaram a camisa, o velho tecido frágil se desfazendo facilmente. Buscou o ferimento. A entrada não era grande, mas a dor era excruciante. Ele sabia que o dano real era maior do que parecia, e muito mais extenso. Pressionou o ferimento, mas o sangue continuou a escorrer.

Bruce levou a mão atrás da orelha direita, ligando o transmissor subcutâneo.

Alfred virá. Ele estará monitorando... Ah, Deus!

Ninguém estaria escutando, nenhuma voz tranquilizadora soou nos ossos de seu ouvido. Ele estava só.

– Socorro! – gritou Bruce, a voz ecoando no beco. – Me ajudem! Por favor! Alguém...

– Nesta parte da cidade, a esta hora da noite? – perguntou a mulher, rindo. – Quem você está esperando... Batman?

Bruce Wayne sabia que o relógio estava correndo e que seu tempo acabava rapidamente.

– Ellen...

– Marion... Sou Marion – retrucou a mulher.

– Impossível! – disse Bruce, cuspindo sangue ao encolher os joelhos. – Marion Richter morreu em Arkham em 1979. Você precisaria ter...

– Quase 70 anos? – completou Marion sorrindo, contornando Bruce com a 9 mm nas duas mãos ainda apontada para ele. – Eu não lhe disse que as mulheres Richter resistiam bem ao tempo? É uma característica genética herdada... Uma que a pesquisa do meu pai reforçou amplamente.

Havia mais sangue no chão à sua volta do que ele teria esperado. Embora estivesse com os joelhos dobrados, parecia ter muito mais dificuldade de se levantar do que deveria.

– Você? Você tem o vírus Richter?

Marion ergueu a sobrancelha.

– Claro... Você não?

Bruce ergueu a cabeça, olhando furioso para Marion.

– Ah, pobre Bruce – ela riu. – Por que você acha que tive todo esse trabalho? Eu lhe fiz um grande favor, Sr. Wayne: mostrei a verdade sobre si mesmo. Sua família me roubou tudo; até mesmo a memória de meu grande pai. Ele foi apagado, sua existência esquecida por todos juntamente com sua pesquisa... Por todos exceto eu, Sr. Wayne. Todos exceto eu!

Bruce levou a mão esquerda às costas. A parte de trás do paletó do seu pai estava rasgada e escorregadia de sangue.

Ferimento de saída. Fico pensando em quão mal realmente estou. Joe Chill ficou de pé sob este mesmo poste. Agora estou sangrando no paletó de meu pai.

Bruce tentou se colocar de pé, mas os músculos não estavam respondendo normalmente. Ergueu as mãos ensanguentadas para Marion, lançando-se na direção dela, mas os sapatos sociais do pai escorregaram no sangue do chão. Bruce caiu de frente, o lado direito do rosto batendo no asfalto.

– Seu pai criou monstros – disse Bruce com um estranho tom gargarejante na voz.

A arma disparou novamente. Bruce gritou com a dor lancinante na perna direita.

– Meu pai era um homem cinco décadas à frente de seu tempo! – gritou Marion, continuando a segurar a arma firmemente. – Implante de memória falsa, transferência química de pensamento, modificadores de motivação básica, tudo feito através de programação genética e transmitido por um vírus... TUDO fruto de sua genialidade. Eu passei toda a minha vida tentando entender seu trabalho. Graças a equipamento moderno, consegui até mesmo aperfeiçoá-lo! Teremos a utopia dos sonhos de meu pai. Eu produzirei isso, e quando chegar o dia em que o crime finalmente estiver curado e a paz reinar em Gotham, o nome do meu pai... O nome do *meu* pai... será honrado e reluzirá como um farol de esperança para o mundo.

– Tommy?

Amanda! Eu disse a ela para ficar no cinema!

– Melhor se apressar, irmã – disse Marion. – A cortina está prestes a fechar.

– Tommy! Não! – disse Amanda, correndo da porta aberta do cinema até Bruce. Ela se jogou de joelhos ao lado de Bruce, o sangue dele encharcando o vestido da morte de sua mãe.

– Deixe-me apresentar a *antiga* senhorita Ellen Doppel – disse Marion.

Bruce tremeu enquanto a mulher que conhecia como Amanda soluçava junto a ele.

– Tommy, me diga o que fazer!

Eu sinto tanto frio... E não sinto nada...

– Ela é minha obra-prima – suspirou Marion. – Quando minha irmã estava em Arkham, consegui colher algumas de suas lembranças antes que morresse. Esta versão de Amanda é um pouco confusa, tenho de admitir, já que precisei implantar várias outras lembranças falsas para fisgá-lo. Irei consertá-la assim que você estiver fora do caminho.

– Então você planeja começar sua utopia me torturando e matando? – disse Bruce, contorcendo o rosto.

– Não apenas o matando, Sr. Wayne – respondeu Marion. – Não, veja, como uma profissional de saúde mental, senti a obrigação de matar sua alma além de seu corpo. Acho importante que você compreenda a profundidade da traição de seu pai; a Gotham, a meu pai, à sua mãe e a você.

– Do que você está falando? – gritou Bruce.

– O encobrimento de seu pai – respondeu Marion. – A dinastia Wayne usou seu poder, dinheiro e influência para enterrar toda a roupa suja... E nesse processo enterrou meu pai, enterrou minha família... E finalmente enterrou minha mãe e minha irmã... Mas não era suficiente nos destruir. O vírus inicial se espalhou para seis transmissores. Seu pai teve de caçá-los também. Sem eles o vírus acabaria sofrendo mutações a cada interação, a codificação da memória genética seria corrompida e o vírus seria extinto. Mas desde que os seis originais vivessem, o vírus poderia sobreviver por intermédio deles, e isso seu pai não permitiria. Ele até mesmo acertou as coisas com seu velho amigo Lew Moxon para que, quando o último dos seis fosse encontrado, todos fossem eliminados discretamente. Claro que *seu* pai só sabia dos quatro Apocalipse e que *meu* pai havia sido infectado.

– Quem era o sexto? – perguntou Bruce, com dificuldade de respirar.

– Infelizmente, embora o equipamento do laboratório pudesse ser de primeira linha para os anos 1950, era inadequado para conter o trabalho de meu pai – falou Marion. – Suponho que seu pai esperava que os capangas de Moxon capturassem os transmissores originais, mas Moxon contratou um assassino para cuidar do problema para ele. Acho que você provavelmente o conhece... Joe Chill.

Pulmão perfurado. Não acertou o coração, mas a hemorragia é séria. Pode ter cortado uma artéria. Preciso deter o sangramento... Ficando com frio.

– Me pergunto se, quando estava caído onde você está caído agora, seu pai sabia que havia contratado seu próprio assassinato – pensou Marion.

Bruce fechou os olhos.

– Por favor, Tommy! – gemeu Amanda. – Sou eu... Martha! Não me abandone! Não...

– Então nós pagamos pelos pecados de nossos pais? – sussurrou Bruce roucamente.

– Um de nós paga – disse Marion, levando a 9 mm à têmpora de Bruce.

– NÃO! – berrou Amanda. A mulher deu um pulo em seu manchado vestido de noite verde, empurrando a mão de Marion no instante em que a arma disparou. O projétil de ponta oca acertou o asfalto, se cravando e achatando com o impacto. Amanda – agora Martha – se lançou contra Marion, os dedos arranhando as mãos dela enquanto tentava agarrar a arma. Marion tropeçou para trás sobre a lata de lixo, chocada com a fúria inesperada do ataque. Amanda se lançou sobre Marion sem hesitar, batendo a mulher mais velha contra a lata de lixo. A força drenou o ar dos pulmões de Marion.

A Browning 9 mm caiu, deslizando pelo asfalto do beco e parando na frente do rosto de Bruce. Ele olhou para a arma, piscando.

Eu sou o monstro? Eu me tornei o que odeio?

A arma estava ao alcance dele.

– Tommy! Socorro! – gritou Amanda.

Marion se soltou de Amanda e se atirou para pegar a arma.

Isso é quem sou... Isso é quem escolhi ser...

Bruce agarrou a arma... E a afastou de si com toda a força que lhe restava, respirando dolorosamente.

– Martha! – gritou. – Me ajude!

Marion caiu no chão onde a arma estivera instantes antes. Levantou-se rapidamente, virou para recuperá-la... E se deparou com Amanda, que a segurava.

– *Se afaste dele!* – guinchou Amanda.

Em algum ponto das confusas camadas de memórias falsas e implantadas, ela deve ter disparado um revólver. Segurava a arma com firmeza nas duas mãos e estava em posição de tiro.

Marion se levantou lentamente, as mãos estendidas diante de si enquanto se esforçava para manter a voz serena.

– Não se mexa, irmã! Sou Marion. Está quase terminado... Então seremos livres.

– Livres? – disse Amanda, rindo loucamente da palavra. – Você matou meu marido! Você matou meu *filho*!

– Não, eu matei nossos fantasmas, irmã querida – disse Marion com um sorriso gentil. – Matei o último homem que estava no nosso caminho. O mundo se lembrará do que eles fizeram a nós, nós *faremos* com que lembre, e os Wayne não irão mais nos assombrar. Você ficará novamente comigo, Amanda... E seremos livres.

Amanda de repente inclinou a cabeça, os cachos do penteado cheio caindo sobre os ombros do vestido esmeralda manchado.

– Amanda – disse, com um sorriso curioso. – Quem é Amanda?

Marion abriu a boca para falar, se adiantando rapidamente.

Amanda apertou o gatilho.

A Browning 9 mm sacudiu nas mãos de Amanda. Marion foi imediatamente detida pelo impacto da bala, cambaleando para trás. Seus sapatos baixos deslizaram no sangue empoçado ao redor de Bruce, mas ela recuperou o equilíbrio. Um carmim escuro se abria em seu casaco. Ela gritou.

– Não, Amanda! Não agora!

– Você o matou! Você o matou! – gritou Amanda repetidamente enquanto o cano da Browning lançava fogo.

Marion se contorceu com os três tiros seguintes antes dos impactos a derrubarem e ela cair no chão.

Mas Amanda continuou a disparar, indo na direção da forma caída de Marion Richter. As cápsulas continuaram a voar do revólver até o extrator parar em posição aberta após o décimo primeiro tiro.

A última das cápsulas estalou no calçamento.

Fumaça subia do cano da pistola.

Marion Richter estava estraçalhada e imóvel no chão.

Amanda se colocou acima da mulher, olhos arregalados. Piscou, e então olhou para a arma como se nunca a tivesse visto antes.

– Amanda – gemeu Bruce. – Consiga ajuda! Rápido...

A mão de Amanda ficou flácida, a arma caindo no chão. Ela inclinou a cabeça de lado, olhando para a cena sangrenta a seus pés.

– Ellen? – murmurou.

– Martha! – disse Bruce, mal conseguindo falar. – Vá... Conseguir ajuda.

– Marion? – sussurrou Amanda. De repente jogou a cabeça para trás e guinchou. – Marion! Onde estou? Quem sou eu? Você tem de me contar Marion. Você tem de me *contar*!

Amanda desabou no chão, se ajoelhando acima do rosto sujo de sangue de Marion Richter e gritando para a mulher morta.

– Quem sou eu, Marion? Você prometeu me contar quem eu era... Eu... Ah, Tommy! O que ela fez com você? Onde está meu filho? Pai? Quando papai vai voltar para casa? Marion, você prometeu que papai estava vindo para casa...

Bruce estremeceu. Ele vira homens morrer e pensara no que sentiram. Amanda, Martha, Ellen – todas haviam desaparecido em uma louca que não estava mais ancorada em nenhuma delas. Alfred fora embora, e o transmissor que tiveram tanto trabalho para implantar atrás de sua orelha continuava a transmitir seu chamado de emergência em uma frequência que ninguém escutava. Ele estava caído no beco onde um jovem Wayne morrera tantos anos antes apenas para morrer novamente.

– Alfred! – Bruce gritou. Sua visão estava falhando. – Preciso de você!

Pai... Mãe... Temos muito o que conversar... Muito a perdoar...

Bruce fechou os olhos novamente. Sabia que seria pela última vez.

EPÍLOGO

OBITUÁRIO

Mansão Wayne / Bristol / 20h35 / Hoje

Alfred Pennyworth estava de pé no centro do mausoléu dos Wayne e contemplou a coluna de luar que penetrava pelo domo acima. A estrutura lembrava uma versão menor do Panteão de Roma, com direito a seu próprio óculo em miniatura – uma abertura circular no ponto mais alto do domo que permitia a entrada de luz do sol ou da lua na câmara abaixo. No centro do piso, bem abaixo do óculo, havia uma fonte feita de modo a que qualquer água da chuva que passasse pela abertura fluísse para ela. Exigia limpeza e manutenção regulares, mas Alfred não se incomodava com sua eventual presença entre os mortos. Em muitos sentidos, ele preferia.

Mas seu objetivo naquela noite não era faxina. Ele vestia seu melhor terno e garantira que os sapatos estivessem engraxados até que brilhassem como espelhos. Usava seu sobretudo de pelo de camelo – o clima de abril estava atipicamente frio, consequência de um inverno prolongado e difícil – e luvas de couro. A aba de seu chapéu-coco estava agora apertada na mão direita, enquanto a esquerda segurava um buquê de flores.

Estava diante de uma das criptas, olhando para as gravações na pedra.

BRUCE PATRICK WAYNE
19 DE FEVEREIRO DE 1963
FILHO DE THOMAS E MARTHA WAYNE

– Vejo que ainda não conseguiram colocar a data de falecimento – disse a voz rouca atrás dele.

– Um daqueles detalhes para os quais ainda não tive tempo, comissário – disse Alfred, mal virando a cabeça.

– Não que alguém vá esquecer a data tão cedo – disse James Gordon, se aproximando de Alfred, as mãos fundas nos bolsos do sobretudo. – Quinze de agosto; há apenas seis meses. Foi um senhor serviço fúnebre.

– Quer dizer um espetáculo, não é mesmo, comissário? – disse Alfred, os olhos ainda fixos na tumba. – Nunca vi tanta gente tão ansiosa para entrar na lista de convidados de um funeral. Seria de pensar que todos o queriam morto.

– Eu não estava entre eles – retrucou Gordon, passando a mão sobre o bigode grosso.

Alfred lançou um olhar confuso para o comissário.

– Minhas desculpas, comissário. Achei tê-lo incluído na lista de convidados.

– Sim, você incluiu – concordou Gordon, olhando para o chão. – E obrigado, Alfred, por pensar em mim, mas... Bem, eu não queria dizer adeus daquele jeito. Ele era muitas coisas para muita gente, boas e ruins, mas para mim era apenas Bruce, um cara que eu conheci que tinha um sorriso rápido, era impecavelmente generoso e tentava lidar com uma riqueza e um poder que nunca pediu ou particularmente queria. Não queria dizer adeus daquele jeito... Não com um grande espetáculo e o luto transmitido pela internet. Por isso estou contente por você ter me chamado aqui. Isso me dá uma oportunidade de dizer adeus adequadamente sem ter de me preocupar em ficar entre algum político e uma câmera.

– Entendo o que quer dizer – concordou Alfred. – Foi um circo.

– Suponho que não se possa culpar a mariposa por ser atraída para a chama – disse Gordon, dando de ombros e suspirando ao contemplar a tumba. – A morte de Bruce foi notícia internacional por quase duas semanas antes que não tivessem mais nada a dizer sobre ele. A história tinha tudo: fama, infâmia, riqueza e poder, tudo lançado sobre o pobre filho de Gotham que morreu com um tiro exatamente no mesmo lugar e da mesma forma que seus pais morreram mais de quarenta anos antes. Qualquer um que era alguém queria ser visto como parte de uma história dessas.

– Metade deles estava aqui para ser vista – disse Alfred, corrigindo o comissário. – A outra metade mais provavelmente queria enfiar um alfinete nele para ter certeza de que estava morto.

– Então imagino que tenham ficado desapontados – retrucou Gordon com um risinho triste. – Com o caixão fechado e tudo mais.

– O senhor leu o relatório da autópsia – fungou Alfred. – Vários tiros no rosto. Realmente horrível. Os agentes funerários simplesmente desistiram de tentar recriar qualquer semelhança razoável.

– Sim, bem, por isso pedi para encontrar você – continuou Gordon. – Não me entenda mal... Aprecio a oportunidade de vir aqui, mas por que escolheu este lugar?

– Porque gosto de pensar que de alguma forma ele está aqui. – respondeu Alfred, melancólico. – Gostaria de pensar que o que o senhor tem a dizer dará alguma paz à sua alma.

Gordon olhou para a tumba, anuiu e prosseguiu.

– Ainda restam algumas coisas para que possamos encerrar a investigação, mas no geral acho que temos um quadro claro do que aconteceu. A desconhecida que você encontrou na cena continua a ser apenas isso. Não conseguimos identificá-la nas investigações, e interrogá-la não ajudará muito. Ela troca de personalidade o tempo todo, e alega ser tudo desde a mãe de Bruce Wayne até uma psicóloga clínica feita prisioneira de um demônio em sua cabeça. Os analistas em Arkham acham que esta última é uma fixação com sua terapeuta. De qualquer forma, aparentemente ela morava com a tal Doppel em Pearl. Suas impressões estão por toda a arma, junto com algumas parciais da mulher Richter. A balística corresponde inteiramente. Achamos que elas podem ter disputado a arma. Havia muito material na casa de Richter sobre o Sr. Wayne, e achamos que a desconhecida poderia estar seguindo Bruce.

– E quanto à outra mulher, a outra vítima? – perguntou Alfred, se corrigindo.

– Ellen Doppel? – Gordon pegou seu bloco e empurrou os óculos para o alto do nariz, mas logo desistiu de tentar ler ao suave luar azul que iluminava a tumba. – Bem, a essência da história é que ela estava morando na casa dos Richter porque havia sido deixada para ela pela família Richter. Os peritos vasculharam a residência, mas não encontraram nada a não ser um bizarro santuário na biblioteca, claramente montado por um perseguidor. O promotor acha que Doppel estava tentando tratar da desconhecida, a seguiu até o beco, e simplesmente estava no lugar errado na hora errada. Pelo que entendo, o Sr. Wayne tinha o hábito de visitar aquele beco de tempos em tempos.

– Sim, comissário, uma tradição que pretendo manter em homenagem a ele – disse Alfred. – Então imagino que tenha acabado.

– Sim, no que me diz respeito – respondeu Gordon, enfiando as mãos novamente nos bolsos do casaco. – Foi nobre da parte do homem lhe deixar tanto da propriedade no testamento.

– Meu empregador era um homem muito amável e generoso – disse Alfred, concordando gentilmente. – O Sr. Fox e eu temos agora a maioria das ações da Wayne Enterprises.

– Vai manter o nome?

– Esse nome traz benefícios a Gotham há algum tempo – disse Alfred. – Acho que pode continuar a fazê-lo por um pouco mais; a SEC não está mais interessada em investigar a companhia; dificilmente poderiam fazer acusações de extorsão contra o jovem Wayne agora que ele partiu.

– Um pequeno bem por um preço tão alto – disse Gordon. Foi na direção do túmulo, colocando a mão na superfície da pedra e a pousando sobre o nome gravado.

– Lamento, Bruce – disse Gordon. Sua voz se tornou baixa e rouca, quase inaudível mesmo no silêncio da noite. – Gostaria de ter estado lá para ajudá-lo. Adeus, velho amigo.

Gordon se virou, a cabeça baixa.

– Obrigado por vir, comissário – disse Alfred. – Tome cuidado na volta para casa.

– Certamente – disse Gordon, assentindo para Alfred enquanto saía lentamente da tumba. – Ligue se precisar de algo, Alfred.

O novo dono da Mansão Wayne ficou escutando os passos do comissário de polícia. Quando o silêncio tomou conta da tumba novamente, ele respirou fundo e se virou, olhando através do óculo para o céu estrelado.

– Ouviu isso? – disse às estrelas. – Acabou.

– Ouvi – respondeu uma forma alada, silhuetada contra as estrelas. Ela desceu em um sussurro para dentro da câmara, se colocando junto ao velho empregado.

– Você fez um trabalho impressionante, Alfred – disse a sombra. – Obrigado.

– Não há necessidade de agradecer, jovem...

A sombra ergueu uma das mãos em alerta.

– Quero dizer que não há necessidade de me agradecer – emendou Alfred. – Meu pai não me ensinou apenas a limpar os salões e tirar a poeira dos móveis. Minha formação na Inglaterra não se limitou a Eton. Meu pai continuava a ter fortes laços com seus amigos do OSS, e eles também ajudaram a, digamos, ampliar minha educação e minhas habilidades vocacionais.

– Você as demonstrou bem – disse a forma na escuridão. – Por que estava monitorando minha frequência naquela noite, Alfred?

– Digamos apenas que eu não desisto fácil – respondeu Alfred. – E quanto às suas próprias investigações?

– Marion Richter estava certa – respondeu. – O vírus é uma grande causa contribuidora para o tipo radical de criminosos que com frequência temos de enfrentar aqui em Gotham, mas não *a* causa. Ele amplia reações e certas capacidades genéticas, mas não *cria* criminosos.

– Quer dizer como o Coringa, senhor? – perguntou Alfred.

– Interessante, não? – refletiu a sombra. – Marion tentou obrigar o Coringa a ajudá-la manipulando suas motivações. A única coisa que o Coringa não suporta é controle e ordem, exatamente as coisas que Marion estava tentando instilar nele. Então ele se rebelou contra a programação de Marion e tentou *me* salvar de ser arrastado ainda mais para a trama dela.

– E eu estava querendo perguntar...

– Não, Alfred – cortou a forma. – Não tenho a mutação viral. Ela não foi passada para mim.

– Mas senhor, achei que...

– Sou quem sou porque *escolhi* este caminho, Alfred – disse o homem. – E agora verdadeiramente escolhi.

A forma passou das sombras para a luz da lua. Sua capa adejava atrás dele como se tivesse vontade própria. O capuz familiar cobria sua cabeça, se projetando em orelhas selvagens dos dois lados. O símbolo de um morcego estava preso na frente de sua bat-roupa exomuscular.

Batman pegou uma rosa da mão de Alfred e a colocou diante de uma das criptas.

MARTHA KANE WAYNE
7 DE DEZEMBRO DE 1937 – 15 DE AGOSTO DE 1971
ESPOSA E MÃE

Depois pegou uma segunda rosa e se deslocou para o nicho seguinte. Ali Batman parou e pensou por um momento na inscrição.

THOMAS ALAN WAYNE
26 DE NOVEMBRO DE 1935 – 15 DE AGOSTO DE 1971
MÉDICO, FILANTROPO, MARIDO E PAI

– Acha que realmente conhecemos nossos pais, Alfred? – perguntou Batman.

– Não, senhor – respondeu Alfred. – E talvez seja melhor que eles vivam como nos lembramos deles, e não como realmente eram.

Finalmente, Batman parou no terceiro nicho.

BRUCE PATRICK WAYNE
19 DE FEVEREIRO DE 1963
FILHO DE THOMAS E MARTHA WAYNE

Ali ele colocou uma terceira rosa.

– Um tanto prematuro, não, senhor? – fungou Alfred.

– Talvez seja um tanto atrasado – respondeu Batman. – Fico pensando em se Bruce Wayne não morreu há anos e apenas não sabia. Nós escolhemos nosso destino ou nosso destino nos escolhe? Seja como for, agora a escolha foi feita.

Obituários do ***Gotham Herald***

Bruce Patrick Wayne

Bruce Patrick Wayne, industrialista bilionário, filantropo e personalidade pública de Gotham City, morreu tragicamente na noite da última sexta-feira em Crime Alley, Park Row, no bairro dos teatros de Uptown Gotham. A causa foram múltiplos ferimentos de balas. (Ver matéria relacionada, "Suspeitas cercam assassinato de Wayne", página 1, e encarte especial Seção J, "A dinastia Wayne".)

Wayne era uma celebridade de Gotham tanto pelas manchetes quanto por presidir uma das maiores empresas multinacionais do mundo. Sua vida foi muito cedo marcada por tragédia quando seus pais, Thomas e Martha Wayne, foram assassinados na Crime Alley enquanto Bruce, então com dez anos de idade, assistia. (Ver matéria relacionada na página 6, Seção J.)

Aos 14 anos Bruce Wayne iniciou uma viagem pelo mundo, tendo estudado em Cambridge, Sorbonne e outras universidades europeias. Contudo, nunca permaneceu muito tempo e com frequência abandonou após um semestre. Além da academia, Wayne adquiriu com sucesso várias habilidades práticas. Seu conhecimento de tantas disciplinas variadas fez de Wayne um indivíduo incomum e imprevisível. Aos 20 anos ele tentou ingressar no FBI, mas desistiu após conhecer seus regulamentos e conduta e retornou a Gotham, assumindo o manto da fortuna dos Wayne em seu aniversário de 21 anos. (Ver "Cronologia de Bruce Wayne", Seção J, página 2.)

Seus primeiros anos levaram a grande fama, e ele foi duas vezes escolhido como o solteirão mais cobiçado do mundo pela revista Gotham Living. *Foi noticiado que namorou a princesa Portia Storme, Vicki Vale e sua guarda-costas Sasha Bordeaux, com quem foi envolvido na morte de outra de suas conhecidas, a personalidade televisiva Vesper Fairchild (Ver "Mistério na Mansão Wayne", Seção J, página 3.) A despeito de ser constantemente visto na companhia de mulheres famosas, Wayne nunca se casou.*

Sob sua liderança controvertida, a Wayne Enterprises se tornou uma formidável multinacional que incluía Wayne Aerospace, Wayne Biotech, Wayne Chemical, Wayne Electronics, Wayne Entertainment, Wayne Foods, Wayne Industries, o Wayne Institute for Advanced Studies, Wayne Medical, Wayne Research, Wayne Shipping, Wayne Steel e Wayne Technologies. O braço filantrópico, a Fundação Wayne, apoia causas em todo o mundo. As operações Wayne são agora dirigidas por Alfred Pennyworth, que é presidente e chefe do conselho de diretores, e Lucius Fox, o CEO.

Em seus últimos anos, Wayne se tornou mais recluso e abandonou a celebridade que havia sido sua marca na juventude.

Bruce era filho de Thomas e Martha Wayne (ambos falecidos), de Bristol. Não há parentes vivos.

papel de miolo	Offset 75g/m ^{2}
papel de capa	Cartão Supremo 250g/m ^{2}
tipografias	Minion Pro / Trajan Pro